일본에 뿌리내린 한국인의 문학

* 이 저서는 2016년 정부(교육부)의 재원으로 한국연구재단의 지원을 받아 수행된 연구임(NRF-2016S1A6A4A01019758)

일본에 뿌리내린 한국인의 문학

김계자

역락

책머리에

한국인의 문학이 일본에 뿌리를 내리게 된 것은 장대한 시간과 넓은 공간 이동을 거쳐서 이루어졌다. 이 책은 한반도의 남북한과 일본을 가로지르며 식민과 냉전의 역사를 오롯이 새겨온 한국인의 삶을 담고 있다.

개화기부터 오늘날에 이르기까지 이어지고 있는 한국인의 일본어문학은 한반도와 일본, 한국과 북한, 북한과 일본의 관계를 포괄하여 힘들고 굴곡진 역사를 견뎌내며 세대를 거듭해 왔다. 그리고 현재를 사는 우리에게 동북아의 교류와 소통의 가능성을 보여주고 있다. 이 책은 이러한 한국인의 삶의 발자취를 통시적으로 개괄하고 주요 내용을 정리한 것이다. 한국인의 일본어문학을 통해 식민과 분단을 넘어 동북아의 평화와 통일의 시대를 염원하고 현재 우리의 삶을 새롭게 발견할 수 있는 의미를 찾아

보고자 한다.

한국인의 일본어문학은 식민과 냉전의 역사를 지나며 일본에 뿌리를 내려 현재까지 이어지고 있다. 먼저 개화기부터 한일병합을 전후하여 한반도로 건너온 일본인들이 한반도에서 신문이나 잡지 등을 펴냈는데, 여기에 조선인도 글을 싣는 형태로 한국인의 일본어문학이 시작되었다. 제1장 〈일제강점기 한반도의 일본어문학〉은 한반도에서 조선인이 일본인과 각축하며 창작 주체로 나오는 과정을 보여준다.

이어서 1920~30년대가 되면 조선의 문학자가 일본문단으로 적극 나아가는 현상을 볼 수 있다. 민족국가의 정체성이 담보되지 않는 식민지 치하에서 조선인이 글을 쓴다는 것은 여러 면에서 제약이 따랐을 것이다. 그러나 이들은 결코 시대적인 상황으로부터 수동적인 상태에 머무르지 않고, 오히려 적극적으로 도전하여 일본에서 '조선 붐'을 일으키며 활약하였다. 일본문단과 어떤 관련 속에서 조선 문학자의 일본어 글쓰기가 행해졌고, 이들 문학이 어떠한 의미를 만들어 냈는지 제2장 〈일본문단으로 나아간 조선인의 문학〉에서 살펴볼 것이다.

그리고 1945년 해방 이후, 한국인의 일본어문학은 재일코리안의 삶으로 이어져 일본 땅에서 소수자로 살아가는 모습을 담아내고, 조국 분단과 이산(離散)의 슬픔을 노래했다. 이와 같이 전후 일본에서 집단적 문화운동의 총화로서 시작된 재일조선인의 활동과 함께 재일문학이 처음 시작되었을 때의 모습을 제3장 〈일본에서 해방을 맞이한 재일조선인〉에서 살펴보고자 한다.

제4장 〈식민과 분단을 사는 재일문학〉은 특히 김석범과 김시종 문학을 중심으로 해방 이후에 한국인이 일본어문학을 계속해가는 의미를 생각해보고자 한다. 김석범과 김시종의 문학은 일본에서 한반도를 포괄적으로 바라보며 한반도에서는 생각하기 어려운 경계 확장과 월경(越境)의 시각을 보여주고 있다.

제5장 〈재일문학의 연속성〉은 전후 일본사회에서 재일코리안 문학의 존재를 알리고 본격적으로 다양한 문학이 선보이게 되는 1970년대 전후를 살펴보겠다. 1965년에 한일국교정상화가 이루어지면서 한국과 일본의 관계가 변화하였고 북일관계도 변화해가는 시점에서 재일코리안의 일본어문학은 다양한 작가들을 배출하며 본격적으로 개화했다. 그 탄생과 계승을 둘러싼 문제를 제5장에서 살펴보겠다.

제6장 〈조국을 찾아온 재일코리안 문학〉은 한국과 북한을 찾은 이양지와 유미리, 사기사와 메구무의 문학을 중심으로 재일코리안이 조국에 대하여 어떤 생각을 어떻게 표현하고 있는지

살펴볼 것이다. 조국 지향의 재일 1세대와 달리 세대가 거듭되면서 재일코리안 사회의 정체성은 변화해가고 있다. 동시대를 사는 이들의 생각과 고민을 통해 한민족의 교류와 소통의 의제로서 재일코리안 문학의 의미를 생각해보고자 한다. 그리고 현대 재일여성문학에서 특징적으로 보이는 '뿌리 찾기'에 대하여 생각해고자 한다.

제7장 〈재일문학의 경계를 사는 이야기〉는 재일코리안 신세대의 달라진 서사를 통해 앞으로의 한일관계, 남북한 문제, 북일관계 등의 동북아 현안을 풀어갈 수 있는 새로운 가능성과 의미를 모색하고자 한다. 재일코리안 문학에 새로운 시대의 변화를 알린 가네시로 가즈키를 시작으로 후카자와 우시오의 가족 이야기, 최실과 양영희의 작품에 보이는 조선학교 이야기를 통해 일본 속 작은 북한이 재일코리안 사회뿐만 아니라 일본과 남북한 전체에 어떻게 관련되어 있는지 살펴보겠다.

제8장 〈현대 일본사회와 재일문학〉은 한국문학을 일본에 번역 소개한 재일코리안 안우식의 활동을 통해 한국문학이 일본시장에 나아갈 수 있는 방법을 생각해보고, 현대일본사회에 대하여 비평성을 갖고 공동체의 연대를 모색해 온 재일코리안의 활동을 살펴보겠다. 덧붙여, 이러한 재일코리안의 활동이 일본사

회에서 주목을 받으며 다양한 문학상을 수상하고 있는 내용을 소개하겠다.

이상과 같이 이 책은 한국인의 일본어문학을 통시적으로 전체적인 흐름을 개괄하고, 주요 작가와 관련 작품을 소개한 것이다. 일제강점기에 한반도에서 시작되어 해방 이후 일본으로 이동해 뿌리를 내리고 오늘에 이르고 있는 한국인의 일본어문학은 한국과 일본 어느 한쪽에 안이하게 포섭되는 것을 거부하고 양자를 비평적 시각에서 상대화하는 관점을 획득해왔다.

한국인의 일본어문학은 다가올 통일시대를 대비하여 새로운 남북관계 및 한일 관계, 동북아의 교류와 소통을 모색하는 데 경계 횡단의 확장적인 시각을 보여준다. 이 책을 통해 독자가 글로벌한국학(Global Korean Studies)의 관점에서 한국인의 일본어문학에 대하여 폭넓은 시야를 갖고 현재를 사는 우리 한국인의 삶에 대하여 생각해볼 수 있기를 바라마지 않는다.

2020년 새해

김계자

목차

I. 한국인의 일본어문학은 어떻게 시작되었나

제1장 일제강점기 한반도의 일본어문학

제2장 일본문단으로 나아간 조선인의 문학

Ⅱ. 냉전시대의 재일문학

제3장 일본에서 해방을 맞이한 재일조선인

제4장 식민과 분단을 사는 재일문학

제5장 재일문학의 연속성

Ⅲ. 변화하는 재일문학

제6장 조국을 찾아온 재일코리안 문학

제7장 재일문학의 경계를 사는 이야기

제8장 현대 일본사회와 재일문학

[일러두기]

1. 한국인이 일본어로 쓴 일본어문학을 통시적으로 사용할 경우, 대한제국부터 현재까지를 포괄하는 의미에서 '한국인'으로 칭한다. 단, 일제강점기에 한정하여 쓸 경우는 '조선인'으로 칭하고, 해방 이후의 시기에 대하여 언급할 때는 '재일조선인' 또는 '재일코리안'이라는 용어를 사용하여 동시대적 문맥을 반영하였다. 이들 용어에 관해서는 본문에서 상세한 설명을 하였다.

2. 단체명이나 키워드 등은 작은따옴표(' ')로 표시하고, 작품의 본문을 인용한 경우에는 큰따옴표(" ")로 표시한다. 또한 자료명이나 논문, 단편 작품은 낫표(「 」) 로, 신문이나 잡지, 도서명은 겹낫표(『 』)로 표시한다.

3. '내지(內地)'와 같이 현재는 사용하지 않지만 시대적 배경을 보여주는 어휘는 동시대적 문맥을 살리기 위하여 그대로 인용하거나 번역하였다.

4. 주요 작품의 일부를 발췌해 넣음으로써 본서가 한국인의 일본어문학에 대한 길라잡이가 될 수 있도록 하였다. 인용은 해당 작품의 번역이 나와 있는 경우에 참고는 했으나, 기본적으로는 필자가 번역하여 수록하였다.

일본에 뿌리내린
한국인의 문학

I.

한국인의 일본어문학은 어떻게 시작되었나

제1장

일제강점기 한반도의 일본어문학

1. 한국인의 '일본어문학'

한국인이 일본어로 문학작품을 발표한 것은 구한말, 즉 대한제국 시기에 일본에서 유학한 사람들에 의해 시작되었다. 이러한 형태는 일본인이 일본에서 일본어로 쓴 소위 '일본문학(Japanese Literature)'과는 구별되는 형태로, 굳이 구분하자면 '일본어문학(Japanese-Language Literature)'이라고 부를 수 있다.

근대 이후 우리의 삶 자체가 국민국가의 경계를 넘어 이동이 잦아지고 이동의 범위 또한 광범위하게 일어나고 있다. 그렇기 때문에 일국의 경계 안으로 수렴되는 소위 국문학 개념의 문학 형태로는 다양한 문학 현상을 포괄할 수 없다. 특히 근대 일본은 제국주의시대를 거치면서 국가의 경계를 넘어 많은 사람들이 이동하였고, 자본의 이동이 수반되었다. 그리고 언어 표현도 다양해졌다. 이러한 형태를 일본에서 유학한 한국인의 글이나, 또는 역으로 한반도로 건너와 거주한 일본인들이 남긴 문헌에서 확인할 수 있다.

그런데 '일본문학'과 구분지어 '일본어문학'을 이야기하는 경우에 차이점은 '일본어'에 있기 때문에, '일본어문학'이라고 하면 공간이동만 했을 뿐 일본인이 일본어로 쓴 형태보다는, 한국인처럼 일본인이 아닌 사람들이 일본어로 글을 쓴 형태에 방점이 놓인다. 일제강점기에 우리의 말과 글을 강탈당한 한국인이 일본어로 문학활동을 한 형태가 바로 '일본어문학'이라고 할 수 있다.

이와 같이 한국인의 '일본어문학'은 일본에서 유학한 사람들에 의해 시작되어, 한반도에 와 있는 일본인과 서로 관련된 가운데 점차 확대되었고, 이후 일본으로 확대되어 해방 이후 현재에 이르기까지 백 년이 넘는 시간 동안 이어지고 있다. 그 시작점에 한국문학의 대표적인 문인 이광수가 있다.

이광수(李光洙, 1892~1950)는일본 유학 시절에 메이지(明治)학원의 교지 『백금학보(白金學報)』(19호, 1909.12)에 단편소설 「사랑인가(愛か)」를 실었는데, 이것이 한국인이 쓴 최초의 일본어문학으로 알려져 있다. 발표 당시 이광수의 아명(兒名)인 '이보경(李寶鏡)'으로 발표되었다. 이광수에 앞서 이인직이 『도신문(都新聞)』(1902.1.28~29)에 발표한 「과부의 꿈(寡婦の夢)」이 있기는 하지만,

작자명에 '한인 이인직고 여수보(韓人 李人稙稿 麗水補)'로 표기되어 있는 정황으로 봐서 일본인이 상당 부분 수정한 것으로 판단된다. 따라서 한국인에 의한 최초의 일본어문학은 이광수의 「사랑인가」로 보는 것이 타당하다고 사료된다.

이광수의 「사랑인가」는 도쿄에서 유학하고 있는 조선인 분키치(文吉)가 일본 학생 미사오(操)에게 마음이 끌리며 느끼는 감정을 그린 단편소설이다. 분키치는 미사오와 몇 번의 편지를 주고받으며 서로에 대한 좋은 감정을 갖고 있었는데, 어느 날 미사오의 태도가 달라지고, 이에 애를 태우던 분키치가 잠깐이라도 미사오의 얼굴을 보려고 귀국하기 전에 미사오의 집을 방문한다. 그러나 문 앞에서 서성이다 결국 만나지 못하고 발길을 돌린 분키치는 절망감 속에 철로 위에 누워 자살을 한다.

▶ **이광수, 「사랑인가」**(1909)

분키치는 시부야(渋谷)의 미사오를 찾아갔다. 무한한 기쁨과 즐거움, 소망이 그의 가슴에 흘러 넘쳤다. 도중에 친구 한둘을 방문한 것은 그저 이 구실을 만들기 위해서였다. 밤은 깊고 길은 질퍽거렸지만, 그래도 개의치 않고 분키치는 미사오를 찾아간 것이다.

그가 바깥문에 도착했을 때의 심경은 이루 다 말로 표현할 수 없었다. 기쁜 것인지, 슬픈 것인지, 부끄러운 것인지, 심장이 빠르게 종을 치는 것처럼 숨을 헐떡였다. 어쩐 일인지 그때의 상태는 잠시도 그의 기억에 머물러 있지 않았다.

그가 문을 들어서서 격자문 쪽으로 나아가자 두근거림이 더욱 빨라져 몸이 벌벌 떨렸다. 덧문은 닫혀 있고 사방은 죽은 듯이 조용했다. 벌써 잠든 것일까? 아니야, 그렇지 않아. 이제 겨우 9시를 조금 지났을 뿐이다. 게다가 시험기간이어서 틀림없이 아직 자지 않고 있을 것이다. 아마 한적한 곳이니까 일찍부터 문단속을 한 거겠지. 문을 두드려볼까? 두드리면 분명 열어줄 거야. 그러나 그는 그렇게 할 수 없었다. 그는 목상처럼 숨을 죽이고 우두커니 서 있었다. 왜일까? 왜 그는 멀리서 친구를 찾아와서는 문을 두드리지 못하는 것일까? 두드려도 책망하지도 않을 테고, 그가 두드리려고 하는 손을 참고 있는 것도 아니다. 그저 그는 두드릴 용기가 없는 것이다. 아아, 그는 지금 내일 시험 준비 때문에 여념이 없을 것이다. 그는 내가 지금 여기에 서 있는 것을 꿈에도 생각하지 못할 것이다. 그와 나는 단지 이중의 벽을 사이에 두고 떨어져 만 리 밖에서 그리워하고 있는 것이다.

아아, 어떻게 할까. 모처럼의 바람도 봄날 눈이 녹듯이 사라져버렸다. 아아, 이대로 여기를 떠나야 하는가. 그의 가슴에는 실망과 고통이 끓어올랐다. 하는 수 없이 그는 발길을 돌려 발소리 나지 않게 그곳을 떠났다.

한국 근대소설의 효시로 보는 이인직의 「혈의누」(1906)와 『무정』(1917) 이후 한국 근대 문학사를 개척한 소설가로 평가받는 이광수의 이후의 활동을 생각하면, 이들이 초기에 일본어로 소설 습작을 했다는 사실은 주목할 필요가 있다. 근대라고 하는 이동과 탈경계(脫境界)의 시대에 문학도 이제 어느 한 국가의 경계 안에 머물러 있을 수 없는 변화된 현실을 한국인의 일본어문학이 시작된 형태를 통해 짐작할 수 있다.

이광수는 이후에도 해방될 때까지 한국어와 일본어의 두 가지 언어로 글을 쓴 이중어 작가이다. 창씨개명이나 친일문학으로 비판을 받아온 이광수와 그의 문학은 일본에 대한 동경을 조바심 나게 그린 초기작 「사랑인가」에 이미 전조가 보인다. 그러나 동시대의 청춘이 느꼈을 시대적 통증을 현재의 관점에서 단죄(斷罪)하는 것만이 능사는 아니다. 「사랑인가」를 읽고 있으면, 일본 유학을 통해 새로운 문물을 접하며 근대적인 문학형태에

도전한 젊은 청춘들의 꿈과 열망이 전해지는 것을 느낄 수 있다.

이광수 외에도 1910년대에 주요한, 김억, 나경석 등이 일본에 유학을 가서 문학 활동을 하였다. 1920년대가 되면 유학생들이 활동한 문학 집단은 활동에 곤란을 겪으면서 일본의 문인 조직과 연대해간다. 조선에 사회주의 이념이나 프롤레타리아문학이 들어오는 것도 이러한 일본 유학생들이 매개가 되었다고 할 수 있다. 이와 같이 한국인의 일본어문학은 일본 유학생을 중심으로 시작되어 점차 일본인과 연대하는 형태로 확장되어 갔다.

한국인이 일본어문학을 시작한 데에는 한반도에 와 있던 일본인의 영향도 컸다. 특히, 러일전쟁 이후 한반도로 건너와 살게 된 일본인이 늘어났는데, 관료뿐만 아니라 인천이나 부산을 거점으로 상업에 종사한 사람들이 많았다. 이들이 조선에 정착하는 과정에서 가족 단위가 늘었고, 하녀나 카페의 여급으로 종사하는 일본인도 늘어났다. 이들은 자신들의 이익과 조선에서의 조직적인 활동을 위하여 여러 형태의 문학결사를 만들고, 신문이나 잡지를 펴내어 문학활동을 해나갔다. 이들이 1920년대에 한반도에서 간행한 신문이나 잡지 등의 일본어매체에 당시 식민지 조선인의 일본어 글도 다수 실렸는데, 조선인 유학생들이 펼친 것과는 다른 형태의 일본어문학이 한반도에서 확대된 형태를 볼 수 있다.

그러다 1930년대가 되면 한반도뿐만 아니라 점차 일본 문단으로 직접 나아가 활동하는 사람들이 나타났다. 이른바 일본어 세대의 등장이다. 일본문단에서 활동한 사람들의 문학은 1945년 해방을 전후하여 일본에서 재일문학의 정착으로 이어졌다.

2. 한반도의 일본어문학장

러일전쟁에서 승리한 일본은 한국에 대한 침략을 본격적으로 추진하기 위하여 1905년 11월에 을사조약을 체결하고, 이듬해 2월에 이토 히로부미(伊藤博文)를 초대통감으로 하는 통감부를 설치하여 한국의 외교권을 대행하는 등, 이른바 '보호정치'를 구실로 한국에 대한 실질적인 지배에 들어갔다. 1907년 7월의 한일신협약을 통해 정치 군사적 지배권을 장악하고 각종 이권을 확보하여 한국을 식민지로 지배하기 위한 기반 조성 작업이 진행되었고, 1910년에 한국 강제병합으로 이어졌다.

한국에 대한 식민지배의 논의가 공고화되면서 이를 도모해갈 현지 대리인으로서 한반도에 건너온 일본인이 있었다. 일본 제국주의는 국토를 확장하고 시장을 확대하기 위하여 일본의 인구를 식민지에 건너가 살도록 하는 정책을 썼다. 이러한 정책으로 한반도에 건너와 살았던 일본인을 가리켜 '재조일본인(在朝日本人)'이라고 한다. 일본 정부는 자국민의 한국 이주를 부추기기 위하여 병합 전부터 한국을 '식민지'로 규정하고, 미개한 한국을 문명화시켜 준다는 논리를 내세워 식민지배의 정당성을 만들어 갔다.

즉, 재조일본인은 일본 정부의 식민지 정책의 현지 실행자(agent)인 셈이다. 이들은 정치, 경제, 교육, 문화 등의 다양한 분야에서 결사를 만들어 활동하면서 일제의 식민지화 논리에 관여하였다. 재조일본인의 활동은 당시의 신문, 잡지 등의 일본어 매체를 통해 확인할 수 있다. 이러한 일본어 매체에 식민지 조선인도 일본인과 각축하며 글을 싣기 시작했다.

이와 같이 식민지 조선의 일본어 문학장은 조선인과 일본인이 상호 침투, 각축하면서 착종된 욕망이 형상화된 공간이었다. 물론 여기에는 식민 본국의 일본인과 식민지의 조선인이 대등하게 경쟁이 이루어질 수 없는 권력관계의 불균형이 있지만, 같은 문화 공간에서 조선인과 일본인이 함께 활동했다는 사실은 이전에는 볼 수 없었던 새로운 현상임에 틀림없다.

1920년대 이후에 조선인의 문학 활동이 활발해지는 것은 일본어 문학장에 한하는 현상이 아니었다. 1920년대는 조선에 근대 학문의 이념과 지식체계 담론이 형성되고 조선의 출판 산업의 규모가 커져 조선 문단 내에서도 문학 활동이 활발해졌다. 1920년에 조선의 대표적인 일간지 『동아일보(東亞日報)』와 『조선일보(朝鮮日報)』 두 신문이 창간되었고, 『개벽(開闢)』(1920), 『신천지(新天地)』(1922), 『조선지광(朝鮮之光)』(1922), 『조선문단(朝鮮文壇)』(1924)과 같은 다양한 잡지가 창간되어 조선인 문학자들의 문단활동이 활성화된 시기였다.

이러한 조선의 변화가 일본어 매체에도 변화를 가져온 것이다. 일본어로 창작을 해서 일본어 매체에 글을 싣는 조선인이 늘어났다. 일본어 매체에는 당시 '내지(內地)'라고 불린 일본에서 투고된 글도 있었으나, 현지에서 같이 생활하고 있는 재조일본인과 조선인의 글이 많이 실렸다. 요컨대, 식민지 조선에서 간행된 일본어잡지는 재조일본인, '내지' 일본인, 그리고 조선인의 글을 동시에 담아내고 있는 '장(場)'으로서 기능한 것이다.

재조일본인의 일본어매체에 실려 있는 조선인의 창작에는 제국의 문단으로 적극 나아가려는 조선인의 욕망이 담겨 있다. 그 중에서도 『조선급만주(朝鮮及滿洲)』(1912.1~1941.1)와 『조선공론(朝鮮公論)』(1913.4~1944.1)은 오랜 기간에 걸쳐 식민주의 담론을 지속적으로 담아낸 종합잡지이다. 집필진의 구성도 다양했다. 정재계의 논객뿐만 아니라, 일반 독자들에게도 투고를 받아 게재하였다. 특히 문예란에 실린 서사물에는 조선인과 재조일본인이 서로 혼재하는 공간에서 상호 침투된 일상의 모습과 그 속에서의 긴장관계를 그대로 드러내고 있다.

1920년대에 『조선급만주』와 『조선공론』를 중심으로 눈에 띄게 활동한 사람으로 이수창(李壽昌)를 들 수 있다. 이수창은 일본어로 번역도 하면서 동시에 창작활동을 하였다. 그가 일본어 잡지에 실은 작품에는 문단에 나아가고 싶은 욕망과 식민지인으로서 느끼는 좌절, 그리고 괴로운 심경을 드러내는 내용이 많다. 대표작에 「괴로운 회상(悩ましき回想)」(『조선급만주』, 1924.11)이 있다.

▶ **이수창, 「괴로운 회상」**(1924)

> 모든 것이 젊은 날의 고뇌이다. 지금 나는 육체와 영혼의 투쟁이 멈추지 않는 청춘의 위기에 직면해 있다. 끝없는 순결과 인내를 지속하기에는 내 처지가 너무나 고독하고 외롭다. (…) 밤낮없이 더러운 악취와 비인간적인 환경에 둘러싸여 훌쩍이는 슬픈 영혼 때문에 정말로 슬프기 그지없다. 왜 인간이 자신의 생을 자유롭게 즐길 수 없단 말인가. (…) 그는 생각을 너무 해서 피곤해져 노래를 부를 기력조차 없었다. 자신의 방에 돌아

와 보니 친구는 모두 아무 생각 없이 자고 있었다. 그는 잠자리에 들었지만 쉽게 잠들 수 없었다. 무서운 내면의 암투가 편한 잠을 방해했다.

이수창은 자신과 같은 식민지인이 문단으로 나아가는 것이 결코 용이하지 않았던 당시의 현실을 비판하며, 재조일본인 중심의 식민지 문단의 존재 방식에 대하여 문제를 제기했다. 이수창의 글을 통해 1920년대 당시에 재조일본인이 장악했던 한반도 일본어문단의 문제점을 살펴볼 수 있다. 일본인과 경쟁하면서 조선인이 문단으로 나아가는 것이 얼마나 어려웠는지 당시의 상황을 잘 보여주고 있다.

이수창의 작품 외에도 한재희(韓在熙)의 창작 「아사코의 죽음(朝子の死)」(『조선공론』, 1928.2)도 주목할 만하다. 이 소설은 조선인이 쓴 재조일본인 이야기라는 점이 특징적이다. 1923년 9월에 일본에서 일어난 간토(關東)대지진 후에 가세가 기울어 현해탄을 건너 평양으로 온 아사코는 신문사에 근무하는 박(朴)이라는 조선 청년과 사랑에 빠지는데, 평양의 재력가에게 시집을 보내려는 백모의 계략으로 결국 자살하고 만다는 비극의 단편이다.

조선인의 이야기를 주로 그린 이수창의 소설과 다르게, 한재희의 「아사코의 죽음」은 조선인과 재조일본인 사이의 연애를 그리고 있다. 배경에 머물러 있던 재조일본인이라는 존재가 조선인 이야기에 전경화(前景化)되어 조선인과 일본인이 같이 생활하면서 벌어지는 이야기를 그리고 있는 점이 특징적이다.

한편, 이광수의 글도 1920년대 한반도의 일본어잡지에 등장하는데, 「혈서(血書)」(『조선공론』, 1928.4)는 「아사코의 죽음」과 반대의 상황을 그리고 있다. '나'는 도쿄에 유학하고 있을 때 그곳의 일본인 아사코에게 사랑 고백을 받지만 이를 거절하고, 아사코는 유서를 남기고 자살해 버린다. 그리고 '나'는 15년이 지난 시점에서 죽은 아사코를 떠올리며 지나간 일들을 술회한다는 내용이다.

이광수의 「혈서」는 원래 조선인이 펴낸 잡지 『조선문단』에 국문으로 실린 것을 이수창이 일본어로 번역하여 일본어 잡지 『조선공론』에 실은 것으로 파악된다. 1920년대에 한반도에서 발행된 일본어잡지에는 국문 작품을 일본어로 번역하여 전재(轉載)하는 경우가 종종 있었다. 그런데 국문으로 실렸을 때는 총독부의 검열에 의해 삭제된 부분이 곳곳에 있었는데, 이수창이 일본어로 번역하는 과정에서 삭제된 부분을 적당히 메우거나 일부 삭제하여 실어 검열을 피했다. 당시의 총독부의 검열이 일본어보다 조선어에 더 엄격하게 적용되었음을 보여주는 예이다.

한재희의 「아사코의 죽음」과 이광수의 「혈서」는 일제강점기에 일본인과 생활하는 가운데 조선인이 겪은 일과 생각을 그려낸 한반도 일본어문학의 초기 형태로 주목할 만하다.

이밖에, 「파경부합(破鏡符合)」(『조선공론』1933.6)을 발표한 윤백남(尹白南)은 조선의 야담 전문 잡지 『월간야담(月刊野談)』의 편집자로 전국을 순회하면서 라디오를 통해 일본어로 야담을 방송했고, 일본의 대표적인 종합잡지 『개조(改造)』에 장혁주의 「아귀도(餓鬼道)」와 나란히 단편 「휘파람(口笛)」(1932.7)을 발표하는 등, 1930년대에 일본 문단에도 잘 알려져 있는 사람이다.

「파경부합」은 신라 진평왕 때 설씨녀와 가실이 어려움을 이겨내고 결국 혼인하는 설화를 소재로 한 단편인데, 윤백남은 신라라는 시대적 배경을 특정하지 않고 각색하여 내용을 재구성하였다. 즉, 자신의 부친을 대신하여 군대에 간 가실이 돌아오기만을 기다리는 설씨녀의 심경을 3인칭 시점에서 그리고 있는데, 표준 일본어 문체를 따르며 내레이터의 감정 개입이 절제되어 있는 방식으로 3인칭 화자의 근대 소설 형식을 갖추고 있다.

3. 조선인의 목소리를 담아낸 일본어 잡지

재조일본인은 조선에 대한 정보를 주변의 재조일본인뿐만 아니라 일본에 알릴 목적으로 일본어 잡지를 발간하거나 조선의 문학을 일본어로 번역하여 단행본으로 간행하였다. 1920년대에 들어서 일본어로 번역 소개된 조선의 문학을 보면, 『통속조선문고(通俗朝鮮文庫)』(전12권, 自由討究社, 1921~26), 『선만총서(鮮滿叢書)』(전11권, 1922~23), 『조선문학걸작집(朝鮮文學傑作集)』(1924, 奉公會) 등이 있다. 호소이 하지메(細井肇)나 다카하시 도루(高橋亨)가 중심이 되어 설화를 비롯한 조선의 고전을 일본어로 번역하여 소개한 것이다. 일본인이 조선의 고전에 주목한 이유는 조선의 풍속과 문화를 통해 조선인의 민족성을 파악하여 식민 통치를 용이하게 해가기 위해서였다.

한편, 고전이 아니라 조선의 근대문학을 일본 사회에 소개한 사람으로 오야마 도키오(大山時雄)가 있다. 그는 동시대의 조선 문학에 관심을 갖고 일본어로 번역하여 소개하였다. 그 매체가 된 잡지가 바로 『조선시론(朝鮮時論)』이다. 『조선시론』은 1926년 6월에 창간되어 1927년 10월까지 단속적(斷續的)으로 간행된 일본어잡지이다. 사장이자 편집자인 오야마 도키오는 조선의 시대적 변화를 간취하고 조선의 민의(民意)를 살펴 재조일본인 사회나 일본 '내지'에 알리고자 동시대 조선 문학의 동향을 번역하여 실었다. 문학작품뿐만 아니라, 조선의 행사나 여론을 소개하기 위해 『동아일보』, 『조선일보』, 『매일신보』를 중심으로 사설 중에서 몇 편씩을 골라 번역하여 실었다. 비록 총 간행 횟수는 많지 않지만 조선 문학을 번역하여 소개하거나 언어적 관점에서 조선의 문화를 소개한 글이 다수 실려 있어, 『조선시론』은 조선의 문화를 바라보는 재조일본인의 관점을 잘 보여주고 있다.

『조선시론』 6월 창간호에는 『문예운동(文藝運動)』(1926.2)에 실린 두 편의 시, 이호(李浩)의 「전시(前詩)」와 이상화(李相和)의 「도쿄(東京)에서」가 소개되었다. 이 두 편의 번역시와 함께, 소설로는 이익상의 「망령의 난무(亡靈の亂舞)」가 소개되었다. 「망령의 난무」는 바로 전달인 5월호의 『개벽(開闢)』지에 발표된 것을 번역하여 실은 것이다.

1926년 8월호의 『조선시론』에는 현진건의 「조선의 얼굴」이 소개되었고, 9월호에는 이상화의 시 「통곡」과 최서해의 「기아와 살육」(『조선문단』 1925.6)이 실렸다. 또, 현진건의 「피아노」(『개벽』 1922.11)가 일본어역과 에스페란토역으로 동시에 게재되기도 하였다.

우리나라에 처음으로 에스페란토를 보급한 사람은 김억(金億, 1896~?)이다. 김억이 당시 조선시론사의 문예부에 소속되어 오야마 도키오에게 에스페란토를 전수해주었고, 『조선시론』(1927.1)에 김억의 에스페란토 세션이 별도로 마련된 사실 등을 감안하면, 현진건의 「피아노」 에스페란토 역은 김억에 의한 번역으로 짐작된다. 국가나 민족을 뛰어넘는 연대로서 제안된 에스페란토를 일본인의 잡지 매체에서 제국주의에 대한 저항으로 방법화한 김억의 활동을 살펴볼 수 있다.

그런데 조선의 문학을 일본인이 읽기 좋게 일본어로 번역하여 실은 작품에는 국문의 내용과 다르게 번역된 표현상의 차이가 보인다. 예를 들어, 이익상의 「망령의 난무」의 경우를 살펴보자.

▶ 이익상, 「망령의 난무」(1926)

나는 물론 너의들중에서 앳서모아준모든 것을 헛되이 업샛는지도알수업다 아니다。헛되이 업샛다。그우에 무엇을 더탐하야 루긔사업에모든것을 내바티엇다。술을먹엇다。녀자를간음하엿다。그리고 다른사람을 학대하엿다。그러나 나는아즉것 남의것을 빼앗지는아니하엿다 남에게몹슬짓을 하지아니하엿다。내가 내버린그것만치 다른사람이 어딋슬뿐이다。나는 적선을하엿다。

勿論俺は爾等の中の誰かが人の膏血を搾つて造り上げた身代を空しく費したのかも知れない。俺が人を虐待したのも、女の貞操を弄んだのも、今日亡妻の遺骨に侮辱を加へるやうな行為になつたのも、その作り上げた財のさせたわざなんだ。俺は決してむごいことをした覚えはない。

위의 인용에서 밑줄 친 부분을 보면, “남의것을 빼앗지는아니하엿다”는 말은 일제의 한국 국권 침탈로 유추해석이 가능한 부분이다. 그런데 일본어 번역에서는 이 부분이 삭제되고, 대신에 부정하게 쌓아올린 재산이 문제라는 식으로 바뀌어 있다. 이와 같이 식민 치하의 현실을 비판적으로 표현한 부분이 작중인물 창수 개인에 대한 윤리적인 단죄로 축소 내지 책임 전가되어 있는 것을 볼 수 있다. 일본어로 번역한 사람이 일본인인지 조선인인지는 명기되어 있지 않은데, 문학작품의 구체적인 표현에 이르기까지 통제와 검열을 가하여 식민정책을 수행한 당시의 상황을 살펴볼 수 있다.

이상에서 보듯이, 일제강점기에 한반도에서 시작된 일본어문학은 1920년대에 들어서면서 창작과 함께 한국의 고전과 근대문학을 아우르며 폭넓게 번역 소개되었는데, 일본어로 번역되는 과정에서 일본의 관점에 맞게 개작된 경우가 많았다. 일제강점기에 시작된 한국인의 일본어문학은 주권을 잃은 식민지 상태에서 민족국가의 정체성이 왜곡되고 변형되어 일본에 소개되는 형태로 출발한 측면이 있다고 할 수 있다.

제2장

일본문단으로 나아간 조선인의 문학

1. 프롤레타리아 문학과 한일 문학의 연대

한국과 일본의 문학사를 통틀어 한일 문학의 연대가 나오는 것은 프롤레타리아 문학이다. 1920년대의 프롤레타리아 문학과 전후 일본에서 시작된 재일문학 모두 동시대의 일본 프롤레타리아 문학자와 한국인이 연대하여 활동이 이루어졌다. 물론 일제 강점기에 식민지 조선인이 식민 종주국의 일본인과 연대한다는 것은 권력관계의 비대칭 문제가 있기 때문에 동상이몽일지도 모른다. 아무리 민족 간의 차별을 넘어 프롤레타리아 국제주의를 표방하며 계급적 연대를 모색한다고 해도 조선인과 일본인의 무산자의 처지는 다를 수밖에 없기 때문이다.

식민지 조선의 노동자들은 조국이 피식민 상태에 놓여있는 민족적인 문제뿐만 아니라, 일제의 경제 식민지로 전락하여 노동력을 착취당하는 계층 문제의 이중의 억압을 받고 있었다. 즉,

조선에서의 사회주의운동은 민족 개념이 전제된 조국해방운동의 성격을 띠기 때문에 일본인 노동자와는 처지도 다르고 목표하는 바도 달랐다. 그렇기 때문에 함께 연대를 한다고 해도 목표도 다르고, 활동 내용도 다를 수밖에 없는 한계는 분명 있었다.

그럼에도 불구하고 일제강점기에 프롤레타리아 문학을 중심으로 나온 한일 문학의 연대는 한일 양국의 문학을 포괄하여 새로운 관점과 교류의 가능성을 보여주었다고 할 수 있다. 1920년대에 일본인과 연대한 조선인 프롤레타리아 문학 활동을 통해 이러한 점을 살펴보자.

프롤레타리아 문학은 기본적으로 노동자 계급의 해방을 전제하기 때문에 천황을 정점으로 하는 일본 제국주의에 대하여 비판적인 입장을 갖고 있다. 1920년대에 전 세계적으로 공산주의 사상이 퍼지고 프롤레타리아 문학이 유행하자, 일본 당국은 출판물을 검열하거나 관련자를 검거하며 탄압하였다. 식민지 조선에서는 이러한 탄압이 일본보다 더 심하게 가해졌다. 총독부의 압수와 발매 금지를 당하여 1920년대에 활기를 띤 문단활동이 대부분 단명하고, 발표무대를 잃은 식민지 조선인들은 당시 비교적 탄압이 덜했던 일본의 프롤레타리아 매체로 발표무대를 옮겨가게 된다.

일본에서 프롤레타리아 문학이 가장 활발했던 시기는 전시 체제로 들어가기 전인 1920년대 후반으로, 조선인의 글이 실린 대표적인 잡지와 그 성격을 간단히 소개하면 다음과 같다. 먼저 『씨 뿌리는 사람(種蒔く人)』(1921.2~1923.8)은 일본 프로문학 최초의 잡지로, 간토대지진이 일어난 뒤에 폐간되었다. 문학자의 사회적 역할과 국제적 연대를 주장한 프랑스 문학자 고마키 오미(小牧近江)의 영향을 받아 반(反) 자본주의 작가와 평론가를 중심으로 창간되었는데, 일본 프로문학사의 뜻깊은 이 잡지에 김중생(金中生)의 글 「무산자와 유산자(無産者と有産者)」(1921.2)가 창간호부터 실려 조선인 프롤레타리아 문학사에 중요한 의미를 갖는다.

『씨 뿌리는 사람』이 폐간되고 프롤레타리아문학 운동을 재건할 목적으로 『문예전선(文藝戰線)』(1924.6~1932.7)이 창간되어 프롤레타리아 문학의 이론화에 힘썼다. 여기에 실린 김희명(金熙明)의 「이방애수(異邦哀愁)」(1926.3)는 프롤레타리아 계급해방과 함께 조선 민족의 해방을 위해 투쟁해야 하는 식민지 조선인의 이중의 굴레가 빈곤과 조선인에게 행해진 민족 차별 속에서 외롭게 지내는 아이를 통해 잘 그려져 있다.

▶ **김희명, 「이방애수」**(1926)

싸구려 여인숙 조선인 아이

아버지가 돈 벌러 나가자 외톨이

여인숙 주위를 어슬렁어슬렁 걷고 있다.

- 전철은 위험해, 라고

아버지에게 들었기 때문에

안쪽 길만 걷고 있다.

언제나 되어야 학교에 갈 수 있는 건지,

아홉 살인데 아직 집에 있다.

어머니도 없고, 친구도 없이

완구도 없는 방은 캄캄하다!

이웃 아이와 놀려고 해도 말을 할 수 없다.

언젠가 아이들 틈에 끼어 놀았더니

- 이애는 벙어리야, 하며

모두 놀리고 만다.

아버지가 돌아와

"애야-" 하고 불러

너무 기뻐 조선어로 대답했더니,

아이들이

-"조센징", "조센징"

침을 뱉으며 떠들어댔다.

김희명은 『문예투쟁(文藝鬪爭)』(1927.4~?)의 창간호에도 「아름다운 것들 모욕의 모임(麗物侮辱の會)」(1927.4)이라는 창작을 실었다.

이 외에도 식민지 조선인의 다양한 글이 실린 잡지에 『전기(戰旗)』(1928.5~1931.12)가 있다. 『전기』는 일본공산주의자를 탄압한 1928년의 '3·15사건' 이후에 결성된 'NAPF(전일본무산자예술동맹)'의 기관지로, 고바야시 다키지(小林多喜二)의 『1928년 3월 15일(一九二八年三月十五日)』이나 『게공선(蟹工船)』(1929)을 비롯하여, 도쿠나가 스나오(徳永直)의 『태양이 없는 거리(太陽のない街)』 등, 일본 프롤레타리아 문학 굴지의 작품이 실린 잡지이다. 여기에 이북만(李北萬), 김병호(金炳昊), 박달(朴達), 김두용(金斗鎔), 김광균(金光均), 김용제(金龍濟) 등의 글이 실렸다.

▶ **김병호, 「나는 조센징이다(おりやあ朝鮮人だ)」**(1929.3)

나는 조센징이다!

나라도 없고 돈도 없다

즐거운 일은 물론 없지만

슬픔을 청할 눈물 또한 치워버렸다

도덕이 뭐냐!

일선융합(日鮮融合)이란 무엇이냐

우리들은 너무 속고 있다

선대로부터 살아온 정든 집을

선조로부터 전해 내려온 논밭을

어떤 놈이 탐하여 갈취해 갔다!

지금은 알몸 하나만 남아있을 뿐이다

너희들은 일하라고 말하는가!

너희들은 우리들이 게으르다고 말할 참인가

도대체 일할 곳이 없는 것을 어쩌란 말인가!

그리운 고향 산천을 뒤로 하고

북은 남만주 동은 일본으로

압류되는 여보(ヨボ)들을 어쩔 셈인가

우리와 우리의 몸을 적국으로 옮기는 심정을

너희들은 알지 못하겠지!

정처없이

다만 행복을 비는 마음으로

오래 살 곳이면 된다는 조급한 마음으로
오늘도 역시 백의를 입은 사람 수백을 태운
관부(關釜)연락선이 뿌 하고 울린다!
종국에는 변두리나 탄갱에서 죽을지도 모르지만

일본인은 우리들의 ×이다
그러나 전 일본 무산자는 우리들 편이다
우리들을 가엾게 여겨 구해줄 이도
전 일본 프롤레타리아이다
너희들이 생각하는 것은 우리도 생각하고 있고
너희들이 하려는 일은
우리도 할 수 있을 것이다!
동지들이여 손을 잡아주게나
그리고 일대 사업을 잘 부탁하네!

위의 시에 나오는 '여보(ヨボ)'라는 말은 일제강점기에 일본인이 조선인을 비하하여 부른 차별어이다. 일본인을 향하여 조선인이 처한 힘든 상황을 강하게 비판하며 한일 연대를 호소하고 있다.

일본 프롤레타리아문학 잡지 중에서 식민지 조선인의 글이 가장 많이 실린 것은 『전진(進め)』(1923.2~1934.11)이다. 『전진』은

1920년대 일본 사회주의 운동의 고양 분위기를 잘 보여주는 잡지로, 표지의 '전진'이라는 타이틀 위에 '(무산계급)전투잡지'라고 붉은 색 큰 글씨로 적혀 있다.

『전진』은 일본뿐만 아니라, 조선(부산, 안동, 원산을 비롯한 6개의 지국이 있었음), 만주 등에도 지국을 두고 각 지역의 소식을 폭넓게 실었다. 특히, 일본에서 활동하는 조선인의 프롤레타리아 운동 현황을 보고하는 글들이 많고, 이들이 조선에 있는 동지에게 보내는 글도 실려 있다. 또 조선의 여러 지역의 실상을 일본과 세계 여러 곳에 알려 프롤레타리아운동을 촉구하는 글도 있으며, 러시아나 서간도·북간도의 만주 일대, 그리고 일본에 흩어져있는 조선인들의 독립운동의 실상을 전체적으로 파악할 수 있는 보고 성격의 평론이 실리기도 하였다.

이와 같이 잡지 『전진』에는 조선인의 시나 소설, 희곡, 평론 같은 창작이 다수 실렸다. 그리고 일본어가 아닌 한글 상태 그대로 실린 글도 다수 포함되어 있다. 정연규(鄭然圭), 김희명, 김광욱(金光旭) 등이 『전진』을 거점으로 결집하여 활동하였다.

김광욱이 『전진』(1929.4~5)에 발표한 「이주민(移住民)」은 압록강 경계를 넘어 만주로 이주해서 살고 있는 재만(在滿) 조선인의 삶을 그리고 있다. 만주에서의 척박한 생활과 일본인의 탄압, 그

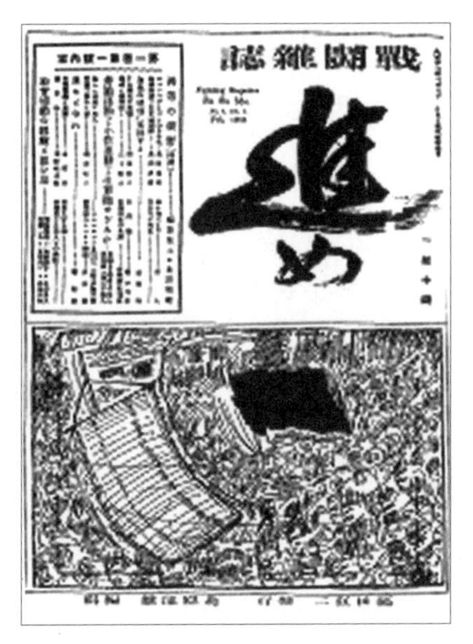

『전진』 창간호

리고 조선인의 저항을 그린 소설이다. 만주를 배경으로 이주 조선인의 삶을 탄탄한 구성으로 그려낸 일본어문학 초기의 뛰어난 작품이다.

▶ **김광욱, 「이주민」(1929)**

K섬 N영사관의 넓은 정원에는 백의의 군중이 초라한 모습으로 겨울 하늘 아래에 우두커니 서 있었다. 이들은 기아에 허덕이는 거지 떼처럼 일가족이 모여 뭔가를 찾

고 있는 것 같았다. 나이든 노인도 있었다. 아이를 업은 젊은 아낙도 있었다. 홑옷 한 장으로 떨고 있는 젊은 사람도 있었다. 굶주림과 추위에 시달리면서 이들은 정원 구석이나 고목 아래, 건물 처마 밑에서 가족의 손을 잡고 웅크리고 있었다. 이들의 얼굴색은 오랜 동안의 굶주림 때문에 창백하게 보였다.

대륙의 가을날은 우울 그 자체였다. 태양빛은 구름 깊은 곳에 감추어져 있었다. 이윽고 밤이 오면 이들 몸 전체에는 가시 같은 서릿발이 피어날 것이다.

채찍을 손에 든 경관이 때때로 이 사람들 주위에 나타나 못마땅한 말을 던지고 사라져 갔다. 그러나 이들은 외칠 용기도 없고 욕할 힘도 없었다. 적진에 잡혀온 포로처럼 순종하며 무슨 일이든 따랐다.

그녀의 비명이나 욕하는 소리에 군중은 잠깐 잠자코 있었다.

"오! …… 나는 죽고 싶지 않아요. 기필코 꼭 원수를 갚을 거예요. 아버지를 죽인 원한, 어머니를 죽게 한 증오, 으……. 나는 죽으면 안 돼요. 저를 이렇게까지 더럽히고 제 일생을 희롱한 놈들을……. 제 동생을 끌고 간 놈들에게 반드시 꼭 제가 원수를 갚아줄 거예요……."

> 그녀의 목소리는 점차 낮게 목이 잠기어 갔다. 그리고 그녀의 입가에는 금세 검붉은 피가 배어 나왔다.
>
> 갑자기 군중이 외치는 소리가 커졌다.
>
> "그놈들을 해치우자! ……."
>
> "때려 ×여버려……."
>
> 군중은 더욱 기세를 올리며 영사에게 다가갔다. 그리고 앞쪽 사람들이 와 하고 함성을 지르며 영사관 안으로 밀물처럼 밀려들어갔다.

그 외에도 조선인의 일본어문학이 발견되는 일본 프롤레타리아문학 잡지는 다수 존재한다. 이들은 매체별 편집 방침에 따라 실린 글들의 성격도 조금씩 다른데, 이들을 통해 1920년대 식민지 조선인이 계급적이면서 동시에 민족적인 투쟁을 어떻게 일본 문단과 연계해서 활동했는지 파악할 수 있다.

이상에서 보듯이, 1920년대에 일본의 프롤레타리아문학 매체에서 활동한 조선인의 글에는 일본인과 연대하면서도 일본인과 다른 관점이 드러나 있다. 즉, '제국'에 대한 상이한 관점, '재일 조선인'이라는 특수한 입장에서의 일본과의 연대 방식을 모색해 가는 일련의 과정, 그리고 만주로 이주해간 조선인이 일본인과 중국인 사이에서 느끼는 갈등처럼 다양한 항변의 목소리를 들을 수 있는 귀중한 작품이 많이 있다.

2. 간토대지진 조선인학살에 대한 기억

일제강점기에 일본에 건너가 살게 된 조선인은 전쟁기에 징병이나 징용으로 끌려간 사람들로 생각되기 쉽다. 물론, 1931년의 만주사변과 1937년의 중일전쟁으로 촉발된 아시아·태평양전쟁 시기에 징병이나 징용으로 강제동원된 사람들이 큰 폭으로 늘면서 일본에 거주한 조선인의 수도 급증한 것이 사실이다.

그러나 1910~1920년대부터 일본에서 생활하는 조선인은 꾸준히 늘어났다. 조선에서는 토지조사사업을 통해 세금을 과도하게 부과하거나, 총독부에서 농토를 국유화하여 동양척식주식회사에 넘겼다가 일본인이 소유하도록 만들어서 조선인이 소작농으로 전락하는 경우가 늘어났다. 여기에 식량 수탈도 심하여 경제적으로 먹고 살기 어려워진 조선인이 조상 대대로 살아온 삶의 터전을 버리고 일본의 노동시장으로 흘러들어간 것이다.

그런데 식민지 조선인이 식민 본국인 일본에서 값싼 노동력으로 살아간다는 것은 민족차별은 말할 것도 없고, 경제적으로도 매우 궁핍한 생활을 견뎌내야 했다. 이러한 때에 대지진이 일어나 조선인이 대량으로 학살된 사건이 벌어졌다.

1923년 9월 1일에 도쿄(東京)와 요코하마(横浜)를 중심으로 하는 간토지방에 규모 7.9의 강진이 발생하였다. 바로 간토대지진(関東大震災)이다. 14만여 명이 희생되고 가옥 57만 채가 소실되면서 제국의 수도가 마비된 대규모의 재난이었다. 현재의 시점에서 봐도 규모가 큰 지진인데, 1920년대 당시는 건축물에 내진설계가 되어 있지 않은 것은 말할 것도 없고, 대부분이 목재 건물이 많아서 대도시가 잿더미로 변해버린 큰 지진이었다. 이 간토대지진으로 죽거나 재산 피해를 입은 조선인도 많았다. 그런데 지진의 직접적인 피해보다 더 심각한 문제가 지진이 일어난 직후에 발행하였다.

지진이 발생한 날부터 조선인이 일본인을 죽이기 위하여 방화, 약탈, 우물에 독극물을 풀었다는 등의 날조된 유언비어가 매스컴을 통해 전국으로 퍼져 갔고, 지진 발생 다음날인 9월 2일에는 내무성(内務省) 경보국장(警保局長)의 서명이 들어간 '불령선인 내습(不逞鮮人来襲)'이라고 적힌 전문(電文)이 군부를 통해 곳곳에 송달되었다. 그런데 이러한 상황은 조선인 학살을 더 부채질한 측면도 있다. 정부 당국의 미온한 대처와 대지진으로 인하여 극도로 불안해진 일본인들이 힘없는 조선인에게 자신들의 공포를 전가시킨 것이다.

'불령선인(不逞鮮人)'이라는 말은 동학운동 때부터 일본인 사이에서 회자되어 3·1운동 이후 널리 퍼진 말로, 일본의 조선 지배에 저항하는 조선인을 적대시하고 폄하하여 사용한 차별어이다. 치안 단속기관뿐만 아니라 일반 민간인도 널리 사용하였다. 전후에는 이 말을 사용하는 경우가 거의 없어졌지만, 지금도 극우적인 성향을 가진 일본인 사이에서 종종 사용될 정도로 일본 사회의 뿌리 깊은 '혐한(嫌韓)'을 보여주는 대표적인 말이다.

이와 같이 조선인에 대한 근거 없는 유언비어와 극단적인 혐오 속에서 민간 일본인이 이른바 '자경단(自警團)'이라는 경찰유사조직을 만들어 조선인을 탄압하고 학살하는 사태가 벌어졌다. 여기에 재향군인회, 청년단 등의 일본 조직과 군중들이 가세하여 조선인에 대한 폭력과 학살이 자행되었고, 그 결과 공식 집계된 수만 해도 약 6,000명 이상의 조선인이 학살되는 사태에 이르렀다. 최근의 조사에 따르면 학살된 조선인의 수는 2만 3천 명을 넘는다고 알려져 있다. 그러나 현재까지 정확한 통계나 조사도 이루어지지 않았고, 일본의 공식적인 사죄도 없었다. 주권을 빼앗긴 식민지인으로 무고하게 학살된 사건은 일제의 엄격한 통제 속에 바로 표출되지 못하고 몇 년 지난 후에야 조선인 프롤레타리아문학자를 중심으로 원혼(冤魂)을 위로하는 노래가 나오기 시작하였다.

간토대지진 조선인 학살을 에세이나 평론, 문학작품 속에서 언급한 일본의 문헌도 있었다. 지진이 어느 정도 안정되고 조선인 학살관련 보도금지 지침이 해제될 시점에 나온 다수의 재난문학 속에 조선인 학살이 비판적으로 형상화되어 있다. 그런데 이들 문헌 속에 그려진 조선인은 대지진의 참상을 기술하는 후경(後景)으로 배치되거나, 혹은 일본인 이야기 속에 간접적으로 대상화되는 정도에 머무르는 것이 대부분이다.

한 예로, 조선인 학살을 비판적으로 그린 대표적인 작품으로 평가받고 있는 아키타 우자쿠(秋田雨雀)의 「해골의 무도(骸骨の舞跳)」(『演劇新潮』, 1924.4)에서 이런 정황을 살펴볼 수 있다. 간토대지진이 발생한 며칠 후에 도호쿠(東北)지방의 한 역에 조선인이 습격해 온다는 유언비어가 퍼진 가운데 피난민이 대피해 있는데, 이곳에 있던 조선인 남성을 끌고 가려는 자경단원과 이를 저지하는 한 일본인 청년이 벌이는 논쟁을 극화한 작품이다. 사회운동가이자 극작가인 아키타 우자쿠가 쓴 이 작품은 조선인 학살에 대한 비판을 문학작품으로 형상화한 것인데, 해당 부분이 검열에 걸려 복자(伏字)가 많은 상태로 발표되었다. 조선인 학살을 다룬 동시대 문헌으로 주목할 만한 작품이다.

그런데 「해골의 무도」에서는 조선인 학살을 비판적으로 웅변하는 사람도, 또 비판받고 있는 대상도 모두 일본인으로 그려져 있고, 조선인 남성의 목소리는 공포에 떨며 이름과 출신을 겨우 말하는 정도로 묘사가 제한되어 있다. 즉, 조선인이 주체로서 전경화(前景化)되지 못하고 일본인의 대상으로서만 표출되고 있는 것이다. 사회운동가로서 아키타 우자쿠가 갖고 있던 제국주의에 대한 날선 비판은 잘 드러나 있지만, 같이 연대하여 제국주의를 타도해야 할 식민지 조선인의 목소리는 주체적으로 표출되지 못하는 한계를 보이고 있는 것이다. 식민 본국과 피식민지 사이의 넘을 수 없는 한계를 노정하고 있다.

그렇다면 식민지 치하의 조선인은 주체적인 목소리를 내지 못했는가? 결론적으로 말하면, 그렇지 않다. 소수이지만 조선인의 주체적인 목소리를 담아낸 작품이 있었다. 학살된 조선인의 주체적인 목소리를 들을 수 있는 것은 조선인의 글을 통해서이다.

사실 생각해보면 당연한 이치일 터인데, 지금까지 주목받지

못한 것이 오히려 놀라울 정도이다. 1927년에 신의주고보를 졸업하고 일본으로 유학 간 백철(白鐵, 1908~1985)은 1930년에 일본프롤레타리아예술가동맹(NAPF)에 가입하고 『프롤레타리아시(プロレタリア詩)』, 『지상낙원(地上楽園)』, 『전위시인(前衛詩人)』 등의 동인으로 활동했는데, 이때 조선인 학살에 관하여 쓴 시에 「9월 1일(九月一日)」(『前衛詩人』, 1930.9)이 있다.

▶ **백철, 「9월 1일」**(1930)

조선 노동자(C)

우리는 생각했다 / 8년 전의 9월 ×일에 대하여 / 그놈들의 끝날 줄 모르는 ××에 대하여 / 이를 단행하기 위한 그놈들의 유언비어에 대하여 ― / 우리는 지금까지 잠자코 이 날을 보내야만 했다 / 그러나 언제까지나 우리가 잠자코 있을 줄로 그놈들은 생각했을까? / 우리는 생각했다 / 이번에야말로 어떻게 이 날을 맞이해야 하는지 / 오, 형제들이여! / 마침내 그날이 온 것이다. / 9월 ×일이 ―

조선 노동자(D)

내 아버지가 ×당한 날이 ― /

조선 노동자(E)

내 형이 ×당한 날이 — /

조선 노동자(F)

내 동지를 잃은 날이 / 그 녀석은 우리의 유일한 지도자였다 / 그 녀석은 바로 앞에서 ×당했다 / 그놈들이 노리고 있었던 거다 /

조선 부인

놈들은 내 남편을 빼앗아 갔다 / 나는 남편이 나무 밑동에 묶여 있는 것을 봤지만 도망갈 수밖에 없었다 / (중략) /

일본 노동자(다수)

우리도 모였다 / 조선의 형제들과 함께 이 날을 기념하기 위하여 / 우리의 과거의 잘못을 투쟁으로 뉘우치고 새롭게 하기 위하여 / 우리는 같은 노동자가 노동자를 ×했다 / 같은 형제가 형제를 ××한 것이다 / 놈들의 악랄한 유언비어에 속아서 / (중략) /

일본 노동자, 조선 노동자(다수 함께)

우리는 일어섰다 / 어깨동무한 팔은 튼튼하다 / 놈들의 ×× 무엇이냐? / 놈들의 ×× 무엇이냐 / 우리는 굴하지 않고 나아간다, 나아간다 / 그날의 ×수를 위해 / 내일의 승리를 위해

위의 시에서 “8년 전의 9월 ×일”은 간토대지진이 일어난 1923년 9월 1일을 가리키는데, ‘학살당했다’는 말이 복자로 처리된 것으로 짐작된다. 이 시는 조선인 노동자가 먼저 학살된 가족, 동료 이야기를 하고, 이어서 조선 부인, 소년, 노인, 조선인 모두의 목소리로 학살당한 가족을 노래한다. 그리고 일본인 노동자가 개별적으로 노래한 다음, 모두 함께 조선인과 연대해야 한다고 노래한다. 그리고 최종적으로 조선인 노동자와 일본인 노동자가 각각, 그리고 함께 궐기를 외치며 끝나는 형식이다.

백철의 시는 조선인 학살에 대한 비판적인 목소리를 주체적으로 표출시킨 작품이다. 조선인 노동자와 일반 민중들의 목소리를 통해 학살당한 조선인의 분노와 저항을 드러냈다. 여기에 이들과 연대하려는 일본인 노동자의 목소리가 가세하여 일본제국주의를 비판하고 있다.

이 시는 간토대지진으로부터 시간이 조금 지난 시점에 발표되었지만, 아직 식민지배가 끝나지 않은 상태인 데다 더욱이 1930년은 프롤레타리아문학 전성기를 지나 전시체제로 접어들면서 당국의 검열과 압박이 심해지던 시기였기 때문에 표현에 많은 제약이 따랐을 것이다. 그런 가운데 다양한 조선인의 목소리를 통해 학살에 대한 분노를 표출시킨 극화(劇化)된 형식은 조선인을 약자로 대상화하지 않고, 학살에 대한 기억을 환기시키고 단결과 투쟁을 궐기하는 강한 연대의 힘으로 표출시킨 점에 의미가 있다.

백철과 동시대에 활동한 프롤레타리아 시인 김용제(金龍濟, 1909~1994)도 간토대지진으로 학살된 희생자를 애도하는 두 편의 시 「진재의 기억-9월 1일을 위하여」(『부인전기(婦人戰旗)』(1931.10)와, 「선혈의 기억-9월 1일을 위하여」(『전기(戰旗)』(1931.9)를 발표하였다.

▶ **김용제, 「선혈의 기억-9월 1일을 위하여」**(1931)

아 친애하는 일본의 노동자들이여!
이 백골의 차가운 슬픔은
살아있는 노동자의 철의 의지와 같다.
같은 적을 향해 격렬한 증오와 분노를 넘어
피압박 계급의 반역의 맹세를 아름답게 새겨 넣자
- 프롤레타리아에게 국경은 없다!
- 민족이라는 도랑을 메워버려라!

간토대지진의 조선인 학살을 다룬 작품은 전후에도 나왔다. 윤민철(尹敏哲, 1952~)은 전후 일본에서 태어나 '출입국관리령' 위반으로 한국으로 강제 송환되었는데, 그가 발표한 시 「진재(震災)」(『火の命』, 浮游社, 1992)는 간토대지진으로 학살당한 조선인의 영혼을 불러들여 대지진의 기억을 노래하고 있다. 일본어의 청음과 탁음을 발음하게 해서 조선인을 선별하여 학살했던 당시의 기억을 표현하기 위하여 탁음을 모두 소거한 히라가나 표기로 시어가 이어지고 있다. 다음은 「영혼(靈) 2」가 부르는 노래의 후반부인데, 자신이 왜 죽어야 했는지 알 수 없고, 자신의 인생이 너무 비참하고 슬퍼 잠들 수 없다는 영혼의 목소리를 들려주고 있다.

▶ **윤민철, 「진재」**(1992)

계속 기다리고 있습니다 / 언제까지나 / 계속 떠돌아다닙니다 / 언제까지나 / 우리가 받은 괴로움 / 잊게 내버려두지 않겠습니다 / 아라카와 제방 위에서 / 가나가와 철교 위에서 / 계속 떠돌고 있습니다 / 밤에는 어둠에 / 위로받지 못하는 / 안개 같은 / 하얀 기척이 되어 // 이 나라의 관(官)과 민(民)의 손으로 / 질질 끌려 다니다 죽어 / 이 나라의 대기와 하늘에 / 최후의 오열을 입밖

> 으로 내며 / 이 나라의 흙과 물에 / 썩어가는 내 몸의 성분이 / 녹았을 터인데 / 윤기 나는 소녀들의 / 검은 머리카락도 / 남자들의 다부진 / 팔이나 어깨도 / 모든 것은 흙 속에서 세월 지나 / 썩고 섞이고 양분이 되어 / 이윽고 이 나라의 / 제방의 우거진 풀이 되어 / 이제 그 위에서 / 젊은이들이 서로 희롱하며 / 어머니와 자식은 사사로운 일에 신경 쓰지 않는 / 웃음소리를 내고 있을 터인데 / 이 나라의 / 60 몇 번째인가의 9월 1일은 / 그런 당신들을 다시 생각하는 것조차 없이 / 지나가는 사람들 위에 저물어 가는 / 아무렇지도 않은 일상의 / 조심스러운 미소와 / 그날 아침에도 본 것 같은 / 상냥함 속에서

간토대지진 조선인 학살이 일어난 지 70년의 세월이 지나왔지만, 상처가 치유되지 못한 절규와 고통이 곳곳에 묻어 나오는 시이다. 죽어서도 평안해지지 못하고 계속 떠돌고 있는 위로받지 못한 죽음을 시적 화자는 토로하고 있다.

이와 같이 죽은 자의 목소리로 학살의 기억을 환기시키는 것은 어떤 의미가 있을까? 우선 학살의 기억이 공적으로 표출되지 못한 억압된 것임을 드러내 준다. 학살에 대한 진상 규명도 피해자의 규모도 명확히 밝혀지지 않은 식민지인의 죽음이 전후 일

본사회에서 외면당해 온 실정을 대변해주고 있는 것이다. 그리고 이러한 학살의 기억이 트라우마가 되어 현재까지 공포의 기억에서 벗어나지 못하고 있는 현실 또한 보여주고 있다.

위의 시에서 보듯이, 원혼이 아라카와(荒川), 가나가와(神奈川), 도네가와(利根川) 등지의 공간을 떠돌고 있는 모습은 현재의 아무렇지도 않아 보이는 일상의 공간이 사실은 조선인이 학살되어 버려진 트라우마의 장소임을 환기시키고 있다. 이와 같이 죽은 자의 영혼의 목소리로 표출된 학살의 기억은 일제강점기 이래 일본에서 살고 있는 사람들의 봉인된 기억을 풀어내어 위무(慰撫)하고, 현재를 사는 우리에게 역사의 교훈을 남기고 있다.

3. 근대 일본의 '조선 붐'을 일으킨 장혁주

조선인은 왜 일본어로 글을 썼을까? 1930년대에는 어릴 때부터 일본어로 말하고 글을 쓰며 성장한 일본어 세대의 작품이 문단에 등장하였다. 이들 일본어 세대는 본격적으로 일본문단으로 나아가 활동하였다. 이때는 조선에서 일본어가 '고쿠고(國語)'로 상용화되었고, 일본어 교육도 공고화된 시기였다. 그 결과, 조선에서의 일본어 사용은 공적 생활뿐만 아니라 일반교양이나 문학 언어로 점차 확대되었다. 조선인의 일본어 사용은 강제된 현실의 문제였으며, 특히 문단에 나아가 문학 활동을 하려고 하는 사람들에게는 불가피한 상황이었다.

그렇지만 조선의 문학자들이 일본어를 강제로 써야 하는 상황 속에서 수동적으로 일본어 글쓰기를 한 것만은 아니다. 조선의 문학자들은 왜 자신이 일본어로 글을 쓰는지 스스로에게 되묻고 그 의미를 찾으려고 하였다. 그 중에서 첫 번째로 들 수 있는 것은 언문일치 이전의 조선어가 문학 언어로서 적절하지 않다는 이유 때문이었다. 근대 일본어에 자극을 받아 조선의 근대문학을 개척해간 조선의 문학자들에게 일본어가 우선 문학언어로서 편의를 준 것이 사실이다. 이러한 문제제기는 아직 근대 문학 언어로서 조선어가 정착되지 않은 1910~20년대를 시작으로 이광수, 김동인, 이인직, 주요한 등에서 찾아볼 수 있다.

이에 비하여, 어려서부터 일본어교육을 받고 1930년대 이후에 본격적으로 일본어로 창작활동을 한 장혁주나 김사량은 일본어 글쓰기에 대하여 조금 다른 입장을 보였다. 유년시절부터 일본어교육을 받은 장혁주에게 일본어는 없어서는 안 되는 문학언어의 모델이었다. 그는 조선에 대하여 잘 모르는 일본인에게 '조선물(朝鮮もの)'을 널리 알리려는 목적의식을 갖고 있었다. 이러한 생각은 김사량도 마찬가지로 갖고 있었다. 김사량은 조선의 문학자가 일본어로 글을 써서 일본문단에 진출하는 데에는 조선의 문화를 알리려는 매우 적극적인 동기가 필요하다는 점을 강조하였다. 조선인의 일본어 글쓰기에 대하여 비슷한 생각을 하고 있던 장혁주와 김사량을 중심으로 1930년대 조선인의 일본어문학은 본격화된다.

이와 같이 일본어 글쓰기는 조선의 문학자들에게 근대 문학 언어의 전형으로, 또 조선을 널리 알릴 수 있는 수단으로서 의미가 부여되어 점차 확대되어 갔다. 조선인의 일본어문학이 일본문단에 널리 알려지게 된 데에는 무엇보다도 장혁주의 영향이 크다.

장혁주(張赫宙, 1905~1997)는 경상북도 대구에서 태어났다. 젊은 시절에 아나키즘과 공산주의를 접했고, 교직생활을 하면서 소설가를 지망하며 25세부터 작품을 써서 발표하였다. 그러던 중에 1932년 4월에 일본의 종합잡지 『개조(改造)』의 현상공모에 「아귀도(餓鬼道)」가 2등(1등 없음)으로 입선하여 일본문단에 널리 알려지게 되었다.

「아귀도」는 경상도의 농촌을 배경으로 저수지 공사에 동원된 소작인들의 착취당하는 곤궁한 현실을 보여주며 단합된 투쟁의 중요성을 일깨우는 프롤레타리아문학적 성격을 띠는 단편소설이다. 발표 당시 일제 치하의 현실과 이에 저항하는 농민들의 모습을 보여주는 표현이 당국의 검열을 받아 복자(伏字)로 처리된 채 현재까지 전해지고 있다.

▶ **장혁주, 「아귀도」**(1932)

저수지 공사는 점점 살기가 돌았다.

3월 하순, 일을 시작한 지 두 달이 지났지만, 제방은 겨우 반 정도의 높이로 쌓아올려지고 수문공사 암석 폭파도 감독이 생각한 만큼 순조롭지 않았다. 감독은 만 3개월에 공사를 일단락지어야만 했다. 다른 군(郡)에서 아는 사람과 저수지 공사를 하나 더 공동으로 하기로 되어 있었기 때문이다. 그런데 저수지의 물을 마을 앞에 펼쳐져 있는 논과 들판으로 끌어들이는 수로 외에 감독이 계획한 대로 되고 있는 것은 하나도 없었다. 농민들의 굼뜬 걸음걸이나 천천히 움직이는 동작을 보고 있으면 속에서 열불이 터지고 짜증이 나서 참을 수가 없었다. 십장(什長)들을 재촉해 보았지만 생각대로 되질 않았다. 두 사람이나 십장이 바뀌었다. 십장들은 감독의 비위를 건드리지 않으려고 가죽채찍을 휘두르고 큰소리를 내면서 질타했다. 소같이 잘 참고 바위같이 고통을 모르는 농민들은 쥐꼬리만한 품삯이라도 받으려고 가죽채찍 밑에 몸을 내던져 왔다. 동쪽하늘의 별이 아직 보이기 전부터 밤에 부엉이가 숲속에서 울 때까지 얼어붙은 관절을 무리하게 움직이며 나무인형처럼 일했다.

감독은 종잇조각을 조각조각 찢어버리며 호통을 쳤다. 십장들이 마당에 나와 막대기로 내쫓으려 했으나 농민들은 도망가지 않았다. 어제까지 십장의 가죽채찍에 협박당하면서 일하던 겁쟁이가 마치 다시 태어난 것처럼 강해져 있었다. 마산이들은 십장의 곤봉을 잡아채어 물리쳤다. 농민들이 점점 툇마루까지 밀어 닥쳐왔다.

"십장을 ××버려라." 이렇게 제각기 외쳤다.

십장들은 무서운 생각이 들었다. 수백 명의 사나운 눈을 보고 있자니 두려웠다. 감독은 십장이 무서워하는 것을 보고 자기 자신도 무서워지기 시작했다. 이런 산속에서 무슨 일이 일어나지 말라는 법도 없을 것 같았다. 하는 수 없이 툇마루 쪽으로 나와 농민들에게 말했다.

"좋아. 너희들의 요구는 내일까지 미뤄주기 바란다. 오늘밤 깊이 생각해보고 답을 주겠다."

십장이 ××× 들려주자,

"그럼 내일부터 그렇게 해 주겠습니까?"

윤씨가 물었다.

"가능한 해 주겠네."

감독이 마지못해 대답했다.

"자, 여러분. 내일까지 기다립시다."

윤씨가 말했다.

농민들은 의기양양해하며 나갔다.

「아귀도」가 실린 『개조』는 일본제국주의 상업 저널리즘의 대표격이었던 잡지로, 1919년 4월에 창간하여 태평양전쟁 말기에 잠시 휴간한 후, 1955년 2월에 종간된 종합잡지이다. 특히 1920년대 쇼와(昭和)문학 출발기에 출판 미디어와 문학자들과의 관련성, 정부의 언론 통제 상황 등을 살펴볼 수 있는 자료적 가치가 크다. 그리고 일본뿐만 아니라 조선이나 대만, 만주까지 판로를 확장하고 식민지인에게 원고를 공모하여 싣는 등, 일본제국주의의 미디어 전략을 대표적으로 보여주는 매체이다.

『개조』의 동시대적 위상을 생각하면, 장혁주가 이 잡지를 통해서 일본에 알려지게 된 사실은 곧 그가 일본 문단의 중심에서 활동하게 되었다는 점을 말해준다. 더욱이 「아귀도」는 작품성에 대한 평가도 좋았다. 그런데 1등을 대상자 없음으로 비워두면서까지 장혁주를 2등에 입선시킨 까닭은 무엇일까? 조선인을 일본의 식민지인으로 포섭하고 동화는 시키지만, 궁극에 가서는 배제하는 이른바 '동화와 배제'의 논리가 나타난 전형적인 행태를 보여주는 사례이다.

1932년에 장혁주가 일본 문단에서 데뷔한 이래 조선인에 의한 일본어문학이 본격화되었다. 『문학안내(文學案內)』의 〈조선현대작가 특집〉(1937.2), 『오사카마이니치신문(大阪每日新聞)』의 〈조선여류작가 특집〉(1936.4~6), 『문예』의 〈조선문학 특집〉(1940.7) 등의 조선문학 특집기획이 나올 정도로, 조선의 문학은 일본사회에서 화제를 모았다. 장혁주는 유진오, 무라야마 도모요시(村山知義), 아키타 우자쿠(秋田雨雀)와의 공편으로 『조선문학선집』(1940)을 펴내는 등, 가히 '붐'이라고 일컬어질 정도로 조선문학이 일본문단의 주목을 받았다.

한편, 장혁주는 김사량을 비롯한 조선의 문학자들을 일본 문단에 적극적으로 소개하여 일본 내에 조선 문학의 인지도를 높이는 데 공헌하였다. 1939년 10월호의 『문예수도(文藝首都)』에 발표한 김사량(金史良)의 『빛속으로(光のなかに)』가 일본문학의 가장 영예로운 상인 아쿠타가와상(芥川賞) 후보에 오르면서 조선인의 일본어문학은 더욱 주목을 받게 되었다. 그런데 김사량도 뛰어난 작품성을 인정받고 아쿠타가와상 후보에는 올랐으나, 상을 수상하지는 못하였다. 장혁주에게 행해진 식민지 동화와 배제 정책이 김사량에게도 마찬가지로 행해진 것이다.

따지고 보면, 이들 식민지인의 일본문단 데뷔 자체가 일제에 의하여 만들어진 것이라고 해도 과언이 아니다. 장혁주나 김사량도 예외가 아니다. 또한 근대 일본에서 일었던 '조선문학 붐' 자체가 일제에 의한 식민지 동화정책의 일환으로 기획된 관제(官制)의 성격을 부정할 수 없다.

그러나 문학 언어는 정책적 담론과 다르게 심미적인 측면이 있고, 텍스트 내외에서 여러 층위로 운용되기 때문에 의미망이 제한되지 않는다. 따라서 당초에 의도된 대로 산출되지 않을 뿐만 아니라, 오히려 의도와는 다르게 역방향으로 진행되기도 한다.

일제는 식민지인을 포섭할 목적으로 조선이나 대만, 만주의 식민지에 원고를 공모하여 동화시키려고 하였지만, 결과적으로 나온 장혁주의 「아귀도」에는 일본제국주의를 비판하는 내용이 담겼다. 또 장혁주에 자극을 받아 조선뿐만 아니라 대만에서도 일본에 진출한 사람들이 늘어났고, 문학 외의 다른 분야에서도 이러한 분위기가 퍼져나갔다.

1920년대부터 지속된 조선어 회화 학습 열기가 더욱 높아졌고, '조선미'에 대한 관심이 커졌으며, 무용으로 동아시아에서 이름을 떨친 최승희의 활약이나 조선의 음악과 영화 등, 여러 분야에서 이른바 '조선 붐'이 일어났다.

근대 일본에서 일어난 '조선 붐'을 장혁주가 이끌어냈다고 단정할 수는 없다. 그러나 문학 분야에서 보여준 장혁주의 활약이 다른 분야의 분위기와 어우러져 상승효과를 낸 것은 분명하다. '조선 붐'의 방향이나 내용의 깊이, 일본인이 즐긴 목적이나 의도 등이 반드시 조선인이 원하는 취지로 진행되기 어려운 시대상황은 있지만, 그럼에도 불구하고 근대 일본에서 조선에 대한 붐이 일었다는 사실은 식민지에서 제국으로의 발신이라는 측면에서 주목할 만하다. 그리고 이러한 '조선 붐'은 비록 제한된 성격이기는 하지만, '한류(韓流)'의 초기 형태라고 할 수 있다. 장혁주의 「춘향전」이 바로 그 대표적인 예이다.

4. 춘향전, 일본인을 매료시키다

1930년대 후반에 일본문단에서는 '일본적'인 것을 둘러싼 담론이 일었다. 여기에는 전시체제에 돌입한 일본이 자신의 고유한 민족성을 일본의 고전 속에서 찾아내어 서구에 대항하는 논리를 만들어 가려는 속내가 들어 있었다. 이 시기에 '근대의 초극(近代の超克)'이라는 말이 유행하는데, 여기에서 말하는 '근대'는 곧 서구를 가리킨다.

근대 일본은 헌법을 비롯하여 국가의 근간을 이루는 모든 분야에서 서구를 도입하고 모방하여 근대화를 추동했는데, 전시체제에 들어가면서 이제는 서구가 타도해야 할 적이 되면서 되레 일본 고유의 정체성을 내세울 필요성이 생긴 것이다. 이에 일본의 고전이 요청되었다고 할 수 있다. 일본주의나 일본 고전으로의 회귀와 같은 말로 신문이나 잡지가 도배가 된 시대였다.

그러나 고전을 '일본적'인 것으로 규정하고 그 틀 안에서 의미를 찾으려는 자체가 곧 근대적인 발상이다. 서구의 근대를 초극하겠다며 일본의 고전에서 자신의 고유한 형식을 찾으려고 애썼지만, 결국 근대적 인식에 머물러 있는 셈이다.

이와 같은 1930년대의 분위기 속에 식민지 조선에서도 전통이나 고전에 대한 연구가 활발해지고 조선학 운동이 일었고, '조선적'인 것에 대한 관심이 고조되었다. 그런데 일본문단에서 '조선적'인 것은 '내지'와는 다른 이국적 정취를 강조한 의미로 통용된 측면이 있다. 일제가 조선에 요구한 '지방색(local color)' 혹은 '향토색'이라는 개념 자체가 중앙의 보편에 대하여 지방으로서의 특수성을 강조한 식민주의 관점에서 나온 것이라고 할 수 있다.

장혁주는 1936년에 도쿄로 이주한 이후, 조선에 대한 자신의 향수도 달랠 겸 '조선적'인 것을 요구하는 일본문단의 분위기에 부응하는 창작 경향을 보였다. 먼저, 도쿄 근교의 조선인 마을을 돌며 쓴 취재 기사 「조선인 취락을 가다(朝鮮人聚落を行く)」(『改造』, 1937.6)에서 일본인과 섞여 생활하고 있는 조선인의 비참한 생활을 알리고 김치와 고추장 같은 조선의 고유한 문화를 소개하였다. 그리고 조선인의 생활을 형상화한 소설 『노지(路地)』(赤塚書房, 1939)를 발표하였다.

장혁주가 조선의 고유한 문화를 소개한 대표적인 활동은 조선의 고전 「춘향전」(『新潮』, 1938.3)을 희곡으로 발표한 일이다. 이로써 장혁주는 조선의 불멸의 고전을 일본사회에 알리는 데 성공하였다.

장혁주는 도쿄로 이주한 1936년 말부터 「춘향전」을 일본어로 창작할 준비를 하고 있었다. 그는 「춘향전」에 대하여 조선 민족 전체의 마음으로 자연발생적으로 만들어져 조선의 인정 풍속이 가장 리얼하게 표현되어 있는 문학이라고 「후기」에서 밝혔다. 일본의 극작가인 무라야마 도모요시(村山知義)와 합작하여 「춘향전」이 가부키(歌舞伎) 형식의 무대 상연물로 공연되었는데, 흥행에 성공하여 일본과 조선에서 순회공연이 이어졌다. 이를 보고 장혁주는 "조선민족의 미적 정신을 내지어로 옮기고 싶었다" 고 하면서 지금까지 조선에 대하여 잘 모르는 일본인에게 '조선물'을 알리게 된 기쁨을 술회한 바 있다(張赫宙, 「朝鮮の知識人に訴ふ」, 『文藝』, 1939.2).

장혁주는 일본문단에 '조선적'인 것을 가장 잘 보여줄 수 있는 텍스트로 왜 「춘향전」을 고른 것일까? 일본에 「춘향전」이 알려진 것은 일제강점기 이전으로 거슬러 올라간다. 1882년에 나카라이 도스이(半井桃水)가 『오사카아사히신문(大阪朝日新聞)』에 『계림

정화 춘향전(鷄林情話春香傳)』을 연재한 것이 최초이다. 탐관오리의 부정을 척결하는 모습이나 조선 고유의 문화를 전달하기보다는 치정(癡情) 이야기나 정조를 지키는 봉건적인 여성상에 초점을 맞추어 통속화시켜 소개한 한계는 있지만, 일본에 우리의 문화를 소개하여 호응을 얻은 '한류'의 시작으로 볼 수 있다.

이후, 일제강점기에 「춘향전」은 1936년에 유치진이 각색하여 경성 극예술연구회에 의해 상연된 바 있고, 1937년에는 도쿄학생예술좌에 의해 쓰키지(築地) 소극장에서도 상연되는 등, 조선과 일본에서 대중적인 흥행에 성공한 상태였기 때문에 장혁주가 「춘향전」을 조선적인 색채를 잘 보여주는 텍스트로 선택한 자체가 새로울 것은 없다. 다만, 장혁주의 「춘향전」이 유치진의 그것과 다른 점은 일본인 독자(관객)를 염두에 두고 일본어로 썼다는 점인데, 여기에서 파생되는 영향은 작지 않다.

1930년대에 일본문단에서 '일본적'인 것을 둘러싼 논의가 나왔을 때, 장혁주는 이러한 분위기를 빨리 간취하여 일본주의 담론에 동조하는 한편으로 '조선적'인 것을 추구하였다. 그런데 '조선적'인 것을 새로운 관점과 접근방식으로 표현하려고 하였다. 이렇게 해서 나온 것이 바로 장혁주의 희곡 「춘향전」이다. 전통적이고 토속적인 고전 이미지의 「춘향전」은 장혁주에 의해 근대적인 형식의 텍스트로 일본에 소개된다.

장혁주가 일본어로 쓴 희곡 「춘향전」을 그보다 조금 앞서 조선에서 나온 유치진의 국문 「춘향전」과 비교해 보면, 몇 가지 다른 점이 눈에 띈다. 우선, 조선의 고전을 잘 모르는 일본인 독자가 잘 이해할 수 있도록 공간 배경을 상세히 설명하여 넣었다. 또, 등장인물이 표준어를 구사하고 조선의 토속적인 분위기나 정서를 느끼게 하는 내용이나 표현의 상당 부분이 생략되었다. 이렇게 하여 고래로 전해 내려온 조선의 전통적인 분위기와는 많이 다른 「춘향전」이 탄생하였다.

예를 들어, 유치진의 춘향전에서는 춘향이 이몽룡을 대할 때 부끄러워 말도 제대로 못하고 월매가 두 사람 사이에서 결연(結緣)을 돕는데, 장혁주의 작품에서는 방자나 월매가 두 사람을 매개하는 역할이 축소되고, 이미 광한루 장면에서 춘향이 스스로 몽룡에게 다가와 자신의 이름을 밝힐 정도의 적극적인 태도를 보이는 근대적인 인물로 조형되었다.

이러한 춘향의 인물 설정은 당시의 조선인 독자에게는 낯설게 보일 수 있는 장면이다. 이 외에도 장원급제한 몽룡이 변학도의 생일잔치에서 한시를 읊어 학정을 꾸짖는 극적인 장면도 몽룡의 대사로 간단히 정리되고, 시문도 구체적으로 소개되지 않는다. 그리고 바로 암행어사 출도로 이어져 극적 구성이 약하다는 비판을 받았다. 이 장면은 나중에 무대에서 상연될 때에는 무라야마 도모요시의 요구로 수정되었다.

장혁주의 희곡에서 새롭게 구성되는 내용에 변학도의 인물 설정도 흥미롭다. 변학도는 정사를 돌보지 않고 무고한 백성을 괴롭히는 탐관오리로, 종래에 권력을 휘둘러 춘향을 힘으로 억누르려고 한 악인 일변도로 그려졌기 때문에 대사가 길 필요도 없는 단조로운 형상화가 많았다. 그런데 장혁주는 변학도를 논리를 갖춰 내면의 심경을 긴 대사로 표현하는 근대적인 캐릭터로 바꿔 놓았다. 변학도의 인물 조형이 바뀌면서 춘향과의 사이에 내적 갈등을 만들어 내고, 둘의 대치상황이 입체적으로 그려지는 효과를 가져왔다.

▶ **장혁주, 「춘향전」**(1938)

무대의 오른쪽 절반은 광한루 측면. 두꺼운 둥근 기둥이 계단 아래에 즐비하고 계단 위에는 조각이 새겨 있는 난간. 누각 전면 중앙 높은 곳에 '광한루'라고 두꺼운 서체로 횡서(橫書)가 새겨 있는 현판이 걸려 있다. 그 외에, 서화 액자가 횡으로 혹은 종으로 누각 위의 기둥이나 난간에 적당히 배치되어 있다.

누각 측면과 뒷면, 즉 무대 안쪽으로 바로 산이 있고 노송, 느티나무, 상수리나무 등의 노목이 울창하고 먼 곳의 산허리나 (무대 좌측의) 평원에는 봄꽃들이 점점이 늘어서 있다.

한 자락의 작은 개천이 무대 좌측의 평원을 가로질러 누각 전면으로 흐르고 있다. 까치교(鵲橋)라고 이름 붙은 낮은 나무다리가 절반 정도 관객에게 보인다.

여러 그루의 늘어진 수양버들이 강가 여기저기에 점점이 늘어서 있다. (주-까치교는 매년 칠석이 되면 지구상의 까치가 전부 은하수에 몰려들어 머리를 맞대고 다리를 만들어 견우성을 무사히 건너편으로 건너가도록 해줘서 직녀성과의 만남을 즐겁게 해준다는 고사에 의한다.)

몽룡이 방자에 이끌려 무대 오른편에서 나타나 누각을 바라보며 몹시 감동한 표정을 짓는다. 무대 중앙으로 나아가 누각을 관상한다.

게다가 저 같은 것이 도련님의 부르심을 받다니 분에 넘치는 광영입니다만, 아직 기생 적(籍)에도 들어있지 않고 어머니의 가르침도 엄격해서 오로지 가무와 음곡(音曲)을 몸에 익히고 시와 그림에 혼을 쏟아 넣으며 지

낸 터라 함부로 남자 앞에는 나갈 수 없다고 생각했습니다. (문득 몽룡이 아연해하는 모습을 알아채고 정신이 들어) 아, (부끄러워한다) 저, (누각 앞으로 나아가며 몽룡이 있는 바로 밑에서 한 손을 땅에 또 한 손을 무릎에 올리고 웅크리고 앉아 조용히 머리 숙여) 도련님, 말씀 올리겠습니다. 저는 성은 성(成)이고 이름은 춘향이라고 합니다. 처음 뵙겠습니다.

춘향아, 너는 자신의 뜻에 스스로 취해 있는 것이다. 몇 번이나 말하지만 너는 원래 기생이 아니냐. 기생의 본분을 잊고 정절이니 뭐니 하면서 옥에 갇혀 괴로워하고 몸부림치다 결국에 참수를 당한다면 무슨 득이 있겠느냐. 너의 괴로움은 생전에만 있는 것이 아니다. 죽어서도 사람들의 비난을 면하지 못할 것이다. 만일 말이다, 네가 꿈꾸고 있는 대로 도련님이 너를 데리러 온다고 치자. 너의 이와 같은 추하고 비참한 모습을 보면 구해주려고 생각하지 않을 것이다. 아니, 가령 구해주려고 염원한들 내 권세를 이길 자는 없다. 스물 전부터 오입질을 한 남자다. 요즘은 주색에 빠져 거지 시인이라도 될 요량으로 있다. 나는 진심으로 너를 구해주고 싶어 이렇게 말하는 것이다. 자, 내 체면과 위엄을 해치지

않기 위해서라도 네 뜻을 꺾어보고 싶다. 그저 그것뿐이다. 어떠냐? 잘 알겠느냐? 죄송합니다, 잘못했습니다, 하고 그저 한마디만 하면 된다. 오늘밤부터 원래대로 비단 이불에서 자자. 그리운 어머니 품으로도 돌아갈 수 있다. 어떠냐? 내가 하는 말을 잘 알았느냐?

장혁주의 「춘향전」은 전지적 관점의 서술자가 텍스트 전체를 통어하며 권선징악의 잣대를 대고 인물을 전형적으로 그리던 전근대적인 서술 방식과 다르게, 춘향과 변학도를 단조로운 성격으로 구성하지 않고 대사를 길게 배치하여 자신의 내면을 적극적으로 밝히는 성격으로 재구성하였다. 이러한 인물조형으로 인하여 다른 인물들과의 사이에 대립과 갈등이 만들어지고, 새로운 관계를 만들며 플롯이 복잡해졌다. 포악한 변학도와 정절을 지키는 수동적인 춘향의 평면적인 인물이 아니라, 내면의 갈등과 논리적으로 사고하는 근대적인 성격의 인물을 만들어낸 것이다.

전술했듯이, 장혁주의 「춘향전」은 1930년대에 '일본적'인 것과 '조선적'인 것을 둘러싼 논의가 일었을 때 시의(時宜)에 호응해서 나온 작품이다. 그러나 일본 고유의 문학 형식에 대한 추구와 일본의 한 지방으로서의 특수성이 요구되는 이중의 틀 속에서, 장혁주는 「춘향전」을 통해 제재로서의 조선의 특수성을 보여주면서도 근대적인 리얼리즘의 문학 형식을 방법화했다고 볼 수 있다. 한국의 불후의 고전 「춘향전」을 일본에 소개하여 '조선적'인 것에 대한 요구에 시의적으로 조응하면서, 내실에 있어서는 지극히 근대적인 공간을 구성하여 일본 문단의 주류 담론과는 차이를 보인 것이다.

그런데 이러한 장혁주의 시도는 동시대에 조선인과 일본인 양쪽에서 모두 비판을 받았다. 앞에서 살펴본 대로, 무라야마 도모요시를 비롯한 일본 측에서는 극적 구성이 약하고 조선의 토속적인 문화가 잘 드러나지 않는다고 비판하였다. 1882년의 『계림정화 춘향전』 이후 통속적인 치정 이야기로 「춘향전」을 수용해온 일본인에게 치정 부분이 많지 않은 장혁주의 작품이 성에 차지 않았을 것이다.

한편, 유치진을 비롯한 조선의 문학자들은 조선의 고유한 색채가 퇴색했다고 비판하였다. 그리고 이러한 비판은 가부키 형식으로 무대에서 상연된 「춘향전」을 보고 나서 더욱 심해졌다. 우리 민족에게 익숙한 「춘향전」의 감각으로 보면, 장혁주의 작품에 위화감이 드는 것도 무리가 아니다. 그러나 유치진이 국문으로 써서 조선에서 발표한 것과, 장혁주가 일본어로 일본의 매체에 발표한 것을 같은 잣대로 평가하기는 어렵다. 집필 의도나 내용, 표현, 영향력을 종합적으로 고려하여 평가할 필요가 있다.

장혁주의 「춘향전」을 연출하여 가부키 무대에 올린 무라야마 도모요시는 장혁주로 하여금 개작하도록 종용해서 일본과 조선에서 순회공연이 이루어질 정도로 흥행에는 성공하였다. 그렇지만 결과적으로 '조선적'인 것도 '일본적'인 것도 아닌 제국과 식민지의 어중간한 변종을 낳고 말았다. 종래의 장혁주의 「춘향전」에 대한 연구와 비판은 이 지점에 집중되어 있다.

그러나 가부키로 상연되기 이전에 장혁주가 일본어 잡지에 처음 발표했을 때의 희곡은 변종은 아닌, 적어도 제국과 식민지의 혼종적 측면을 갖고 있었다는 사실을 상기해보자. 무라야마 도모요시의 개작 간섭이 들어오기 전의 장혁주의 「춘향전」 초출본은 일본어문학을 통해 근대적인 문학을 욕망한 식민지 조선인의 도전과 활동을 잘 보여주고 있다.

장혁주, 「춘향전」(『新潮』, 1938.3) 초출본 삽화
(일본어로 발표된 작품인데, 삽화에는 조선어가 그대로 들어가 있다.)

2막 '이별'의 2장

3막 '신관사또'의 2장

5막 '암행어사'의 3장

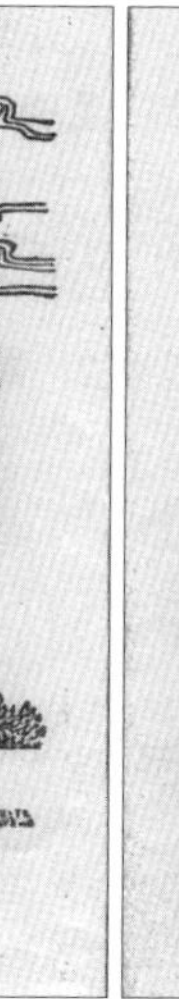

5막 '암행어사'의 3장

5. 근대 일본이 발견한 김사량의 문학

세상만사가 다 그렇겠지만, 특히 문학 언어는 어떠한 형태로든 정치사회적 문제로부터 자유로울 수 없다. 아니, 자유로워서는 안 되고, 오히려 정치성을 회복할 필요가 있는지도 모른다. 더욱이 식민에서 분단으로, 그리고 오랜 세월 독재의 시대를 살아온 우리의 삶을 어떻게 미학으로만 이야기하겠는가. 문학은 정치성을 방기(放棄)하고 통증을 망각하는 순간, 스스로 종언(終焉)을 고하는 것이다. 그리고 퇴행의 역습이 뒤따른다. 친일문학이 바로 그러한 예이다.

일제강점기는 민족국가의 주체성이 담보되지 않는 상황이었기 때문에 말과 글을 일본어로 쓸 것이 강요되는 시대였다. 이러한 때에 식민지 조선의 문학자가 글을 써서 세상에 나아간다고 하는 것은 표현이나 내용에 있어서 여러 가지 제약이 따랐을 것이다.

그러나 문학주체는 결코 시대적인 상황에 연동하여 수동적인 상태에 머물러 있는 것만은 아니다. 오히려 문학자 자신이 시대성을 적극 이용해가는 측면도 보인다. 따라서 문제의 소지는 문학자들이 시대풍조와 연동하거나 혹은 몰교섭(沒交涉)하는 행태 자체에 있다기보다, 오히려 어떠한 역학 속에서 조선 문학자의 일본어 글쓰기가 행해졌고 이들이 어떠한 의미내용을 표현해내고 있는가, 즉 표현의 비평성에서 찾아야 할 것이다.

김사량(金史良, 1914~1950?)은 자신이 일본어로 글을 쓴다고 해서 그것이 일본적인 것을 표현하고 일본문학의 전통을 따르는 것은 아니라고 하면서, 오히려 조선인의 감성으로 조선문학의 전통을 잇는 조선인의 문학을 하고 있는 것이라고 강조하였다. 일본어를 매개로 문학 활동을 하고 있지만, 일본인의 일본문학과 조선인의 일본어문학은 '차이'를 나타낼 수밖에 없다는 사실을 지적하고 있는 것이다.

'일본문학'이 일본인이 일본에서 일본어로 쓰고 읽는 문학을 의미한다면, '일본어문학'은 일본어를 매개로 하는 점은 동일하지만 굳이 일본에서만 이루어질 필요도 없고, 또 일본인에 한정할 필요도 없다. 일본이나 스페인처럼 제국주의시대를 거친 나라의 말은 일국의 경계 안에 머물러 있지 않고 이동하고 확산된다. 일본인이 일본 밖으로 이동하기도 하고, 또 조선과 대만 같은 식민지인이 일본으로 이동하는 과정 속에서 다양한 사람들이 일본어로 남긴 문헌들이 일본 내외에 산재해 있다. 이러한 문헌을 범주화할 수 있는 개념이 바로 '일본어문학'이다.

김사량은 자신보다 앞서 일본문단에 데뷔하여 활동하고 있던 장혁주의 소개로 잡지 『문예수도(文藝首都)』에 글을 실으면서 일본 문단에 알려지게 되었다. 『문예수도』는 1933년 1월에 창간되어 1944년 12월에 종간(전후 1946년에 복간하여 1970년까지 간행)된 월간지로, 문예동인지의 성격을 띠고 있다. 신진작가를 규합해서 신흥문학의 거점으로 자리 잡고자 한 잡지 『문학쿼터리(文學クオタリイ)』(1932년 2월 창간)를 발전적으로 계승한 잡지이다. 야스타카 도쿠조(保高德藏)가 잡지의 편집을 맡았다.

야스타카 도쿠조는 1889년 오사카에서 태어났다. 아버지 도쿠마쓰(德松)가 일확천금을 꿈꾸며 1906년에 한반도로 건너와 경성에서 석탄 수입상을 경영했는데, 이듬해에 도쿠조도 도한(渡韓)하여 아버지의 일을 도우면서 당시 한국의 실상에 접하게 되었다. 이후, 일본에 돌아가 문학활동을 하면서 장혁주나 김사량을 비롯한 조선의 문학자들과 친교를 맺었고, 조선인의 글을 일본 문단에 적극 소개하였다.

야스타카 도쿠조는 일본의 기성문단 위주의 저널리즘이 신인들에게 발표 무대를 좀처럼 열어주지 않는 현실에 문제점을 느끼고 신흥문학을 대표하는 작가들에게 순수문학 발표기관을 제공할 목적으로 『문학쿼터리』를 발간했는데, 『문예수도』로 이행된 이후에도 대중화시대에 상업저널리즘에 석권되지 않도록 동인지의 형태를 유지하며 간행을 이어갔다. 이와 같이 소위 중앙문단에 발표무대를 제공받기 어려운 신인들을 주로 배출시키려고 한 『문예수도』의 발간 취지는 일본문단에 데뷔하려는 조선 문학자들에게도 일본어문학의 길을 열어주었다. 이렇게 하여 『문예수도』는 조선뿐만 아니라 대만이나 만주에서도 투고를 받아 글을 게재하였다.

김사량은 1914년에 평양에서 태어났다. 본명은 김시창(金時昌)이다. 1931년 평양고등보통학교 재학 중에 일본인장교 배척동맹휴교에 참가했다는 이유로 퇴학처분을 당한 뒤, 1933년에 일본으로 건너갔다. 이후 김사량은 도쿄제국대학 독문과에 진학하여 학생동인지 활동을 하였다. 그리고 장혁주의 「춘향전」 공연에 협력하면서 장혁주와 친교를 쌓아갔다. 그 후, 장혁주가 야스타카 도쿠조에게 김사량을 소개하였고, 이를 계기로 김사량은

1939년 6월과 9월의 『문예수도』에 평론과 수필 한 편씩을 게재하여 일본문단에 데뷔하였다.

김사량은 1939년 10월에 단편소설 「빛 속으로」를 발표하여 아쿠타가와상 후보에 오르면서 화제를 모았다. 야스타카 도쿠조는 이때의 감격을 『문예수도』를 회고하는 여러 글에서 소개하며 김사량을 평가하였다. 김사량은 『문예수도』 외에도, 『문예춘추(文藝春秋)』나 『문예(文藝)』 등, 일본의 대표적인 잡지에 작품을 발표하며 폭넓게 활동하였다.

1941년 12월 8일에 진주만 습격을 시작으로 일본이 서구 영미에 선전포고를 하며 전쟁이 본격화되었을 때, 김사량은 재학 중에 〈조선예술좌〉에 관여했다는 죄명으로 가마쿠라(鎌倉) 경찰서에 구속되었다. 이를 안타깝게 생각한 야스타카는 작가 시마키 겐사쿠(島木健作)와 함께 김사량의 감형을 위해 애썼다. 이들의 노력으로 1942년에 수개월간의 구금에서 풀려난 김사량은 중국을 거쳐 고향으로 귀국했다 한국전쟁 당시에 생을 마감한 것으로 전해진다.

김사량의 특기할 만한 문학 활동으로 대만 문학자와의 교류를 들 수 있다. 김사량은 야스타카 도쿠조를 통해 대만의 롱잉쭝(龍瑛宗)과 문학적으로 교류하였다. 롱잉쭝은 「파파야 마을(パパ

イヤのある街)」(『개조』, 1937.4)로 입선하여 일본 문단에 데뷔, 김사량보다 이른 1937년 8월호의 『문예수도』에 「도쿄 까마귀(東京の鴉)」를 발표한 후, 몇 차례에 걸쳐 『문예수도』에 작품을 실었다. 두 사람은 서신을 주고받으며 자신들의 문학작품을 언급하면서 교류를 이어갔다. 1940년 7월호의 『문예수도』에 룽잉쭝이 발표한 「초저녁달(宵月)」은 김사량의 「빛 속으로」를 의식하며 쓴 소설이라는 평가를 받고 있다. 김사량은 룽잉쭝에게 보낸 서신에 그의 작품에 공감을 느꼈다는 감상을 담았다. 일본문단을 매개로 조선과 대만의 식민지 지식인이 교류하며 연대한 흥미로운 사례이다.

이상에서 보듯이, 잡지 『문예수도』는 일본과 조선의 문학자가 교류하며 문학을 통해 제국과 식민지의 경계를 넘나드는 공간이었고, 한편으로는 조선의 문학자들이 교류하는 장이면서 동시에 조선과 대만의 식민지 지식인이 연대하는 공간으로도 기능했다. 이러한 교류의 중심에 문학적으로 우수함을 평가받은 김사량의 「빛 속으로」가 있다.

「빛 속으로」가 아쿠타가와상 후보에 올랐을 때, 선자(選者)의 한 사람이었던 가와바타 야스나리(川端康成)는 "작가가 조선인이기 때문에 추천하고 싶은 인정이 매우 강하게 작용"했다고 하면서 "민족 감정의 큰 문제를 다루고 있는 이 작가의 성장이 매우 기대된다"고 평가했다. 「빛 속으로」의 어떤 부분이 이러한 평가를 받게 했는지 간단히 살펴보자.

「빛 속으로」의 공간적 배경은 일본 도쿄이다. '나'는 S대학협회의 기숙인(寄宿人)으로, 시민교육부에서 밤에 두 시간 정도 영어를 가르쳤다. 이곳으로 공부를 하러 오는 사람들은 공장 근로자들이 많고 모두 피곤해 있는데, 아이들만이 기운차게 소리를 지르며 놀고 있었다. 이 아이들로부터 '나'는 '남 선생(南先生)'이 아닌 '미나미 센세(南先生)'라는 일본식 호칭으로 불렸다. '나'는 자신의 이름이 일본식으로 불리는 것에 대해 주저하는 심리를 느끼면서도 굳이 애써 부정하지는 않는다. 그러던 어느 날, '이(李)'라는 조선 젊은이가 찾아와 조선어와 일본어 중에서 어느 쪽 언어로 이야기를 해야 좋을지 모르겠다고 '나'를 추궁하고, 이에 "물론 나는 조선사람입니다"라고 떨리는 목소리로 대답한다. 그리고 '나'는 자신이 조선 사람이라는 것을 굳이 숨기려고 한 것은 아니지만, 자신 안에서 어쩌면 조선인이라는 사실을 숨기려고 한 비굴한 부분이 있었을지도 모른다는 생각을 한다. 식민지 본국에 자신을 동일화시키고자 하는 욕망이 잠재해 있다는 사실이 '이'라는 타자의 시선을 통해 자신에게 비춰졌을 때, '나'는 스스로에게 비굴함을 느낀 것이다.

그런데 평소에 '나'를 '미나미 센세'라고 부르면서 한편으로는 조선인이지 않을까 의심하고 있던 소년 야마다 하루오(山田春雄)가 이 대화를 듣고, "선생님은 조선 사람이다!"고 외쳤고, 이후 '나'와 소년 사이에 긴장관계가 형성된다. 야마다 하루오의 일가는 조선에서 이주해 온 이른바 '외지'에 거주한 경험이 있는 사람들이다. 조선 이주 체험이 있는 일본인은 식민 모국에 대하여 기본적으로 열등감을 갖고 있다. 그러나 반면에 피식민자에 대해서는 자신이 식민자의 위치에 있다는 우월감을 느끼는 이중성이 있다. 야마다 하루오 역시 이러한 뒤틀린 내면을 갖고 있을 것이라고 '나'는 생각한다. 더욱이 하루오는 조선인 피가 섞인 일본인 아버지와 조선인 어머니 사이에서 태어나 자신의 정체성에 혼란을 느끼고 있었기 때문에, '나'와 하루오 사이의 심리적 갈등은 더욱 고조된다.

하루오는 자신의 어머니가 조선인이 아니라고 부정하면서 '나'를 경계한다. 이것을 지켜본 '나'는 "혹시 이 애가 조선 아이가 아닐까" 생각한다. 하루오가 자기에게 가졌던 의문을 '나' 또한 하루오를 향해 똑같이 품고 있는 것이다.

그러던 중에 하루오의 어머니가 남편으로부터 폭행을 당해

병원에 입원하는 사건이 일어났다. 하루오는 울면서 “나는 조선 사람이 아니에요” 하고 외친다. ‘나’는 하루오를 안아주고 위로하는데, 그러는 사이에 둘 사이의 갈등이 점차 해소된다. 야마다 하루오에게 일본인 아버지는 무조건적인 복종과 헌신의 대상이었고, 반면에 조선인 어머니는 맹목적인 배척의 대상이었다. 하루오는 이러한 부모 사이에서 조화를 이루지 못하고 있었기 때문에 어머니에 대한 강한 부정이 더욱 커졌던 것이다. 그런데 하루오가 어머니에 대하여 느끼는 반발심은 오히려 어머니에 대한 그리움을 말해주는 반증이라고 ‘나’는 생각한다.

‘나’는 하루오와 이야기를 주고받는 사이에 하나의 깨달음을 얻는다. 자신이 ‘조선인’이라고 드러내놓고 외치는 것과 ‘조선인’이 아니라고 강하게 부정하는 것은 본질적으로 차이가 없다는 생각에 이른 것이다. 하루오가 ‘나’를 향해 “남 선생님이시지요?” 하고 묻고, 이에 대해 ‘나’는 안도하면서 소설이 끝을 맺는다.

▶ **김사량,「빛 속으로」**(1939)

나는 이 교회에서 언제부터인가 미나미(南) 선생님으로 불리고 있었다. 내 성은 알다시피 ‘남(南)’으로 읽어야 하는데, 여러 가지 이유로 일본 이름처럼 불린 것이다. 나는 처음에는 사람들이 그렇게 부르는 것이 몹시 마음에 걸렸다. 그러나 후에 나는 이런 천진난만한 아이들과 놀기 위해서는 오히려 그 편이 나을지도 모른다고 생각했다. 그러므로 나는 위선을 보일 까닭도 없고 비굴해질 이유도 없다고 몇 번이나 자신을 납득시켰다. 그리고 두말할 것 없이 이 아동부에 조선아이가 있다면 나는 억지로라도 남씨라는 조선 성으로 부르도록 요구했을 것이라고 스스로 변명도 하고 있었다.

"동물원에 간다는 것이 여기까지 와버렸구나."

"그런데 난 보트에 타고 싶어요." 그는 수줍어하면서 말했다.

"그래. 그럼 내려가자꾸나."

거기서부터 긴 계단이 이어져 있었다. 나와 하루오는 그것을 하나하나 밟고 내려갔다. 그는 나보다 한 계단 더 내려가서 마치 노인이라도 모시고 가는 것처럼 조심스레 내 손을 잡고 내려갔다. 하지만 그는 중간 정도 내려가다 갑자기 멈추고는 내 몸에 착 달라붙어 나를 올려다보면서 어리광을 부리듯이 말했다.

"선생님, 나 선생님 이름 알고 있어요."

"그래?"

나는 가볍게 웃어보였다.

"말해보려무나."

"남 선생님이시지요?"하고 말하고 나서 그는 겨드랑이에 끼웠던 윗옷을 나의 손에 쥐어주며 기쁜 마음으로 돌계단을 뛰어 내려갔다.

나는 그제야 안도의 숨을 내쉬며 가벼운 걸음으로 그의 뒤를 따라 계단을 내려갔다.

「빛 속으로」가 일본의 도쿄를 배경으로 하는 소설이라면, 비슷한 시기에 나온 「천마(天馬)」(『文藝春秋』, 1940.6)는 식민지 치하의 경성을 배경으로 이야기가 전개된다. 주인공 현룡(玄龍)이 유곽에서 밤새 술을 마시고 아침에 일어나 혼마치(本町, 현재의 명동) 방향으로 어슬렁거리며 걸어 나오려다 길을 헤매는 장면에서 소설이 시작되어, 경성 거리를 배회하며 만나는 사람들과 몇 개의 에피소드가 삽입된다.

황금정(黃金町, 현재의 을지로)을 경계로 위쪽의 조선인 거주 지역(종로)과 아래쪽의 일본인 거주 지역(명동)을 현룡이 갈지자걸음으로 넘나드는 모습이 그려지는데, 식민지 조선인의 욕망과 조선 문단의 모습이 풍자적으로 그려져 있다. 술에 취해 배회하다 결국 길을 잃고 마는 현룡의 모습은 식민지 치하의 조선인의 복잡한 심경을 대변해주고 있는 듯하다.

김사량의 「천마」는 1934년에 나온 박태원의 「소설가 구보 씨의 일일」에서 소설가 구보가 경성을 헤매는 분위기와 비슷한데, 구보는 종로를 중심으로 조선인 거주지를 돌아다니는 반면에 현룡은 일본인 거주지와 조선인 거주지를 넘나들며 길을 헤매고 있는 모습이 그려져 있다. 이는 작중에서 현룡이 자조 섞인 하소연을 통해 조선문단과 일본문단 사이에서 갈등하는 모습을 보이는 것과 맥을 같이 하고 있다.

김사량은 일본문단에 진출하여 높은 평가를 받았지만, 그에 비해 조선에서의 평가는 온도차가 있었다. 그러나 김사량은 전시기에 이광수나 장혁주처럼 친일문학을 하지 않았고, 해방 이후에는 북한 문단에서 활약하였다. 김사량은 해방 전부터 일본어 외에 조선어로도 창작을 해왔는데, 이러한 흐름을 이어 해방 후에 북한에서 조선어 작품집을 발표하였다. 그러나 한국전쟁 때 종군작가로 남하했다가 사망하였다.

▶ **김사량, 「천마」(1940)**

무거운 구름이 낮게 낀 어느 날 아침, 경성의 유명한 유곽인 신마치(新町) 뒷골목의 한 창가(娼家)에서 초라한 풍채의 소설가 현룡이 지저분한 골목으로 내팽개쳐지듯이 튕겨 나왔다. 그는 정말로 난처한 듯이 한동안 문 앞을 서성이다가, 도대체 어디에서 혼마치 거리로 나갈 것인지 생각하는 사이에 별안간 앞쪽 골목길로 성큼성큼 들어갔다. 하지만 골목이 골목인 만큼 땅을 기어가듯 집집마다 서로 으르렁대는 형상으로 얽히고설켜 있는 통에 어디를 어떻게 지나가야 밖으로 빠져나갈 수 있을지 도무지 짐작이 가지 않았다. 오른쪽으로 꺾이는가 싶으면, 다시 왼쪽으로 들어갔다. 간신히 왼쪽으로 빠져나간 후에도 다시 골목은 두 갈래로 갈라져 어느 순간 우두커니 서 있게 된다. 그는 뭔가 깊은 생각에 잠겨서 계속 터벅터벅 걸었지만, 막다른 골목에 이르면 흠칫 당황해서 주위를 두리번거렸다. 앞이든 옆이든 대문에 적색이나 청색 페인트로 거칠게 칠해져 있고, 하나같이 토벽이 금방이라도 무너져 내릴 것 같은 집들뿐이다. 그래서 다시 묵묵히 가던 길을 되돌아와서 이곳저곳 엉금엉금 걷는 사이에 그는 결국 길을 잃고 말았다.

Ⅱ.
냉전시대의 재일문학

제3장

일본에서 해방을 맞이한 재일조선인

1. 1950년대 재일조선인 문화운동

1945년 8월에 일본은 패망하였고, 조선은 해방이 되었다. 그런데 일본에서 해방을 맞이한 우리 민족은 조국으로 다 돌아오지 못하고, 많은 사람들이 일본 정주의 삶을 살게 되었다. 한반도와 일본을 둘러싼 당시의 상황이 여러 가지로 혼란스러웠기 때문이다.

일본에서 해방을 맞이한 한국인은 일단 해방된 민족으로서 일본인 국적에서 벗어날 수 있었다. 그런데 본인의 선택에 의하여 국적을 바꾼 것이 아니라, 일본을 점령하고 있던 연합국 최고사령관 총사령부(GHQ)의 일방적인 결정으로 일본인 국적이 강제로 박탈되었다. 사실상 무국적자의 상태가 된 것이다. 그런데 돌아갈 조국 한반도는 정식으로 정부가 수립되기 전이었고, 일본에 아직 머물러 있어야 하는 사람들에게는 어떠한 권리도 가질 수 없는 상태가 되어버린 것이다. 그나마 조국으로 귀국할 수 있으면 우선 좋으련만, 귀국의 여건도 녹록치 않은 상황이었다.

해방 직후의 한반도는 미소에 의해 남과 북으로 나뉘어 대치하고 있는 상황이었고, 아직 정부도 수립되지 않은 상태였다. 게다가 해방 직후의 혼란으로 물가는 급등하고 경제가 매우 어려운 시기였기 때문에 귀국을 쉽게 결정할 수 없었다. 더욱이 GHQ는 귀국할 때 소지하고 갈 수 있는 돈을 천 엔으로 한정했고, 갖고 갈 수 있는 수하물의 양도 제한을 두었다. 일본에서 생활 기반을 정리하고 귀국한 후에 새롭게 생활을 시작해야 하는 상황을 생각하면 귀국을 쉽게 결정하기 어려웠다.

그럼에도 불구하고 일본의 차별을 벗어나 해방된 조국으로 하루빨리 돌아가고 싶은 사람들은 귀국선에 몸을 실었다. 그런데 강제징용 등에 의한 조선인 노무자와 그 가족들 3,735명을 태우고 1945년 8월 22일에 아오모리(青森) 현을 출발해 부산으로 향하던 귀국선이 보급을 위해 교토의 마이즈루(舞鶴) 만에 배를 세웠다가 8월 24일 오후 5시 경에 폭침당한 우키시마(浮島)호 폭침사건이 발생했다. 이 사건으로 신원이 확인된 사망자만 500명이 넘고, 나머지는 확인되지 않은 채 무연고자로 처리되거나 인양되지 못하고 심해로 유실되었다. 현재까지도 진상 규명이 이루어지지 않아 정확한 사망자를 알 수도 없는 사건이다. 우키시마호 사건 외에도, 태풍이 불어 배가 뒤집히는 사고 등, 재난이 겹쳐 귀국을 단념하고 일본에 정착하는 사람들이 늘어났다.

특히, 1948년에 한반도의 남북에서 각각 별개의 정부가 수립된 이후에는 분단된 조국으로 돌아가는 것을 거부하는 경향이 더욱 커져 재일조선인으로 정주하는 삶을 선택하는 사람이 늘었다.

이렇게 하여 해방된 이후에도 조국으로 돌아오지 못하고 일본에 정주하는 재일(在日)의 삶이 시작된 것이다. 더불어 일제강점기에 시작된 식민지 조선인의 일본어문학은 해방을 기점으로 '재일문학'으로 이어졌다.

한국인이 일본어로 행한 문학을 통시적인 총칭으로 말할 때는 다양한 형태를 포괄할 수 있는 '재일문학' 또는 '재일코리안문학'으로 부르는 것이 적합하다. 그러나 해방 직후부터 한일국교정상화가 이루어지는 1960년대 무렵까지는 일본에서 널리 사용된 '재일조선인 문학'이 동시대적인 문맥에 어울린다. 용어 사용이 조금 복잡하기 때문에 본서에서 사용하는 의미를 간단히 설명해 두고자 한다.

전후 일본에 정착한 한국인을 일컫는 칭호는 입장과 목적에 따라 다양하다. 한국의 입장에서 부를 때는 '재일한국인'으로, 북한의 입장에서 부를 때는 '재일조선인'으로 칭한다. 그러나 해방 이후에 사용되는 '조선'이 반드시 '조선민주주의인민공화국'의 국적을 가리키는 것은 아니다. 민족명의 의미로 '조선'이 사용되는 경우가 더 많다. 또한 '재일동포' 혹은 '재일교포'라는 명칭도 있는데, 이는 재일을 살고 있는 사람들 당사자의 입장보다 이들을 바라보는 사람들의 관점이 많이 개입된 호칭으로 사료된다. 최근에는 '재일 디아스포라'라는 용어도 많이 쓰이고 있다. '이산(離散)'을 뜻하는 '디아스포라(Diaspora)'는 기원으로 회귀하는 것을 뜻하는 것이 아니라 '이동'의 의미로 파악하는 것이 적절하며, 따라서 재일코리안 문학을 경계를 넘는 이동의 관점에서 파악하고자 한다는 점에서 일리가 있다.

이와 같이 '재일(在日)'을 살아가는 사람들에 대한 호칭이 다양한 것은 그만큼 이들의 이야기가 간단하지 않음을 말해준다. 일제의 식민지배에서 남북한의 민족분단으로 이어지는 과정에서 한반도와 일본 열도, 한국과 북한 사이에 근현대사가 복잡하게 얽혀 있기 때문에 간단히 정의내리기 어렵다.

이러한 모든 상황을 포괄하기 위하여 본서에서는 '재일코리안'이라는 용어를 사용하기로 한다. 이는 우선 국제적으로 통용되는 'Korean-Japanese'의 번역어라는 이유가 크다. 또, 일본으로 귀화한 사람들뿐만 아니라 미국에서 활동하며 '재일'의 발자취를 엮어낸 문학 등, 세대를 거듭하면서 다양한 형태로 나타나고 있는 여러 양상을 전체적으로 아우르기 위해서는 '재일코리안'이 적합하기 때문이다. 단, 해방 직후의 상황이나 동시대적 문맥에서 '재일조선인'으로 칭하는 것이 적절할 경우, 또는 국적으로 구분할 필요가 있을 때는 '재일한국인' 호칭을 사용하기로 한다.

해방을 일본에서 맞이한 재일조선인은 패전 직후의 일본에서 어떻게 대중적 기반을 마련하고 자신들의 생각을 표출하였을까? 일본 최대의 재일조선인 거주지 오사카에서 이들은 집단적인 활동을 통해 대중적 표현기반을 획득하고 자신들의 삶의 터전을 만들어갔다. 이를 잘 살펴볼 수 있는 것이 써클 시지(詩誌) 『진달래(チンダレ)』이다.

『진달래』는 1953년 2월에 오사카(大阪)의 '조선시인집단(朝鮮詩人集団)'의 기관지로 창간되어 1958년 10월에 20호를 끝으로 종간되었고, 이듬해 1959년 2월에 기관이 해산되었다. 김시종(金時鐘, 1929~)이 편집 겸 발행을 맡았고, 오사카를 중심으로 시 창작과 비평, 르포르타주 등의 내용을 실었다.

▶ 『진달래』 창간호(1953.2)의 「창간의 말」

시란 무엇인가? 고도의 지성을 요구하는 것 같아서 아무래도 우리들에게는 익숙하지 않다. 그러나 너무 어렵게 생각할 필요는 없을 것 같다. 이미 우리들은 목구멍을 타고 나오는 이 말을 어찌할 수 없다. (중략) 우리들의 시가 아니더라도 좋다. 백년이나 채찍아래 살아온 우리들이다. 반드시 외치는 소리는 시 이상의 진실을 전할 수 있을 것이다. 우리들은 이제 어둠에서 떨고 있는 밤의 아이가 아니다. 슬프기 때문에 아리랑은 부르지 않을 것이다. 눈물이 흐르기 때문에 도라지는 부르지 않을 것이다. 노래는 가사의 변혁을 고하고 있다.

『진달래』는 이른바 '써클지'로 출발했다. '써클지'는 아직 공산주의 사상으로 조직화되지 않은 소수의 아마추어들이 중심이 되어 정치운동의 기반을 넓힐 목적으로 조직한 써클운동의 기관지이다. 써클지를 통해 동료를 늘려 대중운동의 저변을 확대해간 소비에트 문화정책운동이 일본에 들어온 형태라고 할 수 있다.

전후 직후의 일본에 재일조선인이 놓여있던 상황을 간단히 살펴보면 다음과 같다. 조선인 공산주의자는 코민테른시대의 일국일당주의 원칙에 따라 일본 공산당 내에 '민족대책부(민대)'로 구성되어 지도를 받고 있었다. 해방 후에 '재일본조선인연맹(조련)'이 결성되었고, 조련이 강제 해산된 후에 재건된 '재일조선통일민주전선(민전)'은 모두 '민대'의 방침을 따르고 있었다. 따라서 『진달래』도 '민대' 중앙본부의 문화투쟁 강화 지령에 의해 써클지로 창간된 것이다.

그런데 한국전쟁이 발발하고, 1953년에 스탈린이 사망한 이후, 동아시아의 국제정세가 재편되는 과정에서 일국일당주의를 수정하여 외국인 공산주의자는 거주국의 당이 아니라 조국의 당의 지도를 받는 체제로 노선이 전환되었다. 특히, 1955년 5월에 '민전'이 해산되고 이어서 '재일본조선인총연합회(총련)'가 결성된 후에는 재일조선인 공산주의자가 일본공산당의 지도에서 벗어나 조선노동당의 지도를 직접 받는 상황으로 바뀌었다. 이에 종래에는 표현수단이 비교적 자유로웠던 상황이 이제 조선인은 조선어로 조국을 표현해야 한다는 강제적인 상태로 바뀌었고, 내용적으로도 공화국의 교조적인 사상으로부터 자유롭지 못하게 되었다. 이러한 변화 속에서 『진달래』의 써클지적 성격도 달라졌다.

『진달래』는 김시종을 비롯한 5명의 당원과 시 창작 경험이 없는 사람들에 의해 창간되어 대중적 기반의 재일조선인 문화투쟁의 장이었는데, 내부 갈등과 논쟁이 이어지는 가운데 점차 참여 멤버들이 이탈하였다. 결국 20호로 종간을 맞이한 1958년에는 김시종, 정인, 양석일 3명만 남은 동인지 형태가 되었다. 오사카 재일조선인 집단의 대중적 문화운동의 기반으로 시작된 『진달래』는 이렇게 해서 종간에 이르게 된다.

이와 같이 오사카 조선시인집단의 기관지 『진달래』는 써클지로 시작하여 재일조선인 좌파조직의 변동과 노선 변화에 따라 점차 소수 정예의 문예동인지의 성격으로 변해갔다. 그렇지만 전반부에서 보여준 1950년대 재일조선인의 생활상에는 재일조선인의 다양한 목소리와 이들의 집단적 총화로서의 문화운동이 잘 나타나 있다.

앞의 창간사에서도 보듯이, 『진달래』는 시를 한 번도 써보지 못한 재일조선인들이 자신의 표현을 획득해가는 주체적인 공간이었다. 시 창작을 통하여 재일조선인들의 공동체적 문화공간이 만들어진 것이다. 이러한 과정 속에서 식민에서 해방으로, 그리고 다시 한국전쟁을 겪어야 했던 1950년대 재일조선인의 현실적인 생활과 민족 문제를 비롯하여 원초적이면서 집단적인 재일조선인의 다양한 목소리가 표출되었다.

뿐만 아니라, 『진달래』는 서로의 시 작품에 대해 비평하고 시

『진달래』 3호의 표지

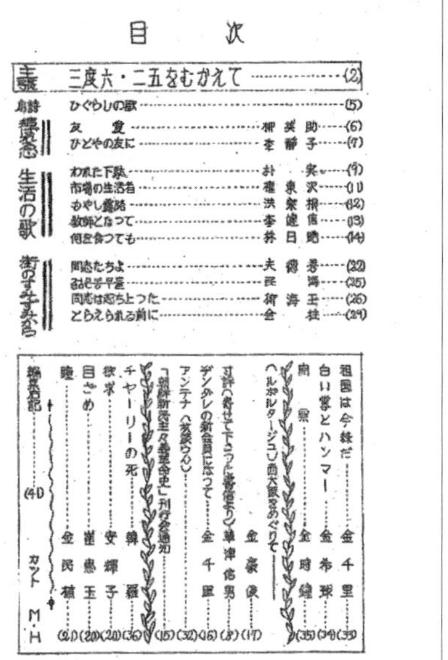

目次

主張 三度六・二五をむかえて……(2)

ひぐらしの歌……(5)

友愛……柳英助……(6)
ひとやの友に……李静子……(7)

生活の歌
われた下駄……朴 実……(9)
市場の生活者……権東沢……(11)
もやし露路……洪宗根……(12)
教師となつて……李建信……(13)
何を食つても……孫日暁……(14)

街のすみずみから
同志たちよ……夫徳秀……(22)
[illegible]……民 海……(25)
同志は起ち上つた……[illegible]海玉……(26)
とらえられる前に……金 柱……(29)

祖国は今鉄だ……金千里(33)
白い掌とハンマー……金希球(34)
[illegible]……金時鐘(35)
(ルポルタージユ)西大阪をめぐりて――金豪俊(17)
寸評(寄せて下さつた書信より)……[illegible]津信男(8)
デンダレの新会員になつて……金千里(16)
アンテナ([illegible])……(32)
「朝鮮新民主々義革命史」刊行会通知……(15)
チャーリーの死……韓[illegible](36)
欲求……安輝子(20)
目ざめ……崔恵玉(20)
瞳……金民植(21)
編集後記……(41)
カット M・H

『진달래』 3호의 목차

론에 대한 공동 논의하는 공론장으로도 기능하였다. 또 일본 내의 타 지역 동포 집단과 소통하고 연대하는 매개체 역할도 하였다. 이와 같이 『진달래』는 전후 일본사회에서 식민과 전쟁, 그리고 분단으로 이어진 삶을 살아낸 재일조선인들에게 창작과 공론의 장으로 기능한 대중적 기반의 원형이 된 잡지라고 할 수 있다.

▶ **권동택, 「시장의 생활자」**(1953)

도로는 생선 비늘로 번쩍거리고 있었다
저고리 소매도 빛나고 있었다
우리 엄마는 삐걱거리는 리어카를 밀며
오늘도 중앙시장 문을 넘는다
생선창고 근처 온통 생선악취 속을
엄마는 헤엄치듯
걸어갔다

여자아이가 얼음과 함께 미끄러져 온 물고기를
재빨리 움켜쥐고 달아났다
갈고리가 파란 하늘을 나는 고함소리와 함께
어두운 쓰레기장에는 썩어 짓무른 생선더미, 생선더미
그곳은 파리들의 유토피아였다
엄마는 그 강렬한 비린내 속에 쭈그리고 앉아있다

2. 재일문학을 시작한 김달수

전후 일본의 혼란한 시기에 제일 먼저 재일조선인 문학을 시작한 사람이 김달수(金達壽, 1919~1997)이다. 김달수는 경남 창원 출신으로, 1930년에 일본으로 건너가서 재일의 삶을 산 재일 1세대이다. 김달수는 넝마주이부터 인쇄공장 일까지 여러 직업을 전전하면서 소설가의 꿈을 키웠다. 니혼대학(日本大學)에 입학한 후, 『문예수도』의 동인으로 활동하였고 여기에서 김사량을 만났다. 일제 말기인 1943년에 고국으로 잠시 돌아와 경성일보사에 입사하여 기자를 역임했는데, 1944년에 다시 일본으로 돌아가 일본의 패전을 맞았다. 일제 말기에 조선과 일본을 왕래하며 식민지 지식인으로서 느낀 갈등과 체험은 훗날 소설 창작에 밑거름이 되었다.

일본문학계에서 전쟁기에 사상 탄압으로 활동을 접고 전향

선언을 해야 했던 나카노 시게하루(中野重治)나 미야모토 유리코(宮本百合子)와 같은 프롤레타리아문학자들이 전쟁이 끝난 직후에 다시 결집하여 '민주주의문학'의 기치를 내걸고 『신일본문학』이라는 잡지를 거점으로 새롭게 활동을 시작했는데, 김달수도 이들과 함께 재일조선인 문학을 시작하였다. 1920년대 프롤레타리아문학에 이어, 전후에도 한일 문학의 연대가 나오는 지점이다.

김달수는 먼저 재일조선인을 위한 잡지 『민주조선(民主朝鮮)』(1946.4~1950.7)을 창간하여 집단적인 재일조선인 문학의 거점을 마련하는 한편, 일본의 좌파 지식인과 연대하여 북한 문학을 소개하였다. 그렇다고 김달수가 공산주의자라고 단정할 수는 없다. 그보다는 전후 일본에서 조선 민족의 해방의 의미를 묻고, 재일하는 사람들의 문학과 문화에 대한 정체성을 만들어가려고 한 측면이 눈에 띈다.

이러한 그의 생각은 소설 창작으로 이어져, 『후예의 거리(後裔の街)』(1947), 『현해탄(玄海灘)』(1953), 『박달의 재판(朴達の裁判)』(1958), 『태백산맥(太白山脈)』(1968) 등의 작품을 발표하였다. 소설 외에도 한일 고대사 연구의 성과를 『일본 속의 조선문화』(12권)로 펴낼 정도로 민족 문제를 문화사적으로 고찰하여 일본사회에 소개하는 업적을 남겼다.

▶ **김달수, 『태백산맥』**(1968)

그는 조선의 역사, 무엇보다 일본제국주의에 대한 저항의 역사를 알고 나서부터 마치 다시 태어난 듯한 자신의 존재를 의식했다. 그런 저항의 역사를 앎으로써 그는 이제 일본을 대신해서 새로 들어온 미국과 조선의 역사적 관계, 그리고 미국의 조선에 대한 태도까지 알 수 있었다. 그로서는 옛날 같았으면 생각조차 하지 못했을 놀라운 변화였다. 그는 생각했다.

'이제 겨우 나는 내 자신을 다시 찾게 된 거야.'

아무리 생각해봐도 지나칠 수 없는 생각들이었다. 그에게 있어서 이것은 삶을 다시 부여받은 것이나 다름없었다.

3. 북한으로 '귀국'하는 재일조선인 이야기

한반도와 일본 열도를 한 바퀴 돌며 식민과 분단의 디아스포라로 남은 사람들이 있다. 즉, 일제강점기에 일본으로 건너가 해방 후에 일본에서 살다 1959년 말부터 본격화된 이른바 '귀국사업'으로 북한으로 건너가지만, 정착하지 못하고 사선을 넘어 한국으로 탈북했다가, 한국에도 정착하지 못하고 다시 일본으로 건너가는 사람들이 바로 그들이다. 이러한 삶은 한 세대가 지나온 시간으로 보기에는 길기 때문에 두 세대 이상에 걸친 이야기일 가능성이 크다. 식민과 분단의 시대를 살아온 이들의 삶에 대하여 간단히 말하기는 어렵다.

주승현은 『조난자들-남과 북, 어디에도 속하지 못한 이들에 관하여』(생각의힘, 2018)에서 이러한 사람들을 '조난자들'로 표현하고, 재일조선인 출신자들이 탈북해서 제삼국을 거쳐 일본으로 입국하거나 한국으로 입국했다가 다시 일본으로 건너간 사람들이 2017년 현재 500명에 가깝다고 말했다. 말 그대로 어디에도 속하지 못하는 '경계'의 사람들이다. 재일조선인 사회를 식민에서 분단으로 이어지는 근현대사의 통시적인 시점에서, 또 한반도와 일본, 그리고 한국과 북한을 포괄하는 관점에서 바라봐야 하는 이유이다.

1959년부터 1984년까지 약 26년간 187회에 걸쳐 이어진 '귀국사업(Repatriation Project)'으로 약 93,340명의 재일조선인이 북한으로 건너갔다. 여기에는 가족으로 따라간 일본인 동반자도 약 2,000명 포함되어 있다. 사실 '귀국'이라는 말은 당시 일본에서 사용된 용어이지만, 정확히 맞는 표현은 아니다. 일제강점기에 일본으로 건너간 사람들의 대부분은 경상도나 제주도가 고향인데, 남북이 분단된 상태에서 돌아올 수 없는 북한으로 돌아갔기 때문에 '귀국'이라고 말하기 어렵다. 그래서 한국에서는 '북송'으로 불렸는데, 여기에서는 동시대적으로 사용된 공식 용어인 '귀국'이라는 말을 사용하기로 한다.

재일조선인의 북한 '귀국' 문제를 동시대의 상황으로 돌아가 살펴볼 필요가 있다. 당시 지상낙원으로 선전했던 북한의 실상이 이미 드러난 현재 시점에서 북한을 비판하고 단죄하는 것은

AFP통신의 북한 귀국사업 보도 내용

간단하다. 그러나 이 문제에 대한 책임에서 한국과 일본을 비롯하여 미국이나 중국, 러시아도 결코 자유롭지 못하다는 사실을 호주의 역사학자 테사 모리스 스즈키가 1951년부터 1965년까지 15년간의 국제적십자사 공문서를 확인해서 이들 재일의 '귀국'을 둘러싼 국제정치적 배경을 『북한행 엑서더스(Exodus to North Korea)』에서 밝혔고, "냉소적인 정치와 책임의 결여"를 지적하였다(테사 모리스 스즈키 지음, 한철호 옮김, 『북한행 엑서더스-그들은 왜

'북송선'을 타야만 했는가?』, 책과함께, 2008).

재일조선인이 북한으로 집단 귀국한 사건은 동북아 역사의 불편한 기억으로 남았고, 이러한 국가 간의 엇갈리는 기억 사이에서 이산(離散)의 삶을 살아내야 하는 사람들은 귀국한 당사자들과 북으로 건너간 사람들을 가족으로 둔 재일조선인이다.

테사 모리스 스즈키의 지적 이후, 재일조선인의 귀국 문제를 둘러싼 논의는 일본과 북한을 비롯한 국제정치의 역학 속에서 설명하는 내용이 주를 이루고, 정작 재일조선인 당사자의 동시대적 문제제기는 간과되어 온 경향이 있다. '귀국'을 둘러싼 논의가 일본 국내의 문제나 북일관계, 남북관계, 나아가 동북아의 국제정세에서 발단이 된 것은 사실이지만, 국제정치의 역학관계 속에서 이루어진 수동적인 것으로 치부하기에는 동시대 자료에 담긴 목소리가 너무 생생하고 다양하다. 여기에는 현재까지 이어지고 있는 재일조선인의 현안과 문제제기가 담겨 있다.

재일조선인 귀국 당사자들의 이야기가 북한이나 조총련, 일본 매스컴의 현실적인 제약 속에서 자유롭게 표현되지 못한 부분이 있다고 하더라도, 이들의 이야기를 통해 '귀국'의 동인(動因)을 재일조선인의 생활에 밀착하여 살펴봄으로써 국제정치적 관점에서 간과해온 당사자들의 구체적인 문제를 생각해보는 것이 필

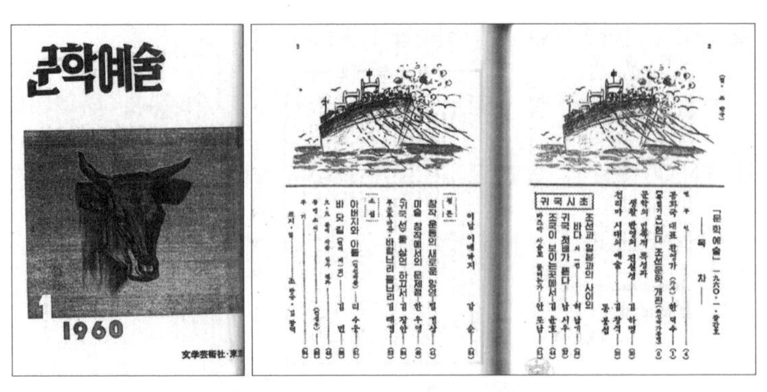

『문학예술』 창간호(1960.1) 표지와 목차

요하다.

'귀국사업'을 전후하여 재일조선인 잡지 4종과 일본인 잡지 1종이 창간되었다. 구체적으로 살펴보면, 『문학예술』, 『조선문예』, 『새 세대(新しい世代)』, 『오늘의 조선(きょうの朝鮮)』과 귀국선이 출항하는 니가타(新潟) 현의 재일조선인협력회에서 발간한 『니가타협력회 뉴스(新潟協力会ニュース)』이다. 이들 잡지는 '귀국'을 둘러싼 재일조선인의 동시대적 상황과 목소리를 생생하게 담아냈다. 『문학예술』 창간호에는 귀국선이 출항한 모습을 목차에 삽화로 넣어 당시의 고양된 귀국 분위기를 잘 보여주고 있다.

재일조선인이 조선어로 펴낸 잡지 『문학예술』과 『조선문예』의 창간 경위를 간단히 살펴보자. 해방 후 일본에서 1947년 2월에 결성된 '재일본조선문학자회'가 1948년 11월에 '재일본조선문학회'로 새롭게 개편되었다. 1955년 5월에는 '재일본조선인총연합회(총련)'가 결성되었고, 조선민주주의인민공화국에 직결되는 형태로 1959년 6월에 '재일본조선문학예술가동맹'(문예동)이 결성되었다. '문예동'은 조총련 산하의 다양한 문화예술단체의 연합체 성격이었다. 『문학예술』과 『조선문예』는 조선어로 발간된 '문예동'의 기관지인데, 『문학예술』은 중앙기관지이고 『조선문예』는 가나가와(神奈川) 지부에서 발행한 것이다. 『문학예술』과 『조선문예』 모두 창간호에 귀국선이 1959년 12월 14일에 니가타에서 청진항을 향해 첫 출항한 것을 특집으로 구성하였다.

『새 세대』는 1960년 2월에 편집인 이승옥과 발행인 김경철을 중심으로 창간되어 현재까지 이어지고 있는 장수 잡지이다. 초기의 주요 집필진에 허남기, 이진규, 이은직, 강재언, 어당(魚塘), 변재수 등이 있다. 『오늘의 조선』은 앞의 세 잡지와 다르게 일본이 아닌 평양에서 발행되었는데, 1956년 11월에 창간호가 나와 1958년 12월 26호까지 이어진 잡지 『새로운 조선(新しい朝鮮)』이 1959년 1월에 27호가 나올 때 제명을 『오늘의 조선(きょうの朝鮮)』으로 변경하여 1963년 12월에 86호까지 발행되었다.

흥미로운 사실은 『문학예술』과 『조선문예』는 일본에서 발행되었지만 조선어로 나온 잡지이고, 『새 세대』와 『오늘의 조선』은 북한에서 발행되었지만 일본어로 발행된 잡지라는 점이다. 1955년에 총련이 결성된 이후, 일본에서 나온 재일조선인 잡지는 조선어로 써야 한다는 총련의 지시를 받아서 김일성의 신격화나 민족 주체성을 강조하는 내용으로 구성되었기 때문에 조선어로 발행되었다. 한편, 북한에서 나온 잡지가 일본어로 발행된 사실은 현지의 북한 주민보다 재일조선인이나 일본인을 주요 독자로 상정하여 '귀국'을 독려하고 북한에 대한 홍보를 목적으로 했음을 추측할 수 있다.

이상의 재일조선인 관련 네 잡지와 다르게, 『니가타협력회 뉴스』는 일본적십자가 주도해서 니가타 현과 시민단체가 협력하여 펴낸 일본 잡지이다. 1960년 3월에 창간호가 나와 순보(旬報)로 간행하다 도중에 비정기적으로 바뀌었고, 1962년부터는 월간으로 간행되던 것이 1964년 12월 25일 73호 발간을 마지막으로 종간되었다. 도쿄올림픽과 한일회담을 계기로 한일국교정상화가 이루어지고 관계가 개선되면서 북일관계가 안 좋아지는 상황을 보여주고 있다. 주로 4면 체재로 구성되어 재일조선인 '귀국'을 귀국 현장인 니가타에서 보여주는 소식지 성격이었다.

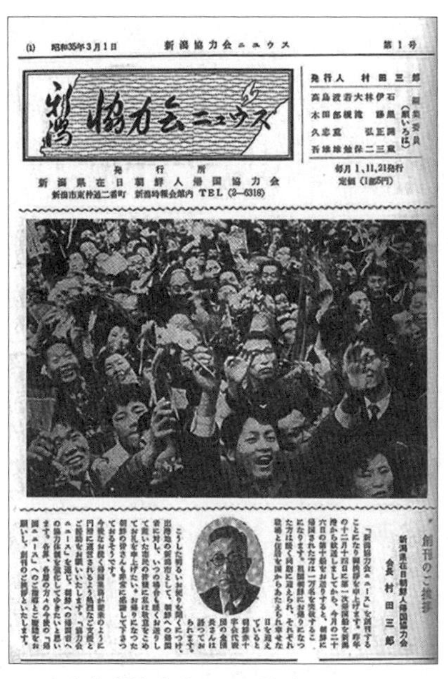

(1) 昭和35年3月1日 新潟協力会ニュウス 第1号

新潟協力会ニュウス

発行人 村田三郎

編集委員（順いろは）

毎月1、11、21発行
定価（1部5円）

発行所
新潟県在日朝鮮人帰国協力会
新潟市東仲通二番町 新潟時報会館内 TEL (2―6318)

創刊のご挨拶

新潟県在日朝鮮人帰国協力会
会長 村田三郎

「新潟協力会ニュース」を創刊することになり御挨拶を申上げます。昨年の十二月十四日に第一次帰国船を新潟港から歓送しましてから、今月の二十六日の第十船をお送りすると、朝鮮に帰国された方は一万名を突破することになります。祖国朝鮮にお帰りになった方は暖く同胞に迎えられ、それぞれ職場と住居を国からあたえられ幸せな日を迎えているとの朝鮮赤十字会代表団の金団長さんは語っておられます。

こうした明るいお便りを聞くにつけ、出港地の新潟市として、朝鮮への帰国者に対し、いつの場合も暖くお送りして戴いた市民の皆様に私は衷心をこめてお礼を申上げたい。お帰りになった朝鮮の皆さんも非常に感謝しておるそうです。

今後もお暖く帰国事業が従来のように円滑に運営されるよう格別なご支援とご協力をお願いいたします。「協力会ニュース」を通じ、朝鮮への帰国者への協力体制を強化してゆきたいと思います。会員、各層の方々の今後の「帰国ニュース」へのご援助とご鞭撻をお願いし、創刊のご挨拶といたします。

『니가타협력회 뉴스』 창간호(1960.3)

책임편집자였던 고지마 하루노리(小島晴則)는 세 번째 귀국선이 떠난 후에 출항기지 니가타의 기록을 만들어 남기고 싶어서 기관지를 펴냈다고 회고하였다(小島晴則, 『幻の祖国に旅立った人々』, 高木書房, 2014). 『니가타협력회 뉴스』에는 '귀국' 당시의 사진이 많이 실려 있는데, 주로 근경에서 촬영하여 재일조선인이 기뻐하는 표정을 생생하게 담아냈다. 발행소는 '니가타현 재일조선인 귀국협력회'이고, 회장 무라타 사부로(村田三郎)는 창간

사에서 “출항지 니가타 시에서 조선으로 귀국하는 사람들을 언제나 따뜻하게 보내드리는 시민”에 대하여 감사한다는 인사말을 실었다. 『니가타협력회 뉴스』는 출항지 니가타의 풍경을 사진자료와 함께 다양한 기사로 실어 북한으로 떠나는 재일조선인과 떠나보내는 사람들의 정경을 통해 동시대의 귀국 정황을 잘 보여주고 있다.

‘귀국사업’이 시작되었을 때 나온 이상의 재일조선인 잡지와 니가타 현에서 발행한 일본인 잡지에서 다룬 주된 내용을 살펴보자. 우선, 1959년 12월 14일에 재일조선인을 태운 첫 귀국선이 니가타 항을 출발하여 북한 청진항으로 들어가는 상황이나 이후의 귀국 분위기를 한결같이 고조된 분위기로 전했다.

『조선문예』 창간호(1959.12)를 보면, 리봉남은 「총련 문예 정책을 고수하라」에서 “귀국 제1선을 보내는 기쁨과 흥분”을 감격해하며 “조선 로동당과 공화국 정부의 정확한 문예 정책에 튼튼히 의거하여 문학 예술 분야에서의 기본 방향에 자기의 역량을 어김 없이 발휘하여야 할 것이다”고 하면서 “총련의 문예 정책을 실천 고수하는 마당의 초소가 될 것을 기대한다”고 말했다. 「편집후기」에도 “영광스러운 조국 - 조선 민주주의 인민 공화국에로의 귀국이 실현된 그 어느 때보다 민족적 영예감과 긍지감에 끓어 넘치는 분위기 속에 이 잡지를 낸다"고 적었다.

『문학예술』 창간호(1960.1)에도 첫 페이지에 총련 초대 의장인 한덕수의 「공화국 대표 환영가」를 싣고, 이어서 「권두언」에 "지금 이 창간호의 권두언을 쓰는 조선민보사 편집국 실에는 新潟에서 장거리 전화가 그냥 줄곳 걸리여 오고 있다. 《공화국 대표리 일경 단장을 선두로 상륙을 시작……》《부두에서 환영식이 시작됨》 등등. 이리하여 바로 어제 밤의 品川 역두의 감격적인 장면과 더부러 일제의 가혹한 착취 밑에 오랜 세월을 이국 땅에서 신음하던 재일 동포들의 력사상에 새로운 페지가 시작된다"고 적었다. 그리고 「편집후기」(김민)에 "이 책이 나올 지음에는 귀국선이 이미 세차례나 떠난 때 일것이며"라고 하면서, "배는 줄곳 조국에로 향하고 동포들은 더욱 조국을 향하여 가슴을 펴고 일어선다. 오늘의 현실은 고생스러우나 우리의 앞길은 영광에 찼다", "귀국 운동이 더욱 전진 될 새해에 우리 「문학 예술」도 더욱 발전 시켜야 할것이다"고 적었다.

'귀국'의 감격을 노래한 시도 다수 실렸다. 박문협은 「항구」(『조선문예』, 1959.12)라는 시에서 "니이가다엔/ 웃음만 만발하고/ 동해 희열의 노래 부르고 있으러니" 하고 노래했다. 『문학예술』 창간호는 위의 목차 그림에서도 보듯이 귀국선의 삽화를 그려

넣었고, 「귀국시초」라는 세션을 구성하여 5편의 시를 실었다. 남시우는 「귀국 첫 배가 뜬다」에서 '귀국'의 감격을 격정적인 어조로 표현하였고, 허남기도 「조선과 일본과의 사이의 바다」에서 조국 상실자의 아픔과 귀국의 감격을 노래했다.

▶ **허남기, 「조선과 일본과의 사이의 바다」**(1960)

거기 놓여있는 것은
현해탄
거기 놓여있는 것은
동해 물결
거기 놓여있는 것은
조그마한 바다에 불과하건만

그러나 우리와
조국과의 사이는
그러나 이 현실의 일본과
조선과의 사이는

너무나 멀다
너무나 넓다

조국이여 우리에겐 당신의 목소리가 들리고

우리에겐 당신의 가슴의 고동까지 뚜렷히 울려오는데(중략)

지난날 우리 가슴에서 조국을 빼앗고

지난날 우리 손아귀서 논밭과 고향을 빼앗고

사람으로서의 일체의 권리마저 강탈해간 그놈들이

아직 죽지 않고 살아 남아

조선과 일본과의 사이의 바다를

한없이 멀게만 할랴고들고

우리를 언제까지나

조국 상실자의 위치에 얽어매 둘랴고 발광한다

조국이여 우리가 웨치는 소리가 당신의 가슴을 울리고

당신이 부르는 말씀이 이렇게도 가깝게 들리는데

김민은 단편소설 「어머니와 아들」에서 "결국은 가야 할 길이다. 좀 더 기다려 본들 무엇이 찾아 올 것인가? 반평생을 살았어도 이땅에선 시원한 일이란 한번도 있어 본 일이 없었다."고 하며 일본을 떠나는 심경을 소설 속 작중인물을 통해 표현하였다.

김민은 또 「바닷길」 이라는 작품에서 1959년의 '귀국'을 해방 직후에 일본에서 조국으로 귀국하던 모습과 오버랩시켜 재일조선인에게 '귀국'이 갖는 의미를 중의적으로 보여주고 있다. 이는 1945년 8월 24일에 발생한 우키시마(浮島)호 폭침사건의 기억을 환기시키고 있는 것인데, 1945년 해방 직후와 1959년 현재의 북한 귀국을 중첩시켜 재일조선인의 애환이 깃든 '귀국'의 기억을 이야기하고 있는 것이다.

이와 같이 1960년을 전후한 재일조선인 잡지에는 북한 '귀국'을 앞두고 감격하는 모습이나 일본을 떠나는 착잡한 심경, '귀국'을 둘러싼 가족 간의 갈등을 표현한 글이 많다. 리수웅의 「아버지와 아들」(『문학예술』, 1960.1)을 보면, '귀국' 이야기를 둘러싸고 공화국으로 빨리 돌아가자는 아들과 조국이 통일되면 돌아가자는 아버지의 의견이 서로 미묘하게 엇갈리는 모습이 그려져 있다. 일본에서 벗어나 조국으로 귀국한다고 해도 분단된 조국의 반쪽으로 돌아가는 것이고, 남북이 자유롭게 오갈 수 없는 상태이기 때문에 쉽사리 북한 귀국을 결정하지 못하는 심리가 잘 나타나 있다.

▶ **리수웅,「아버지와 아들」**(1960)

「일본에 사는 동포들 모두가 돌아 가리라는 정세입니다.」

「모두가 가기는 무엇이 모두야.」

「참 아버진 우리가 일본에 백년 살아도 마음 놓고 먹고 살 수 있는 세상은 오지 않습니다. 일본이 우리 공화국과 같은 세상이 되지 않고서는 그래도 이 땅은 우리 나라가 아닙니다.」

「네 마음은 알겠다. 두쪼각으로 된 우리 나라에 간다는 건 일본에 사는 것 보다 더 못하다. 만약 또 전쟁이나 일어나 봐.」

한편, 림경상은 「창작 운동의 새로운 양상」에서 재일조선인의 '귀국사업'으로 인하여 달라진 점을 이야기하고 있는데, '재일본'이라는 조건 속에 있는 조선 문학의 한계를 지적하고, '재일'이라는 카테고리에 한정되지 않는 삶의 모습과 글쓰기에 대하여 말했다. 즉, '재일본'이라는 말은 "재일 조선인의 의식과 생활 감정이 조선 민족의 그것과는 이질인 것처럼 단정함으로써 재일 조선인 속에서 높아가는 공화국 공민으로서의 자각과 영예감을 고취하기는커녕 오히려 민족적 긍지감에 침을 뱉고 일제가 강요

『꽃 피는 조국－귀국자들의 수기－』(1962)

한 식민지적 노예 근성을 답습 합리화하려는 것"이라고 하면서, "'재일'이란 조건에만 매달려 자기 조국을 경시 또는 멸시하고, 재일 동포들을 언제까지나 식민지 민족과 같이 혹은 일본의 소수 민족으로서 취급하려는" 경향에 대하여 비판하였다.

재일조선인 잡지이기는 하지만 평양 발행으로 되어 있는 『오늘의 조선』(1960.2)에는 특집 「귀국 동포의 생활과 감상」, 좌담회 「귀국자는 말한다」, 「귀국동포를 환영하는 평양 시민」 등의 기사가 실렸다. 남편을 따라 귀국한 일본인 아내의 글이나 고등학생을 비롯한 귀국청년의 글도 보인다. 김일성 정권 찬양, 이승만 정권 비난, 일본에서 힘들었던 생활을 청산하고 '제2의 해방'을 이야기하고 있다.

'어머니 조국(母なる祖国)'이라는 표현도 자주 눈에 띈다. 『꽃 피는 조국-귀국자들의 수기』(재일본 조선인 총련합회 중앙 상임 위원회 문화부, 1962.11)나, 『어머니 조국-귀국동포의 수기집(母なる祖国ー帰国同胞の手記集)』(1967) 같은 귀국자의 수기집이 도쿄에서 발간되어 재일조선인 사회에서 읽혀졌다.

또 『오늘의 조선』(1960.4)에는 재일조선인 남편을 따라 귀국한 일본인 아내의 글도 실렸다.

▶ **이마후쿠 요시에**(今福よしえ), 「**남편의 조국에서**」 (1960)

앞으로는 하루라도 빨리 조선어를 배워 친구도 많이 만들고 모두와 함께 열심히 일하려고 생각하고 있습니다. 그래서 요즘은 일본어를 잘 아는 공장에서 매일 근무시간까지 할애해가며 조선어를 배우고 있습니다. (중략) 생활도 조금도 걱정 없습니다. 눈에 보이지 않지만 조선인을 남편으로 둔 저희 가정에 늘 그림자처럼 따라다니던 빈곤, 비애, 고뇌와 같은 것이 완전히 제거되고 밝은 태양이 비추어 행복의 여신이 저희 집에 찾아

> 왔습니다. (중략) 제2의 조국에서 사는 보람이 있는 새로운 생활, 즐거운 우리 집의 행복을 한 번만이라도 좋으니 부모님이나 아는 분들 모두에게 보여주고 싶습니다. 이 바람이 결실을 맺을 수 있도록 저는 조일(朝日) 우호를 위해 노력할 결의를 다지고 있습니다.

이상에서 보듯이, 1959년에 시작된 재일조선인 북한 '귀국사업'은 재일조선인에게 '귀국'의 감격 뒤에 감춰진 세대 간의 갈등, 조국 분단 문제, 일본인 아내의 심경, 해방 직후의 기억 등, 일본을 떠나는 사람들과 남는 사람들의 교차하는 심경을 보여주는 내용이 많다.

우리 민족의 '이산' 문제는 삼팔선으로 갈라진 한국과 북한 사이에만 있는 것이 아니다. 재일조선인 사회에서 북한으로 귀국한 가족들과의 이산, 일본인 아내로 북한으로 간 사람들과 일본에 있는 가족들의 이산, 그리고 고향은 본래 경상도나 제주도가 대부분인 재일조선인들이 다시는 돌아오지 못할 북한으로 귀국하여 생긴 이산 등, 재일조선인 북한 '귀국사업'은 다양한 이산을 낳았다. 이후, 재일조선인의 이산 문제는 이회성, 가네시로 가즈키, 후카자와 우시오, 양영희와 같은 재일 작가들에 의해 계속 이야기되며, 한반도의 남북한과 일본 사이에 교류와 소통으로 풀어야 하는 과제를 우리에게 묻고 있다.

제4장

식민과 분단을 사는 재일문학

1. 재일문학의 원점과 김석범

김석범(金石範, 1925~)은 일본의 오사카(大阪)에서 태어났기 때문에 생물학적으로는 재일(在日) 2세대이지만, 조국과 민족에 대한 문제의식을 가지고 제주도 4·3항쟁을 창작의 원형으로 견지해오면서 1세대적인 문학 성향을 보이는 재일코리안 작가이다.

제주도 4.3항쟁을 중심으로 해방 직후의 정국을 서사화한 김석범의 『화산도(火山島)』(전7권, 文藝春秋社, 1997)가 해방 70년의 시점에 한국에서 완역된(전12권, 보고사, 2015.10) 것에 이어, 일본에서도 주문제작 형태로 재출간되어(전3권, 岩波, 2015.10) 화제를 모았다. 『화산도』가 한일 양국에서 화제가 된 것은 재일 70년의 삶을 살아온 김석범 문학의 총결산으로서 재일코리안 문학의 의미를 생각하게 한다.

『화산도』는 4·3사건이 발발하기 직전인 1948년 2월 말부터 이야기가 시작되어, 무장대가 궤멸된 1949년 6월까지를 그렸다. 작중인물의 이동이 많이 그려지는데, 제주도를 중심으로 서울, 목포, 일본의 오사카, 교토, 도쿄를 오가며 식민과 해방, 이후에 여전히 남은 한일 간의 문제를 그리고 있다. 한국어 번역판의 출간에 부쳐 김석범은 다음과 같이 말했다.

> 나는 『화산도』를 존재 그 자체로서 어딘가의 고장, 디아스포라로서 자리 잡으면 좋겠다고 생각한다. 『화산도』를 포함한 김석범 문학은 망명문학의 성격을 띠는 것이며, 내가 조국의 '남'이나 '북'의 어느 한쪽 땅에서 살았으면 도저히 쓸 수 없었던 작품들이다. 원한의 땅, 조국상실, 망국의 유랑민, 디아스포라의 존재, 그 삶의 터인 일본이 아니었으면 『화산도』도 탄생하지 못했을 작품이다. 가혹한 역사의 아이러니!(김환기·김학동 옮김, 『김석범 대하소설 火山島』1권, 보고사, 2015)

'해방'과 '패전'을 가로지르며 한반도와 일본 어느 한쪽에 수렴되기보다는 차이를 만들어가며 공존의 방식을 찾아온 재일코리안의 삶이기에 남북한 어느 쪽에도 가담하지 않고 조국으로부터 상대적 거리 두기가 가능한 '재일'의 존재 규명이 보이는 대목이다. 그리고 남북한의 어느 한쪽이 아니라 '재일'의 위치에서 거리두기를 하고 있기 때문에 해방정국의 정치사회적인 문제를 그릴 수 있었다는 말은 경계를 살아가는 재일코리안의 관점을 새롭게 인식하도록 해주고 있다.

『화산도』의 작중인물 이방근이 누이동생 유원을 일본에 밀항시킬 준비를 하면서 "일제의 지배, 그리고 계속되는 미국의 지배. 병든 조국을 버리고 패전한 과거의 종주국 일본으로" 떠나는 사람들을 언급하며 "폐허의 땅"에서 "신생의 숨결, 창조에 대한 희망"을 이야기하는 부분은 해방기에 민족적 정체성으로 복귀하는 보통의 귀환서사와 다른 재일코리안의 위치 규정을 새롭게 보여주고 있다.

김석범은 실제로 1945년 11월에 일본에서 해방된 조국으로 일시적으로 돌아오지만, 1946년 여름에 한 달 예정으로 다시 일본으로 건너갔다가 그대로 재일의 삶을 살았다. 김석범은 '재일'의 위치에 대하여 다음과 같이 말했다.

'재일'은 남북에 대해서 창조적인 위치에 있다. 이는 남북을 초월한 입장에서 조선을 봐야한다는 의미이고, 또 의식적으로 그 위치 즉 장(場)에 적합한 스스로의 창조적인 성격을 형성할 필요가 있다.

창조적인 성격이라는 것은 조국분단의 상황 하에서 '재일'이라는 위치에서 통일을 위해 어떤 형태의 힘, 탄력이 될 수 있는 것을 말한다. 환언하면, 북에서도 남에서도 할 수 없는 것을 할 수 있을 뿐만 아니라, 남북을 총체적으로 혹은 객관적으로 볼 수 있는 장소에 있기 때문에 그 독자성이 남북통일을 위해 긍정적으로 작동하지 않으면 안 된다(金石範, 「「在日」とはなにか」, 『季刊三千里』18号, 1979.夏).

위의 인용에서 보듯이, 김석범은 '재일'을 남북을 초월해 확장된 위치에 놓고 있음을 알 수 있다. '재일'의 위치에 있기 때문에 『화산도』의 집필도 가능했으며, 또 남북통일의 단초도 마련할 수 있다는 의미로, 남과 북을 아우르는 근거를 '재일'이라는 삶 속에서 찾고 있다. 남북분단은 식민지배에서 비롯되어 한국전쟁으로 이어지는 속에서 고착화되었기 때문에 '재일'이라는 한일 근현대사가 얽힌 삶 자체와 궤를 같이 한다. 따라서 분단을 푸는 문제도 남과 북을 확장된 시각에서 볼 수 있는 '재일'이라는 관점에서 가능하다고 말하고 있는 것이다.

일본에 정주하면서 분단된 조국의 어느 한 쪽에 포섭되는 것을 거부하고, 남과 북을 포괄하여 바라보려고 하는 관점이 재일문학에 많이 들어 있다. '재일'은 한국과 북한의 어느 한쪽에서 할 수 없는 일을 양자와 다른 층위에서 포괄하고 긍정적인 힘으로 전환시켜낼 수 있는 위치에 있다. 이것이 바로 '재일'하는 근거이고, 재일의 삶을 사는 의미라고 김석범은 말한다.

이러한 의미에서 김석범의 장편소설 『1945년 여름』은 생각해 볼 점이 많다. 일제로부터 해방된 지 25년이 지난 시점에서 일본어로 문학 활동을 재개해 '해방'과 '패전'이라는 관념과 현실의 교차를 넘어 역사적 기억을 어떻게 이야기해갈 것인지 일본과 한국사회를 향해 묻고 있는 소설이다.

1945년 8월은 재일코리안 문학의 원점이라고 할 수 있다. 일제강점기의 기억은 이 시점에서 거슬러 오르고, 해방 후의 일은 이 시점에서 상기된다. 기억 환기의 기점(起點)인 것이다. 김석범이 문학활동을 어떻게 시작했고, 『1945년 여름』이 어떤 소설인지 살펴보자.

김석범은 1957년에 단편 「까마귀의 죽음」과 「간수 박서방」을 발표하여 제주도 4·3항쟁을 소설화하면서 작가활동을 시작하였다. 김석범의 필생의 대작 『화산도』는 초기에 나온 「까마귀의 죽음」으로부터 탄생한 것이다. 이후, 단편 「관덕정(觀德亭)」(1962.5)을 발표한 후, '재일본조선문학예술가동맹(문예동)'에 참여하면서 기관지 『문학예술(文學藝術)』의 편집을 담당했다(1964). 그리고 '조선어'로 몇 개의 단편과 장편 『화산도』를 『문학예술』에 연재했는데, 1967년에 건강상의 문제도 있어 연재를 중단하고 조선총련 조직에서 벗어나게 된다. 그리고 7년 만에 다시 일본어로 쓴 작품이 단편 「허몽담(虛夢譚)」(『世界』, 1969.8)이다.

김석범은 「허몽담」 이후에 본격적인 일본어 작가로서 활동을 재개하였다. 이 과정에서 김석범은 조선어로 글을 썼던 것을 다시 일본어로 글을 쓰게 된 것에 대하여 고민한 사실을 연보를 통해 확인할 수 있다. 이러한 때에 나온 작품이 바로 『1945년 여름(1945年夏)』(1971~73, 1974년에 단행본으로 간행)이다. 김석범은 왜 해방으로부터 25년이 지난 시점에서 '1945년 여름'을 불러내서 소설을 썼을까?

『1945년 여름』은 네 번에 걸쳐 발표한 단편을 모아 장편으로 간행(筑摩書房, 1974.4)한 작품이다. 네 단편은 각각 「장화(長靴)」(『世界』1971.4), 「고향(故鄕)」(『人間として』1971.12), 「방황(彷徨)」(『人間

として』1972.9), 그리고 「출발(出發)」(『文藝展望』1973.7)이다. 소설의 내용상으로 보면, 「방황」까지가 해방 이전의 시기를 다루고 있고, 「출발」은 해방 이후의 시기를 배경으로 하고 있다. 소설의 내용을 개략하면 다음과 같다.

오사카의 조선인 부락에 살고 있는 김태조는 미군의 공습이 본격화된 1945년 3월, 중국으로 탈출할 생각을 하며 징병검사를 구실로 식민지 조선으로 도항하면서 다시 일본으로 돌아오지 않을 결심을 한다. 우선 경성으로 가서 잠깐 머물다 4월 초 제주도에서 징병검사를 받고 다시 경성으로 가는데, 5월에 발진열에 걸려 한 달 가량 입원한 후, 강원도의 산 속 절에서 요양하면서 중국으로 탈출하려는 자신의 생각이 낭만적인 공상에 지나지 않았음을 깨닫는다.

일본의 패망이 몇 개월 후에 오리라고는 생각할 수 없었던 그는 6월 말경에 쇠약해진 몸으로 가족이 있는 오사카로 돌아온다. 그리고 김태조는 패전으로부터 한 달 지난 시점에서 변한 일본의 모습과 일본 내에서 사회주의를 표방하는 동포들을 보면서, 새로운 조국 건설의 의미를 생각하며 다시 독립한 조국의 서울로 돌아와 새로운 출발을 다짐하는 장면에서 소설은 끝이 난다.

▶ **김석범, 『1945년 여름』(1974) ①**

조선신궁 참배길로 만들어진 산꼭대기에 이르는 넓고 훌륭한 돌계단을 다 올라갔을 때는 화창한 날씨 때문인지 몸이 완전히 땀에 젖어 있었다. 신궁 경내에는 '필승 기원'을 비는 단체나 잡다한 사람들과 일장기가 무리지어 있었다. 그는 무엇보다도 무리를 지어 칼을 찬 군인들의 인솔을 받으면서 신사참배를 하고 있는 '학도 출진'의 조선인 학생 대열이 보이지 않아 안도했다.

'도대체 무엇 때문에 조선인이 경성을 한눈에 내려다볼 수 있는 남산 정상에 올라와 조국을 침략한 일본의 신들, 아마테라스 오미카미(天照大神)나 메이지 천황에게 빌지 않으면 안 된단 말인가.'

김태조는 아무도 보는 사람이 없다면 소변이라도 갈겨주고 싶은 심정으로 경내를 벗어나 남산공원 북단까지 걸어갔다. 그곳에서 험준한 바위산에 둘러싸인 분지 속에 아지랑이가 피어오르는 경성 거리 모습을 잠시 동안 가만히 내려다보았다. 그리고 옆의 관목 사이로 나 있는 돌맹이 박힌 좁은 골목을 돌아 내려가 산기슭의 미사카(三坂) 길 주변으로 나왔다. 동네 상점이 늘어서 있는 사이의 적당한 언덕을 더 내려가자 길이 평탄해졌다. 김태조는 경성 역 쪽으로 갈 참이었다.

위의 인용은 김태조가 징병검사를 받으러 일본에서 조선 경성으로 와서 느낀 점을 말하는 장면이다. 일본보다 오히려 조선이 더 일본천황을 받들고 있는 모습을 경성 거리를 다니며 김태조는 느낀다. 이러한 느낌은 남산뿐만 아니라, 경성역이나 전차 안에서도 느낀다.

이 소설에서 매우 흥미로운 것은 1945년 8월 15일의 기록이 소설에 들어 있지 않다는 점이다. 네 개의 단편을 묶어 하나의 장편 단행본으로 구성했기 때문에, 각각의 내용에 8월의 기록이 없다고 하더라도 장편화하는 과정에서, 예를 들면 단편 「방황」과 「출발」 사이에 얼마든지 8월의 기록을 가필할 수 있었을 것이다. 그런데 장편화 과정에서 8월의 기록을 쓰고 있지 않다. 그러면서 굳이 '1945년 여름'이라는 제명 아래에 전후(前後)의 내용을 배치하여 장편으로 구성하고 있는 것이다.

또, 1945년 8월로부터 한 달여 시간이 흐른 뒤에 '그날'의 단상이 기억의 형태로 조금씩 이야기되는 형식도 주의를 요한다. '8·15'의 내용이 내러티브의 시간 순서에 따라 이야기되는 대신에, 과거 '기억'의 형태로 나중에 추인되는 서술 방식을 취하고 있는 것이다.

'1945년 여름'의 표제를 취하면서도 이날의 기록을 동시간대로 적지 않고, 연보에도 8월의 기록은 매우 간략하게 "일본 항복, 조선 독립. 조국의 독립을 환희 속에 맞이했다"고 사실을 언급한 정도에 머무르고 있다. 작품 속에서 조선의 독립과 일본의 패망을 전후한 4개월간을 블랙홀로 만들어버린 것이다. 그런데 '8·15'에 대하여 구체적으로 언급을 하고 있지 않기 때문에 오히려 그 속으로 모든 것을 흡인해버리는 이 시기의 무게가 김석범 문학에서 차지하는 의미는 클 수밖에 없다.

소설 속에서 작중인물 김태조가 '8·15'를 전후하여 겪는 세 번에 걸친 폭력과 언어 갈등 문제가 이를 잘 보여주고 있다. 폭력으로 점철되어버린 '8·15' 전후의 기억과 이를 지연시키는 언어의 문제를 통해, 재일코리안의 일본어문학이 갖는 의미를 그리고 있는 것이다.

해방을 전후하여 김태조가 일본과 조선을 왕복하면서 관념과 현실이 교차하는 가운데 자신의 '말'을 찾아가는 모습이 그려져 있다. 조선어로 글을 쓸 것인지 아니면 일본어로 쓸 것인지의 문제를 생각하며, 이는 어느 한쪽을 선택할 수 있는 성질의 것이 아니라고 생각한다.

일본에서 나고 자란 자신에게 '조선어'는 동경의 대상이지만 관념적이고 낭만적인 몽상에 불과하며, 넘을 수 없는 단절이 존재한다는 사실을 김태조는 깨닫는다. 반면에 현실에 뿌리를 내리고 자신을 함양해온 언어는 '일본어'이기 때문에 일본어로 글을 쓰는 것은 어떻게 보면 당연한 귀결일지도 모른다. 그러나 일본어로 글을 쓰는 것 역시 김태조에게 쉬운 문제는 아니었다.

▶ 김석범, 『1945년 여름』(1974) ②

단편적으로 알아들을 수 있었지만, 그의 조선어 실력으로는 말이 빠르기도 하고 더 이상 따라갈 수가 없었다. 그러나 그건 아무래도 좋다. 그에게는 이야기의 내용을 넘어 그 아름다운 억양의 파도가 울리는 회화가 끊이지 않고 계속 흐르고 있는 것이 그대로 멋진 음악이 되어 들려왔다. 서울에서 듣는 조선어는 이렇게도 아름다운 것인가. 그저 눈을 크게 뜨고 망연히 지켜보고 있었다. 지금까지 들어본 적이 없는 조선어였다. (…) 금속성이 심한 마찰음이 마음을 죄며 금세 공허한 감정의 소용돌이를 일으키고 지나갔다. 성문은 사라졌다. 그러나 그 소리는 그녀들과 함께 있는 행복감을 밑바닥부터 깨뜨렸다. 자신이 바란 동포들로 가득 찬 서울 한복판 만원 전차 안에서 처음으로 느낀 넘기 어려운 단절을 알리는 소리였다. 그는 자신이 여간하지 않고서는 그녀들의 세계 속으로 끼어들 수 없다는 것을 깨달았다. 다시 바람처럼 공허한 기분이 체내를 통과해 갔다.

김석범은 자신을 옭죄는 일본어로 글을 써 자신을 해방시켜 갈 수밖에 없는 존재가 바로 '재일조선인'이며, 이들에 의한 문학이 '재일조선인' 문학이라고 하면서, 이를 '언어의 주박(呪縛)'이라고 표현하였다(金石範, 『ことばの呪縛―「在日朝鮮人文学」と日本語―』, 筑摩書房, 1972). 김석범이 본격적으로 일본어 창작을 재개하면서 고민했던 언어 표현 문제가 작중의 김태조의 내면을 통해 잘 드러나 있다.

김석범은 '국가어-국어'의 틀이 개별적(민족적) 형식이 아닌 언어의 내재적인 것을 통해 초월된다고 하면서, 이 초월이 바로 보편성에 이르게 한다고 말했다. 이러한 초월의 문학이 바로 '재일조선인'의 일본어문학이며, 일본어의 주박을 풀어내는 자신의 작가적 자유의 근거라고 말했다(김석범, 「왜 일본語문학이냐」, 『창작과 비평』, 2007년 겨울).

김석범의 '일본어문학' 개념은 '일본문학'을 상대화하면서 근대 한일문학의 접촉지대(Contact Zones)에서 보이는 특수하면서 확장된 시좌(視座)를 갖는 재일코리안 문학의 가능성을 잘 보여주고 있다.

김석범이 고민한 '언어의 주박' 혹은 '일본어의 주박'은 어떤 언어로 글을 쓸 것인가의 문제로만 수렴되는 것은 아니다. 해방과 패전을 가로지르지만 조선과 일본 어느 쪽에도 가담하지 않는 〈8·15〉의 기억을 일본어로 쓴다는 것은 재일코리안 문학만이 담아낼 수 있는 영역이다. 『1945년 여름』은 김석범 개인의 체험에 바탕을 둔 자전적 성격을 띤 소설이지만, 폭력과 언어의 문제를 통해 환기시키고 있는 〈8·15〉의 기억은 공적인 기억의 서사이다. 재일코리안의 일본어문학의 의미를 그 기점에서 묻고 있는 작품이라고 할 수 있다.

김석범은 『화산도』에 대하여 『1945년 여름』과 달리 사소설(私小說)이 아니라고 하면서, 자신의 문학은 일본문학의 사소설적 전통을 잇는 문학이 아니라고 거듭 강조해왔다. 그러나 이는 생각해볼 문제이다. 제주 4·3사건을 다루고 있으면 사소설이 아니고, 자신의 이야기를 하고 있으면 사소설이 되는 것인가? 그렇지 않다.

개인의 이야기나 기억이라 하더라도 공적인 대표성을 띠는 경우에는 개인의 신변잡기적인 독백 같은 사소설과 구별되어야 한다. 『1945년 여름』은 김석범 개인의 자전적 체험에 바탕을 두고 있지만, 조선과 일본을 왕복하며 해방과 패전을 가로지르는 한 청년의 삶을 통해 재일하는 존재의 의미를 묻고 있는 작품이다. 폭력으로 점철된 〈8·15〉의 기억과 언어 갈등을 겪으며 김태조가 자문하고 있는 재일의 삶은 재일문학의 근원적인 물음이라고 할 수 있다.

김석범은 무국적자이다. 해방은 되었지만, 남과 북으로 나뉘어 분단된 조국은 자신의 조국이 아니라고 하면서 대한민국 국적 취득을 거부해왔다. 북한은 일본에서 정식 국가로 인정하고 있지 않기 때문에 조선민주주의인민공화국 국적 자체가 일본에 존재하지 않는다. 그렇다고 일본 국적으로 귀화한 것도 아니다. 자신이 일본인으로 산다는 것은 천황의 신민(臣民)이 되는 것을 의미하기 때문에 김석범은 일본 귀화를 단호히 거부해 왔다. 그냥 민족명 '조선인'으로 남아있는 재일코리안이다. 해방과 패전을 가로지르며 재일하는 자신의 삶의 의미를 찾아간 소설 속 김태조처럼, 김석범은 재일의 위치에서 한반도의 남과 북 어느 한쪽에 있었으면 하지 못했을 길을 묵묵히 걸어온 것이다.

제국은 해체되었고, 냉전과 탈냉전의 시대를 지나왔지만 한반도에 여전히 남은 남북 분단과 한일 근대사에 해결해야할 문제가 산적해 있는 오늘날, 김석범과 같은 재일코리안의 일본어문학은 우리에게 식민 이후를 어떻게 사유할 것인지의 문제를 제기하고 있다.

2. 일본에서 분단을 넘는 김시종의 문학

김시종(金時鐘, 1929~) 시인은 부산에서 태어나 원산 친가에 일시적으로 맡겨졌다 제주로 이주하여 유년시절을 보냈다. 광주에서 중학시절을 보냈는데, 17세 때 광주사범학교 재학 중에 해방을 맞이했다. 그런데 김시종은 1937년 중일전쟁 이후 황민화정책이 극에 달했을 때, 일본어=고쿠고(國語) 상용이 강제되는 상황 하에서 '황국소년'으로서 교육을 받으며, 일본어 동요나 창가를 부르고 일본어로 번역된 세계문학전집을 읽으면서 자아를 형성해 왔기 때문에 어느 날 갑자기 찾아온 해방은 그에게 당혹감을 안겨주었다. 무엇보다도 조선어로 언어 환경이 바뀌면서 일본어로 형성해온 인식의 질서가 무너진 것이 컸다. 이러한 혼란을 극복하기 위하여 김시종은 해방 후에 조선어를 제대로 배우기 시작했고, 한편으로는 사회주의 운동에도 관심을 기울였다.

해방의 기쁨도 순간이고, 바로 해방공간의 혼란이 이어졌다. 김시종은 제주 4·3항쟁에 가담했다가 탄압을 피해 1949년 5월에 제주도를 탈출, 6월에 일본으로 밀항했다. 이후 오사카의 조선인 집단거주지 이카이노(猪飼野)에 정착하였고, 현재에 이르기까지 '재일'의 삶을 살고 있다.

김시종은 일본에 정착한 후에도 자신의 신분을 감추고 살았다. 한국 정부의 단속을 피해 밀항한 상태였기 때문에, 붙잡히면 당시 인권탄압으로 악명이 높았던 오무라(大村) 수용소로 보내진 후에 본국으로 송환되어 처형될지도 모른다는 불안한 처지였다. 김시종은 혼란한 조국을 떠나온 가책과 일본에서의 불안한 생활 속에, 1950년 4월에 일본공산당에 입당하고 조직을 통해 문학자로서의 활동을 시작하였다.

김시종은 해방 후에 도일(渡日)한 망명자이기 때문에 일제강점기에 일본으로 건너간 사람들과 비교해 스스로를 순수한 재일이 아니라고 하면서도, 과거 일본과의 관계에서 일본으로 어쩔 수 없이 되돌아온 사람도 재일의 인자(因子)라고 생각하며 자신을 재일 2세대로 정위(定位)한다. 그리고 1950년 5월 26일자 『신오사카신문(新大阪新聞)』에 「꿈같은 일(夢みたいなこと)」을 발표하면서 창작활동을 시작해, 문학을 통해 오사카의 조선인을 결집시키려는 목적으로 1953년 2월에 써클 시지(詩誌) 『진달래(チンダレ)』를 창간해 활동했다.

써클운동은 1950년대 일본 전체에서 활발했던 문화운동으로, 전문적인 문인이 아닌 아마추어가 창작 활동을 통해 운동의 기반을 넓혀가도록 하는 소비에트의 문화정책 방법에서 나왔는데, 『진달래』는 오사카의 재일조선인들이 시 창작을 통해 자신들의 주장을 일본사회에 표출하는 매개가 되었다.

그런데 김시종과 총련 조직과의 갈등 속에서 결국 『진달래』는 1958년 10월에 제20호를 끝으로 해산되고 만다. 김시종은 「장님과 뱀의 억지문답(盲と蛇の押し問答)」(『진달래』18호, 1957.7)이라는 논고를 통해 재일 세대의 독자성을 제거하려는 총련의 권위적이고 획일적인 의식의 동일화 요구에 맞섰으나, 나쁜 사상의 표본으로 지목되어 비판과 지탄에 시달려야 했다.

김시종이 자신을 재일 2세대로 규정한 것은 현재 발을 딛고서 있는 위치에서 재일의 실존적 의미를 찾고자 한 것으로, 첫 시집 『지평선』(チンダレ発行所, 1955.12)에 재일 세대의 독자성이 잘 드러나 있다. 『지평선』의 「자서(自序)」에 김시종은 다음과 같이 적고 있다.

자신만의 아침을
너는 바라서는 안 된다.
밝은 곳이 있으면 흐린 곳도 있는 법이다.
무너지지 않는 지구의 회전을
너는 믿고 있으면 된다.
해는 네 발밑에서 뜬다.
그리고 큰 호를 그리고
반대쪽 네 발밑으로 저물어간다.
도달할 수 없는 곳에 지평이 있는 것이 아니다.
네가 서 있는 그 지점이 지평이다.
그야말로 지평이다.
멀리 그림자를 늘어뜨리고
기운 석양에는 작별인사를 해야 한다.

완전히 새로운 밤이 기다리고 있다.

▶ **김시종, 「자서(自序)」(1955)**

시집의 제명이기도 한 '지평선'은 조국을 떠나 일본에서 살게 된 김시종에게 그 너머에 있는 갈 수 없는 고향(조국)에 대한 원초적 그리움을 담고 있다. 그러나 시인은 '지평선'을 하늘과 땅이 맞닿아 있는 원경에서 불러들이지 않고, 자신이 발을 딛고 서 있는 현재의 위치에서 해가 떠서 큰 호를 그린 다음 다시 그 지점으로 지는 것으로 표현하고 있다. "도달할 수 없는 곳에 지평이 있는 것이 아니다. / 네가 서 있는 그 지점이 지평이다 / 그야말로 지형이다"고 반복하며 강조하고 있듯이, 현재 위치한 지점에서 자신의 삶을 살아가려는 재일의 실존적 의지를 읽어낼 수 있다.

물론 이러한 재일의 삶이 해가 늘 비추는 밝은 곳만은 아니라고 시적 화자는 말하고 있다. 그러나 아침을 바라지 말라는 금지와 밤을 희구하는 구도가 역설인 것은 아니다. 왜냐하면 시의 마지막에서 기다리는 밤은 그냥 소멸로서의 어둠이 아니다. 그것은 '완전히 새로운 밤(ま新しい夜)'인 이상, 새롭게 인식되어야 할 세계로의 전도(顚倒)가 일어나고 있는 것이다. 따라서 김시종에게 재일의 실존적 의미는 소여(所與)로서의 현실을 긍정함으로써 얻어지는 것이 아니라, 인식의 전환이 만들어내는 새로운 공간의 생성이라고 볼 수 있다.

이상과 같이 김시종의 시 창작의 기점(起點)에는 망명자가 갖는 노스탤지어를 끊어내고 자신에게 재일의 실존적 의미를 부여하려는 의지 표명이 명확히 드러나 있다. 김시종이 스스로를 재일 2세로 규정하고 있는 이유도 여기에서 찾을 수 있다.

그러나 홍윤표와의 사이에서 제기된 '유민(流民)의 기억' 논쟁에서 보이듯, 현실적으로는 망명자로서의 감상적인 서정을 완전히 떨쳐내고 있지는 못하다. 시집 『지평선』은 「밤을 바라는 자의 노래(夜を希うもののうた)」와 「가로막힌 사랑 속에서(さえぎられた愛の中で)」의 두 부분으로 구성되어 있는데, 특히 후반부에 이러한 감상적인 시들이 다수 보인다. 이러한 유민의 감상성 때문에 그는 공산당 조직으로부터 혹독한 비판을 받았다.

그렇지만 이후의 김시종의 시세계는 내면으로 침잠하는 감상성은 절제되고 매우 구체적이고 서사적인 공간 구성을 통해 전개된다. '조국'이나 '민족', '재일'과 같은 추상적인 개념 대신에, 『장편시집 니가타(新潟)』(構造社, 1970), 『이카이노시집(猪飼野詩集)』(東京新聞出版局, 1978), 『광주시편(光州詩片)』(福武書店, 1983) 등의 제명에서 볼 수 있듯이, 구체적인 공간을 통해 재일의 삶을 이야기해가고 있음을 알 수 있다.

특히, 『니가타』는 1959년 북한으로의 귀국운동이 시작된 시기에 집필한 것으로, 조국에서의 4·3의 좌절과 밀항, 그리고 일본에서 다시 북한 조직과의 갈등 속에서 넘을 수 없는 분단을 눈앞에 두고 발상의 전환을 한다. 즉, 38도선의 동쪽 연장선상에 위치한 니가타에서 북한으로 출항하는 귀국선을 바라보며 혼자서라도 분단을 넘는 상상을 하고 있는 것이다. 그것이 바로 일본에 남아 일본어로 표현하며 '재일'을 살아가는 의미임을 김시종 시인은 자문하고 있다.

이상에서 보듯이 김시종의 시세계는 '재일'이 한국과 일본 사이에 끼어 정체성의 불안을 느끼는 네거티브한 존재가 아니라, 한국과 북한, 그리고 일본을 모두 포괄하며 이들을 새로운 의미로 관련지을 수 있는 존재임을 보여주고 있다.

김석범과 김시종의 문학에서 볼 수 있듯이, 1945년 8월은 재일코리안 문학의 원점이다. 일제강점기의 기억은 이 시점에서 거슬러 오르고, 해방 후의 일은 이 시점에서 상기된다. 기억 환기의 기점(起點)인 것이다. 김시종이 시집 『잃어버린 계절(失くした季節)』(2010)에서 계절을 여름에서 시작해 가을, 겨울, 봄의 순서로 사계를 노래하고 있는 것도 기점은 역시 '팔월'이 될 수밖에 없음을 보여준다.

『니가타』에서도 '팔월'을 기점으로 시인 자신의 유년시절의 기억을 떠올리고, 4·3사건, 한국전쟁에 이르기까지 모든 기억의 원점에 1945년 여름이 있다. 〈8·15〉의 기억은 공적인 기억으로서 김석범과 김시종을 비롯한 재일코리안의 일본어문학의 의미를 그 기점에서 묻고 있는 것이다.

▶ **김시종, 『잃어버린 계절』(2010)**

소리 지르지 않고

질러야 할 소리를

깊숙이 침잠시키는 계절.

생각할수록 눈이 어두워져

고요히 감을 수밖에 없는

웅숭깊은 계절.

누구인지는 입 밖에 내지 않고

몰래 가슴에 품어

추모하는 계절.

소원하기보다는 소원을 숨기어

기다리다 메마른

가뭄의 계절.

옅어진 기억이 투명해질 때

땀범벅으로 후끈거리는

전화(戰火)의 계절.

여름은 계절의 시작이다.

그 어떤 빛깔도 바래지고 마는

하얗게 튀어 오르는 헐레이션의 계절이다.

김시종이 세 번째로 내놓은 『장편시집 니가타』는 조총련과의 갈등으로 조직에서 멀어진 데다, 1959년 2월에 잡지 『진달래』가 해산된 후에 출판이 용이하지 않은 상황을 견디며 10년 후에 출간되었다. 4·3 이후 일본으로 건너간 기억, 한국전쟁 때의 단상, 니가타에서 귀국선이 출항할 때의 모습이 담겨 있다. 재일의 삶을 시작한 때부터 시집이 나온 동시대까지의 복수의 기억이 얽혀 있는 장편 서사시이다.

▶ 김시종, 『장편시집 니가타』(1970)

눈에 비치는

길을

길이라고

결정해서는 안 된다.

아무도 모른 채

사람들이 내디딘

일대를

길이라

불러서는 안 된다.

바다에 놓인

다리를

상상하자.

지저(地底)를 관통한

갱도를

생각하자.

의사(意思)와 의사가

맞물려

천체마저도 잇는

로켓

마하 공간에

길을

올리자.

인간의 존경과

지혜의 화(和)가

빈틈없이 짜 넣어진

역사(歷史)에만

우리들의 길을

열어두자.

그곳을 통과하지 않으면 안 된다.(중략)

나는

이 땅을 모른다.

하지만

나는

이 나라에서 길러진

지렁이다.

지렁이의 습성을

길들여준

최초의

나라다.

이 땅에서야말로

내

인간부활은

이뤄지지 않으면 안 된다.

아니

달성하지 않으면 안 된다. (중략)

숙명의 위도(緯度)를

나는

이 나라에서 넘는 거다.

'지렁이'는 시적 화자인 '나'의 메타포로, 지렁이에서 인간으로 부활할 것을 꿈꾸는 한 남자의 시선을 따라 시가 이어지고 있다. 위의 내용을 간단히 요약하면, "숙명의 위도"를 넘는 것이야말로 자신의 주박(呪縛)을 풀고 일본에서 인간으로 살아가는 길임을 시적 화자가 스스로에게 확인시키고 있다. 여기에서 말하는 "숙명의 위도"는 북한 귀국선이 출항하는 니가타의 연장선상에 있는 38도선을 가리킨다.

즉, 조국 분단을 상징하는 북한 귀국선을 바라보면서, 바로 그 지점에서 시인은 분단을 넘는 상상을 하고 있는 것이다. 『장편시집 니가타』가 한국에서 번역 간행되었을 때 김시종은 「시인의 말」에서 다음과 같이 적고 있다.

> 남북조선을 찢어놓는 분단선인 38도선을 동쪽으로 연장하면 일본 니가타시(新潟市)의 북측을 통과한다. 본국에서 넘을 수 없었던 38도선을 일본에서 넘는다고 하는 발상이 무엇보다 우선 있었다. 북조선으로 '귀국'하는 첫 번째 배는 1959년 말, 니가타 항에서 출항했는데, 『장편시집 니가타』는 그때 당시 거의 다 쓰여진 상태였다. 하지만, 출판까지는 거의 10년이라는 세월이 흐르지

않으면 안 됐다. 나는 모든 표현행위로부터 핍색(逼塞)을 강요당했던 터라, 오로지 일본에 남아 살아가고 있는 내 '재일'의 의미를 스스로 생각해 발견해야만 하는 입장에 서게 되었다. 이른바 『장편시집 니가타』는 내가 살아남아 생활하고 있는 일본에서 또다시 일본어에 맞붙어서 살아야만 하는 "재일을 살아가는(在日を生きる)" 것이 갖는 의미를 자신에게 계속해서 물었던 시집이다.(곽형덕 역, 『김시종 장편시집 니이가타』, 글누림, 2014.)

위의 인용에서 알 수 있듯이, 김시종은 조총련과의 갈등으로 북한으로 귀국하는 것을 단념하고 일본에 남아 일본어로 재일을 살아가야 하는 상황 속에서 재일의 의미를 부(負)의 좌표로서가 아니라 긍정적인 새로운 관점에서 생각하게 된다. 즉, '재일'의 삶에 분단된 조국을 아우르는 적극적인 역할을 부여하는데, 이것이 바로 김시종의 '재일'의 근거인 것이다. 일본에서 한반도의 남북이 하나의 사정권으로 부감되고, 나아가 분단의 경계를 넘는다는 발상은 '재일'이기 때문에 가능한 상상의 공간 확장이라고 할 수 있다. 인용의 후반부를 보면, 김시종은 남북 분단과 갈등으로 인해 자신이 맞닥뜨리고 있는 문제를 이야기하면서 그

경계를 넘는 것이야말로 자신이 재일을 살아가는 의미라고 이야기한다. 니가타는 공간이 남북분단의 현장이면서 동시에 그 분단을 넘고자 하는 바람이 공명(共鳴)의 파도소리로 울리는 공간이기도 하다.

이와 같이 니가타에는 이중의 의미가 중첩되어 있고, 이곳을 거점으로 한반도 전체가 부채꼴 모양으로 포괄되는 공간 확장의 상상이 그려지는 표현은 주목할 만하다. 이렇게 보면 '니가타'는 앞서 말한 '재일'의 근거 혹은 의미를 그대로 보여주는 상징적인 공간이라고 할 수 있다. 김시종의 『장편시집 니가타』는 공간의 형상화와 확장되는 상상을 통해 '재일'의 근거를 적극적인 의미로 만들어내고 있는 시집으로 평가할 수 있다.

3. 제주도와 일본 사이에서 - 김석범과 김시종

김석범과 김시종은 같은 재일의 삶을 살고 있지만, 도일(渡日) 시기도 다르고, 재일의 삶을 문학적으로 형상화하는 방법도 다르다. 김석범은 1925년 일제강점기에 오사카에서 태어났기 때문에 생물학적으로 재일 2세대이다. 한편, 김시종은 1929년에 조선에서 태어나 17세에 해방을 맞이하고, 제주도 4·3사건 이후 1949년에 일본으로 밀항했다. 즉 전후에 일본으로 건너가 재일의 삶을 살고 있는 재일 1세대이다.

두 사람의 공통점이라고 한다면 이력이 제주도와 관련이 있고, 4·3사건을 필생의 과제로 안고 작품 활동을 하고 있다는 점일 것이다. 김시종은 어린 시절을 전라도와 제주도에서 보내고, 제주도 4·3사건을 몸소 체험한 당사자이다. 반면에 김석범은 부모님의 고향이 제주도이긴 하지만, 해방 전에 징병을 위한 신체

검사를 받으러 제주도에 잠깐 다녀왔을 뿐이고, 해방도 일본에서 맞았다. 4·3사건도 당시 일본에 있었기 때문에 직접 체험하지 않고 나중에 사람들에게 사건에 대하여 들어서 알았다.

그런데 4·3사건을 직접 체험한 김시종은 오랜 기간 침묵했고, 간접적으로 이야기를 들은 김석범은 오랜 기간 써왔다. 이것은 무엇을 말해주는가? 이에 대하여 김석범과 김시종이 대담한 내용이 『왜 계속 써왔는가 왜 계속 침묵해 왔는가』(제주대학교 출판부, 2007)에 들어 있다.

> 김시종: 저는 석범이형과 달리 4·3에 대해서는 거의 쓴 적이 없습니다. 『니가타』라는 시집 안에서 한 장(章) 정도 제주도의 해변이 모래사장이 아니라 자갈해변인데 거기에 철사로 손목이 묶여 바다에 던져진 희생자의 시체가 밀려온 상태를 쓴 것과, 그것과 관련해서 바다에 가라앉은 아버지를 아이가 찾아다닌다고 하는 것을 쓴 정도지요. 석범이형은 40년 동안 4·3에 매달려 쓰고 있지만 저는 쓸 수 없었습니다. 오히려 그 기억으로부터 벗어나려고 해 왔지요. 일체 4·3과 관련된 것은 쓰지 않았어요. 그건 우선은, 제주도라는 자신이 자란 곳이 가장 어려운 시기, 그 어려움을 유인하지 않

았다고 할 수도 없는 측 말단의 한 사람이었음에도 불구하고 도망쳤지요, 그 도망자 의식이 짐이 되어 쓰는 일보다 행위를 하는 편이 절대적인 사명으로 되었습니다. (…) 언어라고 하는 것은 압도하는 사실 앞에서는 완전히 무력한 것입니다. 언어가 문자로 나오는 것도, 기억이 뜨거울 동안은 좀처럼 말로 만들어지지 않잖아요. 식기를 기다리지 않으면 안 될 것 같은, 그런 딜레마에 계속 빠져 있습니다. 기억이라고 하는 것이 한 가닥 실과 같은 것이라면 끌어당겨 감아갈 수 있을 텐데, 생각해내려고 하면 덩어리째 욱하고 치밀어 올라서 말로 되지 않습니다.

김시종이 4·3사건을 몸소 체험했음에도 불구하고 쓸 수 없었던 이유에 대하여 두 가지를 이야기하고 있다. 즉, 사건으로부터 도망쳐 일본에 밀항했다고 하는 '도망자 의식'과, 언어를 압도하는 잔혹한 현장을 목도한 당사자이기 때문에 오히려 쓸 수 없었다는 것이다. 이번에는 김석범의 이야기를 들어보자.

김석범: 어느 의미에서 소설가와 시인은 다를지도 모르지만, 시인의 경우는 침묵이 언어지요. 지금은 이런

해방된 형태로 잘 말하게 되었고, 그건 산문과 시인과의 차이도 있다고 생각하지만. (…) 내가 재일조선인 여러 소설가와 다른 것은 처음부터 픽션을 취하고 있다는 거지. 최근에는 달라졌지만 재일조선인 문학은 나쁘게 말하자면 일본문학의 아류야. 사소설에서 시작해서, 아버지와 자식 간의 문제를 그리거나 하지. (…) 나는 4·3의 역사를 쓸 계획이 아니었어. 『화산도』는 역사소설이 아니야. 그러니까 니힐리즘을 극복하려고 『까마귀의 죽음』을 씀으로써 산다고 하는 현실 긍정을 한 거야. 주인공이 제주도에 머무르듯이, 나는 인생에 머문다는 기분이 된 거지.

김석범은 자신이 4·3사건을 계속 써 온 이유에 대하여 두 가지를 이야기하고 있다. 즉, 침묵의 언어인 시와는 다르게 소설을 통해 삶을 긍정적으로 살아가려고 했다는 점과, 일본문학의 사소설(私小說) 전통에서 벗어나 4·3사건을 역사가 아니라 픽션으로 쓰려고 했다는 점이다. 사실이 아닌 픽션의 소설 형식을 취했기 때문에 오히려 쓸 수 있었고, 이를 통해 삶을 긍정적으로 살아갈 수 있었다는 이야기이다.

김석범의 이야기는 문학을 왜 쓰고 또 읽는지, 문학하는 의미에 대하여 생각해보게 하는 말이다. 김석범은 늘 조국을 지향하면서도 현실적으로는 재일의 삶을 살아가는 입장이기 때문에 문학을 통해서 허무주의에 빠지지 않고 삶을 긍정적으로 전환시켜 가려고 한 것으로 보인다. 소설은 사건과 작중인물의 내면이 관련되어 지향점을 찾아가는 서사문학이기 때문에, 현재의 삶을 긍정적으로 살아가는 힘으로 작용하는 효과가 있을 것이다.

반면에 김시종은 17세까지 황국신민으로서 일제강점기의 교육을 받고 살다가 어느 날 해방을 맞이하면서 민족적인 정체성을 느끼지 않고 살아온 날들에 대한 당혹감과 반발, 그리고 4·3 사건의 충격과 밀항으로 오랜 시간을 자신의 신분을 숨기면서 살아야 했다. 이제는 자신의 이름과 신분을 밝히고 살 수 있는 시대가 되었지만, 과거의 기억을 간단히 떠올리기 어려운 심경을 이야기하고 있다. 김시종의 시에는 함축적이고 상징적인 시어나 분절화된 표현이 많아 이해하기 어려운 측면이 있는데, 이러한 이유 때문일지도 모른다.

이와 같이 김석범과 김시종은 식민과 분단의 시대를 거의 동시기에 살아왔지만, 살아온 삶의 궤적이 다른 만큼 표현의 방법도 달라 재일코리안 문학의 다양한 모습을 잘 보여주고 있다.

재일코리안이라고 하면 보통 일제강점기에 징병이나 징용으로 일본으로 끌려가 해방 후에 일본에 정주한 사람들과 그 후손들을 가리키는 것으로 생각하기 쉬운데, 김시종의 경우처럼 다른 형태의 재일의 삶도 있다. 한국과 일본은 근현대사가 복잡하게 얽혀 있어서 재일코리안의 삶의 모습도 다양하다. 재일코리안 문학은 이들의 삶의 다양한 모습을 통하여 남북한과 한일 관계를 포괄적으로 바라볼 수 있는 관점을 우리에게 시사해주고 있다.

4. 일본에 뿌리내린 한국인의 삶의 터전 '이카이노'

한국 대학생들이 방학 때 해외로 가장 많이 가는 곳이 일본 오사카(大阪)라고 한다. 오사카는 일본 제2의 도시로 경제적으로 활기가 있고, '천하의 부엌'이라고 불릴 정도로 먹거리도 유명하다. 오사카 최대의 유흥가 도톤보리(道頓堀) 거리는 음식점들이 늘어서 있고, 가부키 극장을 비롯한 연예장이 예전에 비해 수는 감소했지만 아직도 성행하고 있다. 도톤보리는 원래 물자 수송을 위해 만든 인공수로인데, 월드컵 축구 경기 때 많은 젊은이들이 이곳에 모여 응원전을 펼치다 다리 위에서 뛰어내리기 시합을 벌여 경찰에 붙들려가는 곳으로도 유명하다. 또 전통적으로 이야기 예능도 발달해서 유머가 넘쳐나는 도시 이미지에, 지방색(local color)이 강해 오사카 방언은 마치 한국의 부산 사투리처럼 정겨운 느낌을 준다. 여름에 일본 3대 축제 중의 하나가 오사카에서 성대하게 열리기 때문에 특히 여름방학에 이곳을 찾는 젊은이들이 많은지도 모른다. 오사카가 기왕 많이 찾는 곳이라면 오사카의 다른 매력을 하나 소개하고자 한다.

현재 일본에 거주하고 있는 재일코리안의 숫자는 대략 50만 명 정도인데, 이중 20퍼센트 이상이 오사카를 중심으로 간사이(關西)지역에 살고 있다. 1910~20년대에 일제의 식량수탈 등의 식민정책으로 조선의 농촌경제는 파탄에 이르렀고 조선인들은 일본 노동시장의 저임금 식민지 노동력으로 유입되었다. 본격적인 전시체제로 접어들면서 1939년부터 징병이나 징용으로 강제연행이 시작됨에 따라 매해 20만 명 이상씩 일본으로 건너가 1945년에 일본에 거주한 조선인은 210만 명으로 추정된다. 일본이 패망한 이후 GHQ의 송환조치가 있었을 때 이들 중 약 130만 명이 귀국하고, 한반도 해방공간의 불안한 정치상황과 일본정부의 재산 반출 제한 등으로 남은 사람들은 일본 정주의 길을 걷게 된다(강재언, 「재일조선인의 65년」, 『三千里』1976년 가을).

특히 오사카는 일제강점기뿐만 아니라 제주 4·3사건 이후 당국의 단속을 피해 일본으로 밀항한 사람들이 다수 정착한 곳이기도 해서 그야말로 근대 한국의 디아스포라 공간이라고 할 수 있다. 오사카에서 재일코리안 집단 거주지로 알려진 이카이노

일제강점기 히라노강 모습

(猪飼野)는 오사카시 이쿠노(生野) 구에 있는 일본 최대의 재일코리안 집락촌으로, 현재는 쓰루하시(鶴橋)와 모모타니(桃谷)에 걸쳐 코리아타운을 형성하고 있다.

이카이노는 1920년대 초반에 히라노(平野) 강 치수사업을 위해 식민지 조선인이 강제 동원되면서 형성된 부락이다. 이 지역은 습지대로 배수가 잘 되지 않아서 이를 개선하여 주택지와 공장용지를 확보하기 위하여 1921년부터 1923년에 걸쳐 확장공사를 실시하였다. 이러한 중노동에 조선인이 일본인 노동자의 절반 정도의 싼 임금으로 동원되어 공사가 이루어졌다. 다시 말해서 이곳은 조선인이 피와 땀이 서린 곳이라고 할 수 있다.

1923년에 제주도와 오사카 사이에 정기연락선 기미가요(君が代)호가 취항하면서 제주도에서 일본으로 건너간 사람들이 많이 늘어났고, 해방 후에도 4·3사건으로 밀항이 이어져, 이 지역은 제주도 사람들이 만들었다고 해도 과언이 아니다.

미유키모리 신사

오사카 이쿠노 구 히라노 강 주변

조선시장 입구

이쿠노쿠 조선학교

그런데 1973년 2월에 행정구역상에서 ‘이카이노’라는 이름이 말소되어 지도상에서 자취를 감추었다. 그러나 ‘이카이노’는 현재까지 여전히 재일코리안 부락의 상징으로 남아 있는 원향(原鄕)과도 같은 공간이다. 이카이노의 원향으로서의 이미지는 역사를 거슬러 올라가면 5세기에 도래한 백제인이 이곳을 개척했다는 사실에서 비롯되었다. 지금도 동네 어귀에 그 흔적을 찾아볼 수 있는 미유키모리(御幸森) 신사가 남아 있다.

현재 ‘이카이노’라는 명칭도 사라지고 지도상에서는 자취를 감추었지만, 이곳이 일본에 뿌리내린 한국인의 삶의 터전으로서

갖는 의미는 상징적으로 남아 있다. 김시종은 『계간 삼천리』 창간호(1975.2)부터 1977년 5월까지 10회에 걸쳐 『장편시 이카이노 시집』을 연재해, 재일의 삶의 기저에 뿌리내린 이카이노의 의미를 노래하고 있는데, 그 제 일성(一聲)으로 쓴 시가 바로 「보이지 않는 동네(見えない町)」(「長篇詩 猪飼野詩集」, 『季刊 三千里』창간호, 1975.2)이다.

▶ **김시종, 「보이지 않는 동네」(1975)**

없어도 있는 동네.
그대로 고스란히
사라져 버린 동네.
전차는 애써 먼발치서 달리고
화장터만은 잽싸게
눌러앉은 동네.
누구나 다 알지만
지도엔 없고
지도에 없으니까
일본이 아니고
일본이 아니니까

사라져도 상관없고

아무래도 좋으니

마음 편하다네. (……)

어때, 와 보지 않을 텐가?

물론 표지판 같은 건 있을 리 없고

더듬어 찾아오는 게 조건.

이름 따위

언제였던가.

와르르 달려들어 지워 버렸지.

그래서 '이카이노'는 마음속.

쫓겨나 자리 잡은 원망도 아니고

지워져 고집하는 호칭도 아니라네.

바꿔 부르건 덧칠하건

猪飼野는

이카이노

예민한 코라야 찾아오기 수월해. (……)

으스대는 재일(在日)의 얼굴에

길들여지지 않는 야인(野人)의 들녘.

거기엔 늘 무언가 넘쳐 나

넘치지 않으면 시들고 마는

일 벌이기 좋아하는 조선 동네.

한번 시작했다 하면

사흘 낮밤

징소리 북소리 요란한 동네.

지금도 무당이 날뛰는

원색의 동네.

활짝 열려 있고

대범한 만큼

슬픔 따윈 언제나 날려 버리는 동네.

밤눈에도 또렷이 드러나

만나지 못한 이에겐 보일 리 없는

머나먼 일본의

조선 동네.

위의 시 「보이지 않는 동네」에서 읽을 수 있듯이, 김시종은 지도상에서 사라져버린 공간을 흥겨운 공간으로 재현해보이고 있다. 아픔의 역사를 축제의 한마당으로 전도시키는 리듬감 있는 단문이 반복적으로 이어져 경쾌한 분위기를 만들어내고 있다. 징소리나 북소리와 같은 청각적인 요소에 무당이 굿을 하는 원색의 시각적인 요소를 동원해 일본 땅에 토착화된 재일코리안의 사라지지 않는 원초적 삶을 사라진 지도 위로 다시 들춰내 보이고 있는 것이다. 어디 한 번 찾아올 테면 찾아와보라는 식으로 도발하며 소거된 재일코리안의 공동체성을 환기(喚起)시키고 있는 어투도 간결하고 리듬감 있다.

'이카이노'라는 공간은 '재일'을 살아온 사람들이 대를 이어 생활해온 삶의 터전이다. 삼대가 살아온 기억이 명칭을 소거한다고 해서 사라지는 것은 아닐 터이다. 더욱이 운하를 거슬러 이카이노 다리를 건넌 곳에 외부와 구획 지어진 소수집단의 특수한 공간으로 존재하기 때문에 명칭의 소거는 오히려 공동체의 결속을 강화하는 장치로 기능할 수도 있다. 이카이노에 면면히 이어져온 시간은 재일의 삶이 지속되는 한 이어질 것이다. 이와 같이 재일코리안의 문화가 토착화된 이카이노의 공간성은 일본사회 속에서 대항적인 소수자의 로컬리티를 형성할 뿐만 아니라, 집단적인 유대와 공동체 연속의 기제로 기능하고 있다.

'이카이노'의 공간성은 김시종의 시뿐만 아니라, 여기에 거주했거나 이곳을 배경으로 창작활동을 한 종추월(宗秋月), 원수일(元秀一), 김창생(金蒼生)의 소설에도 잘 나타나 있다. 특히, 원수일의 『이카이노 이야기(猪飼野物語)』(1987)에는 재일 1세 제주 어머니들의 억척스럽고 생명력 넘치는 삶의 모습이 젊은 세대들과 어우러져서 오사카 방언에 제주 방언이 섞인 형태로 구성지게 표현되어 있다.

▶ **원수일, 『이카이노 이야기』**(1987)

왼발을 일출봉에 오른발을 우도에 '으랏차' 하고 걸친 채 쭈그리고 앉은 설문대 할망(전설상의 거인)이 한껏 오줌을 내갈긴 탓인지 지금도 바닷물이 급류한다고 전해지는 제주도. 그곳에서 건너온 제주도 사람들은 이카이노에 조선시장을 열었다. 이 조선시장은 마치 지렁이의 소화기관과도 같다. 소카이(租界)도로에 면한 미유키모리 신사를 입으로 본다면, 쭉 내리뻗어 항문에서 쏙 빠져 나온 곳이 운하이다. (중략)

히데카짱이 태어난 1950년은 6·25동란이 발발한 해이다. 자본주의국가의 신문은 '북'이 삼팔선을 넘어 남침했다고 써댄 반면에, 사회주의국가의 신문은 '남'이 북침했다고 선전했다. 물론 히데카짱은 전쟁의 진상을 알 길이 없었다. 단지 원초적 자아가 불쑥 생겨나 유리창에 비친 자신을 기이하게 느낀 적이 있는 유년기의 히데카짱은 때마침 조선시장의 뒷골목에서 탕제를 판매하고 있던 큰아버지 집에서 제사를 지내던 날 밤에 이카이노에서 일어난 우스꽝스러운 대리전쟁은 생생히 기억하고 있었다.

자초지종은 이러하다.

가내 수공업의 일과를 마친 제주도 사람들이 모이는 곳은 대중탕 시치후쿠 온천이었다. 알몸으로 시치후쿠 온천의 명물인 사우나에만 들어가면 속이 새빨갛든 시커멓든 동족이라는 정분으로 환담을 나누는 것이 습관처럼 되어 있었다. 그러나 삼팔선을 사이에 두고 전쟁이 발발하자, '공산주의 사상'과 '자유주의 사상'이 정면으로 대립했다.

'공산군, 단번에 부산까지 남하'라는 보도를 접하면, 붉은 타월을 허리에 동여맨 '북'쪽 지지자의 제주도 사람들은 '김일성 만세'를 외치면서 '남'쪽 지지자인 제주도 사람들을 뜨거운 탕으로 밀어넣어 불알을 익게 했다.

그런데 '연합군 인천 상륙, 궁지에 몰린 공산군'이란 호외가 이카이노에 뿌려진 순간, 형세는 역전되었다. 노란 타월을 허리에 두르고 '이승만 만세'를 부르짖는 '남'쪽 지지자에 의해 사우나의 구석으로 몰린 '북'쪽 지지자들은 불알이 찜닭이 될 정도의 고통을 받아야 했다.

'고향'을 선택할 수도 '사상'을 선택할 수도 없이 가내 수공업에 정신을 쏟던 옥삼은 이카이노의 제주도 사람

> 들이 '북'으로 떠난 1959년 이듬해 봄, 이카이노 다리를 건너 신바시 거리를 곧장 지나서, 그 앞쪽에 위치한 히가시나리에 뜻밖의 싼 집을 발견하고는 이사할 결심을 했다.
>
> 히데카짱은 잡동사니와 다름없는 가구들을 실은 트럭의 짐칸 한 구석에 쪼그리고 앉아 멀어져가는 이카이노를 바라보며, 기억 속으로 스쳐 지나가는 광경들을 하나하나 되씹었다.

원수일의 『이카이노 이야기』에는 오사카에 삶의 터전을 일구고 사는 제주도 사람들의 모습이 유머러스하고 활기찬 표현 속에 그려져 있는데, 위의 인용에서도 볼 수 있듯이 재일의 삶에 조국 분단의 그림자가 드리운 모습이 잘 나타나 있다. 1959년부터 시작된 북한 '귀국사업'으로 인하여 북한으로 옮겨간 사람들 중에는 제주도 출신도 많았기 때문에, 한반도의 분단과 이산이 재일 사회로 이어져 한반도의 남북과 일본을 포괄하여 민족 이산이 넓게 나타나고 있는 문제를 보여주고 있다.

제5장

재일문학의 연속성

1. 사할린에서 귀환한 재일문학

재일문학에서 이회성(李恢成, 1935~)의 작품은 특징적인 점이 있다. 그것은 바로 이회성 문학의 원점에 '사할린(樺太)'이 있다는 점이다. 그리고 여기에는 '귀국'과 '이산', '조국', '분단', 그리고 '재일(在日)'의 화두가 깊게 자리하고 있다. 그렇기 때문에 '사할린'은 이회성 문학의 원점인 동시에, 재일문학이 제기하는 주요 문제들을 아우르며 폭넓은 시좌가 구성되는 지점이다. 이회성이 일본문단에 던진 제 일성(一聲)에 이러한 문제제기가 보이는 사실은 주목할 만하다. 이회성의 초기작을 중심으로 '사할린'이 갖는 의미를 살펴보고, '귀국'과 '이산(離散)'을 둘러싸고 '재일'을 사는 의미를 모색해간 과정을 살펴보자.

이회성은 1935년 2월에 가라후토(현재의 사할린)의 마오카(真岡, 홈스크)에서 태어난 재일 2세이다. 1940년 5세 때 어머니와 함께 외조부가 있는 경상도를 잠깐 방문하지만, 다시 사할린으로 돌아가 어머니를 여의고, 일본은 패전하였다. 1946년 11세 때 아버지의 재혼으로 새어머니를 맞이한 다음, 1947년 5월에 일본인으로 가장하여 소련령 사할린에서 탈출하지만, 미점령군의 명령으로 강제송환처분을 받고 규슈(九州)의 나가사키(長崎) 현 하리오(針尾) 인양자 시설에 수감되었다. 이후, 일가는 GHQ 사세보(佐世保) 사령부와 절충한 끝에 부산으로 강제송환처분당하는 것을 면하고 홋카이도(北海道)의 삿포로(札幌)에 정착하였다.

이와 같이 이회성이 유년시절에 전후 사할린에 억류되어 있던 상태에서 탈출하여 일본 열도를 종단한 체험은 1969년에 군조신인문학상(群像新人文学賞)을 수상하면서 일본문단에 데뷔한 단편 「또 다시 이 길(またふたたびの道)」(『群像』, 1969.6)을 시작으로, 어머니 장술이(張述伊)의 삶을 그려 아쿠타가와상(芥川賞)을 수상한 「다듬이질하는 여인(砧をうつ女)」(『季刊藝術』, 1971.6), 그리고 1990년대에 발표한 장편소설 『유역(流域)』(講談社, 1992), 『백년 동안의 나그네(百年の旅人たち)』(新潮社, 1994)에 이르기까지 긴 시간에 걸쳐 창작의 모티브가 되었다.

소설뿐만 아니라 에세이에서도 1972년 1월에 「나의 사할린(私のサハリン)」(『群像』, 1972.1)을 발표하였고, 1981년 10월에는 일본사회당 홋카이도 본부에서 주최한 제12차 사할린성묘단에 참가하여 34년 만에 사할린을 방문한 기록을 1982년부터 1983년까지 13회에 걸쳐 기행문 「사할린 여행(サハリンへの旅)」(『群像』)에 연재하였다. 1987년 10월에는 재일문예잡지 『민도(民濤)』를 창간하고, 1988년 8월에 사할린을 다시 찾은 다음, 『민도』에 기행문 「사할린 재방(サハリン再訪)」(5호, 1988.11)을 비롯하여 사할린 한인에 대한 다양한 내용을 구성하여 게재하였다.

사할린이라는 공간은 일제의 식민지배와 한반도, 그리고 전후 동북아의 냉전의 역사가 얽혀 있기 때문에 이회성이 겪은 사할린 체험은 개인서사를 넘어 '재일 서사'로서의 대표성을 띤다. 재일문학에서 사할린이 갖는 의미를 살펴보기 위하여 이회성의 데뷔작 「또 다시 이 길」을 살펴보자.

「또 다시 이 길」은 전체 3장으로 구성되어 있다. 소설의 현재 시공간은 1967년 도쿄인데, 1장은 주로 패전 직후의 사할린을 배경으로 이야기가 전개되고, 2장은 현재 시점의 도쿄, 그리고 3장은 현재 시점의 홋카이도를 중심으로 전개된다. 시점인물 철오(哲午)가 다른 곳으로 재가한 새어머니가 북한으로 '귀국'한다는 소식을 형이 보내준 편지로 알게 되면서 이야기가 시작되어, 북한으로 가기 전에 새어머니를 만나러 가는 철오의 시점에서 이야기가 마무리된다.

즉, 북한 '귀국사업' 이야기가 전체적인 틀을 구성하고, 전반부는 패전 직후에 사할린에서 겪은 일이 그려지고, 후반부는 현재 일본에서의 철오의 행보와 생각이 그려지는 형식이다. 현재의 일본에서 과거에 떠나온 사할린과 앞으로 떠나갈 북한이라는 세 곳의 장소가 철오의 시점으로 연결되는 구조이다.

사할린에서 일본으로, 그리고 일본에서 북한으로의 이동이 철오의 내면에서 계속 갈등을 일으키고,그 시작점에 '사할린'이 있는 것이다. 즉, 사할린은 철오의 기억이 시작되고 환기되는 장소라고 할 수 있다.

▶ **이회성, 「또 다시 이 길」(1969)**

> 바다 수평선에 흑점이 보이고 연기가 흘러가며 점차 배가 부동항인 홈스크 항구로 다가왔다. 배의 동체에 적십자 마크가 걸려 있었다. 아이들은 다모이 배가 오면 함성을 지르며 집으로 흩어져 갔다. 일본인의 가라후토 인양이 시작되었다.
>
> 철오의 놀이친구도 한 사람 줄고 두 사람 줄어가는 대신에 소련 아이가 늘었다. 일본인 아이에게 돌아갈 나

라가 있다는 사실이 철오는 매우 부러웠다. 친구를 태운 다모이 배가 수평선으로 보이지 않을 때까지 철오는 바라보고 있을 때가 있었다. (중략) 언제 고국으로 돌아갈 수 있을지 가망이 없었다. 다모이 배는 본토로 인양되는 일본인만 탔다. 그리고 조선인은 고국이 해방된 다음에도 언제 돌아갈 수 있을지 전혀 알 수 없었다.

위의 인용에서 보이는 '다모이(ダモイ)'는 귀국을 뜻하는 말로, 전후 사할린에 억류되어 있던 일본인이 쓰던 말이다. 1946년 8월에 홈스크에 소련군이 상륙하였고, 1946년 말에는 소련 점령 지구의 일본인 송환에 관한 미소 간 협정 체결로 일본인의 인양이 시작되었다. 이후 '다모이' 배가 항구로 들어오는 장면을 소설에서 그리고 있는 것이다.

그런데 위에서도 볼 수 있듯이, 사할린에서 귀환하는 대상은 30만 명의 일본인에 한정되었고, 3만여 명의 구 식민지 조선인은 배제되었다. 해방 직후의 한반도는 정치 경제적으로 힘든 상황에서 타지에 있는 우리 민족을 돌볼 겨를이 없었고, 이들을 사할린까지 강제 징병이나 징용으로 이주시킨 일본은 전후에 무책임하게 일본인만 귀환시킨 것이다. 이렇게 하여 조선인이 소련의 전후 복구와 생산력에 동원되는 억류 상태가 계속되었고, 사할린은 조국으로 돌아갈 기약이 없는 '기민(棄民)'의 땅이 되었다.

패전한 일본인은 조국으로 돌아가고, 해방된 조선인은 억류되어 있는 역사의 아이러니 속에서 철오의 의식은 굴절된다. 하다못해 아버지의 계획으로 철오 일가는 일본인으로 가장해서 인양선을 타게 되는데, 조부모와 새어머니가 데리고 온 도요코(豊子)를 남겨두고 떠나온 탈출이었다. 그렇기 때문에 사할린은 떳떳하지 못한 귀환의 기억과 가족 '이산'의 장소로 철오의 기억에 남는다. 인양선을 타고 사할린에서 일본으로 탈출은 했지만, 결국 그리워하던 조국으로는 돌아가지 못하고 아버지는 일본에서 죽음을 맞이한다. 이를 바라보는 철오의 내면에 사할린 - 일본 - 조국이 연결되어 그려져 있다.

1905년 러일전쟁 이후에 사할린의 북위 50도 이남 지역을 일본이 점령하면서 일제강점기에 징병이나 징용 등으로 일제 점령지의 최북단인 사할린까지 내몰려 돌아오지 못하고 있는 동포들과, 전후에 철오 일가처럼 사할린에서 일본으로 탈출은 했지만 여전히 정착하지 못하고 북한으로 '귀국'하려고 하는 재일조선인 역시 일본 제국주의가 만들어낸 유맹의 삶을 강요당한 사람

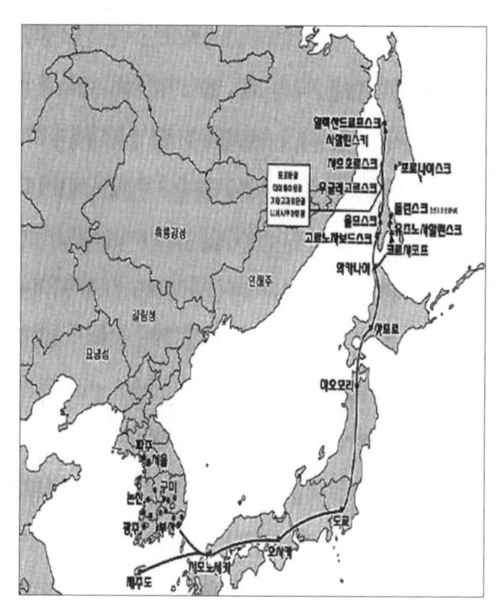

사할린 강제징용 이주루트

출처: 임채완 외, 『코리안 디아스포라-이주루트와 기억-』, 북코리아, 2013, p.118.

들이라고 할 수 있다.

사할린에서 일본으로, 그리고 북한으로 연결되는 장구한 유맹의 이야기는 결론을 내지 못하고 북한으로 귀국하는 새어머니가 또 다시 길을 떠날 니가타(新潟)로 초점이 모아지면서 소설은 끝난다.

소설 속에 나오지는 않지만, 사할린에서 북한으로 직접 귀환하는 경우도 일본의 북한 귀국사업과 같은 시기에 이루어졌다.

즉, 1950년대 중반에 본격화되어 1950년대 말 북한의 선전과 더불어 1960년대 초반까지 귀국자가 이어졌을 것으로 추정되고 있다. 그러나 점차 북한의 실정이 알려지면서 사할린에서 북한 국적을 취득하는 사람이 줄었고 귀국자의 수도 감소했는데, 이는 일본에서 북한으로 귀국하려고 한 사람들과 사정이 비슷하다. 이와 같이 1950~1960년대는 사할린에서 일본을 거쳐 북한으로, 혹은 사할린에서 북한으로의 귀환을 둘러싸고 사할린과 북한이 밀접하게 연결되어 있던 시기였다.

특히, 소련에서 직접 북한으로 귀국하는 경우는 같은 사회주의 국가 간의 이동임에 반해, 사할린에서 일본을 거쳐 북한으로 귀국하는 경우는 자본주의 국가에서 사회주의국가로의 집단이동이라는 점에서 그 의미하는 바가 다르다. 즉, '재일조선인'이라는 존재가 매개되어 일어난 복잡한 귀환의 구조를 보여주고 있는데, 이는 장차 냉전의 동아시아에 교류와 소통의 단초를 모색할 수 있는 가능성을 열어놓은 것으로도 볼 수 있다.

「또 다시 이 길」에서 황해도가 고향인 아버지가 일제강점기에 일본을 거쳐 최북단 사할린까지 갔다가 해방 후에 조국으로 돌아가지 못하고 다시 일본으로, 그리고 새어머니의 북한 귀국과 자식들의 일본 체류로 이어지는 두 세대에 걸친 유맹의 이야기

233 ──サハリン再訪

群衆ノリ 写真提供：「レーニンへの道」紙

▶荒牛をせしめた角力の優勝者・李ウェチェスラブ君

▶扇舞を踊る娘さんたち

▲朝鮮舞踊で優勝した金マリアさん

◀会場は一万人の群衆でいっぱいになった

「군중놀이」(「사할린재방」,『민도』 1988.11)

는 코리안 디아스포라의 문제를 상징적으로 보여주는 동시에 문제점의 해결도 이곳에서 시작되어야 함을 암시하고 있다.

이회성은 사할린을 떠나온 지 34년 만인 1981년에 사할린을 방문했는데, 자신이 유년시절을 보낸 홈스크를 돌아보고 친족들을 만나면서 "역사의 무게를 한층 느꼈다", "괴로운 여행이었다"는 등의 감회를 밝혔다(「사할린 여행」). 이회성에게 사할린은 현재의 자신과 맞닥뜨리고 스스로를 되찾기 위하여 과거의 기억과 봉인해둔 인식의 기저를 통과해야 하는 관문이었는지도 모른다.

이회성은 1988년에 사할린을 다시 찾았을 때, 이전과는 사뭇 달라진 사할린에 대한 감상을 에세이로 남겼다. 1985년의 페레스트로이카, 1988년의 서울올림픽 개최와 함께 한일 양국 간의 사할린 동포 모국방문사업이 추진되면서 사할린에 대한 대외적 관심이 고조되고 있던 때였다.

이러한 변화의 시기에 이회성은 사할린을 다시 찾고, “내가 이번에 사할린을 재방한 주된 목적은 널리 동포를 만나서 실정을 아는 데에 있었다”고 하면서 재사할린 조선민족의 다양한 연원 및 현재의 국적, 동족의식, 조선인의 문화와 생활(‘군중놀이’, 민족교육), 분단조국의 문제, 일본의 전쟁책임 등에 대하여 현재의 사할린의 모습을 다양한 관점에서 서술하였다(「사할린 재방」). 특히 ‘군중놀이(群衆ノリ)’는 사할린 동포의 흥겨운 축제 한마당을 가리키는 말인데, 사진까지 실어 사할린 민중의 활기를 생생하게 전달해주고 있다.

또한, 이회성이 대표가 되어 1987년 11월에 창간해서 1990년 3월까지 10호를 발행한 재일문예 계간지 『민도』는 사할린 관련 기사를 자주 실었는데, 특히 6호(1989.2)부터 5회에 걸쳐 연재한 박형주(朴亨柱)의 「사할린으로부터의 리포트(サハリンからのレ

ポート)」는 동북아시아의 코리안 이주루트를 따라 디아스포라의 운명을 짊어진 조선인의 역사와 생활을 체계적으로 소개하였다.

이와 같이, 이회성의 문학 활동은 패전 직후에 억류되어 있던 사할린에서 탈출하여 일본에 머물면서 동북아의 냉전의 시대를 지나온 재일조선인의 삶의 궤적을 잘 보여주고 있다. 이회성 문학은 국민국가의 경계를 넘어 탈경계적 시좌를 획득해온 과정이라고 할 수 있다. 이회성 문학의 이러한 특성은 사할린을 배경으로 하는 초기작부터 1990년대의 활동에 이르기까지 동시대적 상황과 쟁투하며 재일을 사는 의미를 끊임없이 자문해온 성과라고 평가할 수 있다.

2. 이회성의 문학과 재일문학의 연속성

일본 사회에 '재일코리안 문학'이 널리 알려지게 된 것은 1960년대 후반부터이다. 1955년에 결성된 재일본조선인총연합회(총련)의 문예정책으로 조선어 창작물이 많이 나왔는데, 1960년대 후반에 이르면 총련의 권위적이고 획일적인 의식의 동일화 요구에 맞서, 김석범, 김태생, 고사명, 오임준, 김시종 등과 같이 일본 문단에 일본어로 글을 발표하는 사람들이 많아지면서 재일코리안 문학이 널리 알려진다. 그리고 1972년 1월에 이회성의 『다듬이질하는 여인(砧をうつ女)』이 외국인으로서는 처음으로 아쿠타가와상(芥川賞) 수상작(1971년도 하반기)으로 결정되면서 재일코리안 문학 논의는 더욱 활발해졌다.

『다듬이질하는 여인』은 성인이 된 '나'가 어린 시절 어머니 장술이에 대한 기억을 떠올리며 이야기하는 형식으로, 패전을 10

개월 앞둔 시점에서 어머니와 사별하는 9살 된 '나'의 기억으로 시작해 유년 시절로 거슬러 올라간다. 문어 춤으로 사람을 웃기고, 야뇨증으로 소금을 얻으러 다니던 기억 속에 있던 어머니의 모습과 화를 잘 내던 아버지의 기억, '동굴'이라고 칭한 조부모 집에서 할머니의 신세타령으로 들은 어머니의 젊은 시절의 모습과 조선에서 일본으로 건너가 결혼하고 홋카이도에서 가라후토(樺太, 현재의 사할린)에 이르는 일가족의 유맹(流氓)의 세월을 그리고 있다.

1939년에 조선의 친정에 기모노를 입고 파라솔을 쓰고 돌아온 어머니를 따라왔을 때의 기억을 '나'는 떠올리고, 33살에 죽은 어머니의 나이에 도달한 현재의 자신을 되돌아본다. 그리고 다시 어릴 적 회상으로 돌아가 어머니와 아버지가 싸우던 모습, 어머니의 다듬이질하던 소리, 그리고 어머니의 죽음에 대한 아버지의 자책을 회상하는 '나'의 술회로 소설은 끝난다.

이상에서 보듯이, 이 소설은 장대한 이동의 이야기이다. '나'의 아버지가 조선에서 일본의 시모노세키로, 그리고 혼슈를 거쳐 홋카이도, 가라후토로 이동해 살아온 삶은 작자인 이회성의 삶이기도 하다. 작중에서 유일하게 이름이 주어진 '장술이(張述伊)'는 작자 이회성의 어머니의 실명이다.

소설의 인물 설정이나 이동의 경로가 이회성의 개인의 체험에 바탕을 두고 있기 때문에, 『다듬이질하는 여인』을 '사소설(私小說)'의 일종으로 읽을 소지가 있다. 그런데 이 소설은 작자 이회성 개인의 체험을 쓴 사소설이라기보다, 재일코리안의 유맹의 삶을 보여주는 대표적인 문학으로 읽을 필요가 있다.

장술이에 대한 이야기는 자식인 '나', '나'의 할머니, 그리고 '나'의 아버지의 세 축으로 진행된다. 할머니의 내레이션에 의해 회상되는 딸 술이의 모습은 1920년대 식민지 조선을 배경으로 매우 활동적인 처녀 시절의 이야기가 많다. 이에 비해, 아버지가 회상하는 아내 술이에 대한 이야기는 1930년대 이후에 일본으로 건너가 각지를 전전하다 당시 일본 점령지의 최북단인 가라후토까지 이동하면서 겪는 이야기를 보여준다. 그리고 '나'는 자신이 어릴 적 어머니 술이의 모습을 플래시백하여 회상하거나, 할머니와 아버지의 회상을 종합하면서 전후 일본으로 시점을 이동시킨다.

즉, 소설의 시공간이 1920년대의 조선, 1930~40년대의 일본, 그리고 전후의 일본으로 이어지는 그야말로 재일코리안의 삶의 궤적을 그대로 보여주고 있다고 할 수 있다.

『다듬이질하는 여인』에서 재일코리안의 삶의 궤적을 잘 보여

주고 있는 표현으로, '흘러간다(流れる / 流される)'는 말이 몇 차례 나온다.

▶ **이회성, 『다듬이질하는 여인』**(1971) ①

> 어머니는 아버지처럼 흘러 다니는 사람이 어딘가에 머물러 있어주기를 바라는 것 같았다. 흐름에 역행하는 것이 무리라고 해도 어딘가에서 발을 딛고 버티려는 의지를 아버지가 삶의 방식으로 가져주기를 바랐던 것 같았다.
>
> "어디까지 흘러갈 거예요? 시모노세키에 온 것으로 충분해요. 다시 혼슈에서 홋카이도로, 또 가라후토까지. 당신의 삶의 방식도 그에 따라 흘러가는 거예요." (중략)
>
> "흘러 다니지 마세요."
>
> 아버지는 우리에게 어머니에 대한 이야기를 할 때, 그녀가 이런 뜻을 품은 채 죽은 여자였다는 사실을 자책하며 말하곤 했다.

작중에서 어머니 장술이와 아버지가 조선에서 일본의 시모노세키로, 그리고 혼슈를 거쳐 홋카이도, 가라후토로 이동해 살아온 삶은 작자인 이회성의 삶이기도 하다. 이회성은 전후에 가라후토에서 홋카이도를 거쳐 시모노세키를 통해 조선으로 귀국하려고 했지만 이루지 못하고, 다시 홋카이도로 돌아가 정착하면서 재의 삶을 살고 있다. 작중에서 '흘러 다니지 마세요'라고 한 어머니의 말은 유맹의 재일조선인의 삶의 궤적을 보여주는 동시에, 현재의 삶 속에서 주체적으로 살아가야 한다는 교훈을 담고 있다.

재일코리안의 대표적 서사로 이 소설을 읽을 수 있는 또 하나의 이유는 내레이션의 연속성이다. '나'는 어머니가 결혼하기 전의 이야기를 할머니를 통해 듣는데, 할머니는 이제는 죽은 자신의 딸 술이를 회상하는 이야기를 '신세타령'으로 들려준다.

▶ 이회성, 『다듬이질하는 여인』(1971)②

> 과묵한 조부와 비교하면 조모는 매우 과장되게 감정을 드러냈다. 나는 늘 그녀를 보면 뒷걸음질 쳐서 피했다. 동굴에 들어가면 "누구냐!" 하고 야단치며 부엌에서 매서운 눈초리로 쳐다본다. 혹시 마음에 들지 않는 상대가 있으면 바가지(표주박)로 물을 흩뿌린다. 손자임을 알아채면 투덜거리며 다시 물 긷는 일을 시작한다. 그러나 잠시 후에 그녀는 내 옆으로 와서 한쪽 무릎을 세우고

뜨거운 숨을 내쉬었다.

“천지신명은 틀렸다. 이런 어린 것한테 우리 술이를 빼앗아가시다니.”

조모가 옆으로 오면 누룩 냄새가 나기 때문에 나는 어떻게 해서든 떨어지려고 했다. 머리카락은 거미줄 같고 얼굴은 주름투성이다. 그러나 벌써 끝장이다. 그녀는 의외로 센 힘으로 나를 껴안고, 내 손주야 하면서 뺨을 비빈다. 간신히 껴안은 팔을 푼 나는 “망할 할매”하고 소리치며 달아난다. 조모는 벌 받을 놈이라며 기세 좋게 소리치지만, 한편으로는 맥없이 눈물 섞인 목소리로 우는 여자처럼 딸에 대한 추억에 잠긴다. 누구에게랄 것도 없이 자신의 딸이 살아온 삶을 이야기하기 시작한다. 그리운 자식의 일생을 우는 소리로 몸을 흔들며 무릎을 쳐가면서…….

이것이 흔히 말하는 신세타령(신세 이야기. 곡조를 붙여서 이야기한다)이라는 것을 나중에 알았다. 나는 지금도 그 운율을 읊조릴 수 있다. 얼마나 슬픈 진혼가인가. 풀피리 소리가 흐르는 듯한 쓸쓸함이 느껴진다. 그러면서도 운율에는 큰 강물이 흐르는 듯한 격조와 사시나무가 나부끼는 듯한 부드러움이 세차게 내리치는 분노와 원한과 섞여 어떠한 명인의 악보에도 없는 리듬을 만들어

> 낸다.
>
> 귀를 기울이면 신세타령이 살아오는 듯하다. 처녀시 절의 술이를 자랑스럽게 이야기하는 말투까지.

'나'는 할머니의 신세타령을 들으며 자신이 모르는 어머니의 젊은 시절을 떠올려보고, 또 아버지가 들려주는 이야기를 통해 일제 말기에 조선인이 처해있던 상황을 떠올리면서, 전후 일본에서 어머니에 대한 기억을 거슬러 올라가 이야기해간다. 그러면서 할머니의 신세타령과 같은 전통적인 내레이션을 자신이 흉내 낼 수는 없지만, 평범한 방법으로 어머니 이야기를 계승해가겠다고 '나'는 생각한다. 이러한 '나'의 생각은 재일코리안 문학을 계승해 가겠다는 작가 이회성의 결심으로 읽을 수 있는 대목이다.

『다듬이질하는 여인』은 일본인이 아닌 외국 국적의 사람이 일본에서 가장 영예로운 문학상인 아쿠타가와상을 수상한 첫 사례로, 일본에서 재일코리안 문학이 수용되는 데 이회성이 중요한 역할을 했다. 또한 이 작품은 일본 고등학교 국어 교과서에 실린 첫 외국인 작품이기도 하다.

3. 양석일과 재일서사의 단절과 연속

1990년대에는 한일문제와 재일코리안 사회를 둘러싸고 여러 변화가 생겼다. 1991년에 일본군 '위안부' 피해자 김학순의 증언이 있었고, 1993년에는 '위안부' 문제에 일본 정부가 직간접적으로 관여했다고 인정한 고노 요헤이(河野洋平) 내각관방장관의 고노 담화가 발표되었다. 그리고 1995년에 한반도 침략과 식민지배에 대하여 공식적으로 사과한 무라야마(村山) 담화가 이어졌다. 해방된 지 50년 만에 나온 변화였다.

이러한 시기에 양석일(梁石日, 1936~)은 장편소설 『밤을 걸고(夜を賭けて)』(NHK출판, 1994)를 내놓았다. 『밤을 걸고』는 구(舊) 오사카 조병창(造兵廠) 터에 묻혀있던 고철을 몰래 캐내 생계를 유지하던 재일코리안 부락(당시 '아파치 부락'이라고 불림) 사람들의 삶을 그린 이야기로, 1958년에 일본 경찰과 대치하며 벌어진 일련

의 사건과, 1959년 이후 재일코리안 사회의 남북 대립, 그리고 소설의 집필시점인 1993년 이야기가 주요한 구성을 이루고 있다.

재일 사회는 일본의 식민지배에서 파생된 것인데, 해방 이후에 단일한 내셔널리티로 회수되지 못하고 전후 일본사회에 이질적인 '아파치 부락'을 형성시켰고, 이후의 남북한 갈등이 재일 사회까지 이어지고 있는 모습이 소설에 그려져 있다. 아시아 최대의 병기 공장이었던 터는 오사카공원 땅속 깊이 묻히고, 그 위의 평화로운 광경 속에서 펼쳐진 '원 코리아 페스티벌'을 멀리서 지켜보고 있던 작중인물 장유진(양석일이 모델)이 "재일동포가 병기

'아파치 부락'과 구 조병창(造兵廠) 터(『朝日新聞』 大阪, 1958.8.2, 夕刊)
① 아파치 부락, ② 구 조병창, ③ 오사카시 공원 예정지,
④ 긴키 재무국, ⑤ 구 조병창, ⑥ 오사카시 교통국 차고 부지,
⑦ 조토센(城東線), ⑧ 히라노(平野)강, ⑨ 오사카성

공장의 잔해를 캐내어 생계를 유지한 사실을 알고 있는 사람도 없다"고 하면서 사람들 속에 망각되고 있는 기억을 환기시킨다.

앞의 사진은 실제 사건이 일어난 1958년도 당시의 상황을 보도한 것인데, ① 아파치 부락에서 ⑧ 히라노강을 건너 ②와 ⑤의 구 조병창 공장 터로 숨어들어가 철조각을 주워 오는 사투를 그린 것이다. 이렇게 철조각을 줍기 위해 죽음의 강을 건너 생사를 걸고 사투를 벌인 '아파치족'의 모습을 소설의 시작 부분에 한 편의 시로 보여주고 있다.

▶ **양석일, 『밤을 걸고』**(1994) ①

해질녘 강물의

어스름한 광경을 바라본다

물안경을 쓰고

어두운 강물 속에 뛰어들면

쇳덩이에 끼인 곱사등이 사내가

강한 메탄가스가 뿜어나오는

진흙 바닥에 엎어져 있고

그의 머리카락이 해초처럼

떼지어 나부끼고 있다

그를 밧줄로 묶어 건져올린다
썩어 문드러진 눈알이
타오르는 석양빛에 녹아내리기 시작했다
맑디 맑은 드넓은 하늘에
나카노시마(中の島) 제철의 검은 연기가 천천히 피어
오른다
무시무시한 현실에 몰려
썩은 네코마(猫間) 강을 배로 건너면
지하에 잠들어 있던 국적 불명자들이
무거운 석관 뚜껑을 밀어올리고 곡괭이를 짊어진 채
잇따라 폐허 위로 모습을 드러낸다 (……)
악몽을 꾸고 있는 걸까 현실에서 일어나고 있는 걸까
최후의 공백 지대와 같은 땅 끝에서
극도로 긴장한 모세혈관이 터지고 피가 솟구치자
으악 하며 비명소리가 울려 퍼졌다.

'아파치족'으로 비유된 재일코리안의 생존의 사투를 리얼하고 잔혹하게 표현하고 있는 시이다. 비(非) 일본국민을 의미하는 '국적불명자'라는 말에는 이질적인 집단으로 배제하려는 시선이 들어있다. '아파치족'이라고 표현하는 자체가 일본에서 벌어진 사건을 마치 멀리 떨어진 아메리카대륙의 원주민을 바라보듯 차별과 배제의 눈으로 밀어내고 멸시하고 있는 것이다.

이러한 일본인의 시선을 오히려 이쪽에서 비웃기라도 하듯 소설은 시작부터 줄곧 웃음거리로 희화화(戲畵化)해서 조롱하고 있다. 공동변소를 둘러싸고 똥 싸는 문제로 옥신각신하는 모습으로 이야기가 시작되어, 채굴한 쇳조각을 실어 나르는 배를 구했는데 알고 보니 여기저기 똥이 달라붙어있고 냄새가 진동하는 똥을 실어 나르던 배인 것이 알려져 웃지 못할 상황이 되어버린다. 그런데 이들 '아파치족'이 놓인 현실은 사실 웃을 수 없는 생존 문제가 걸린 사투의 공간이기에 이러한 우스꽝스러운 분위기는 오히려 기괴한 느낌을 준다.

장유진이 채굴 도중에 경찰이 온 줄로 착각하고 도망치다 사타구니를 부딪혀 부어오른 것을 동료인 김성철이 치료해주는 과정에 대한 묘사에서도 웃음을 유발한다. 이와 같이 배설물을 싸고 생식하는 기관을 통해 자아내는 웃음은 권위적 질서를 한껏 조롱하며 전복시키는 효과를 만들어 내고 있다.

『밤을 걸고』의 후반부는 일본 경찰과 8개월간에 걸친 공방 끝에 결국 해체된 재일코리안 부락민의 이후의 삶을 그리고 있다. '아파치 부락'의 밑바닥 생활에서 허덕이던 부락민들은 북한으로 귀국하는 것이 자신들의 꿈을 실현할 수 있는 유일한 길이라고 생각하고 북한으로의 귀국사업에 동참한다. 오무라 수용소에 갇힌 사람들의 이야기를 통해 인권사각지대에 놓여있는 수용소의 문제와 그 안에서 일어나는 조총련과 남북 간의 대립이 그려진다.

오무라 수용소(大村收容所)는 범법자나 밀항자를 수감해 본국으로 강제 송환시키는 시설로, 현재까지 오무라입국관리센터로 운영되고 있는 곳이다. 패전한 일본이 미군의 점령 하에 놓이고, 불법 입국을 억제하는 연합군 총사령부의 규정 하에 일단 조선으로 귀국한 자들의 재입국이 인정되지 않았다. 1947년에는 외국인 등록령이 시행되었고, 1952년 샌프란시스코 조약의 발효로 재일코리안은 모두 외국인으로 규정되기에 이른다. 이에 따라 오무라 수용소는 한국에서 밀항해온 사람들을 본국으로 강제 송환시키기 위해 일시적으로 수용하는 장소였다. 그런데 수용소에는 밀입국자 외에 법규 위반자도 함께 수용되어 있었는데, 강제송환을 거부한 장기 구속자들의 인권이 유린되는 현장을 소설 속에서 묘사하고 있다.

재일코리안 사회에서 민단과 조총련의 대립은 조국 한반도가 남과 북으로 분단되고 한국전쟁을 겪으면서 심해졌다. 특히,

1959년 북한으로의 귀국사업이 시작되고 나서 이러한 갈등이 더욱 심해졌고, 오무라 수용소 내의 남북 갈등도 심해졌다. 이러한 1960년대 상황을 소설 속에서 상세히 그리고 있다.

소설의 마지막은 1993년 시점을 그리고 있다. 작자 양석일의 모델로 그려진 장유진이 오사카공원에서 열린 '원 코리아 페스티벌'에 참석해 과거를 회상하는 이야기이다. 하늘 높이 솟아오른 오사카 성을 배경으로 아름답게 꾸며진 넓은 공원을 둘러보면서 과거에 이곳에서 활약했던 '아파치족' 사건을 전혀 모르는 사람에게 이곳에서 재일코리안이 쇳덩이를 캐내어 근근이 생활했다는 사실을 들려준다. 메탄가스를 뿜어내던 수렁이 어느덧 유람선이 떠다니는 아름다운 공간으로 완전히 변해버린 '아파치 부락' 일대를 바라보며 예전의 기억을 떠올린다.

▶ **양석일, 『밤을 걸고』(1994) ②**

뭔가 개운치 않은 느낌이었다. 대화의 마디마디에 괴로움과 그리움, 그리고 채울 수 없는 세월의 공백이 가로놓여, 서로 어색한 분위기에서 제대로 터놓고 얘기를 나누지 못했다. 이것은 현실에 대한 안타까움이자 자기 자신에 대한 안타까움이었다. 장유진은 다시 한 번 공원의 풍경을 둘러보았다. 새들이 지저귀고, 나뭇잎 사이로 스며드는 햇살 아래에서 연인들이 사랑을 속삭이고, 노인들이 조깅으로 땀을 흘리고 있다. 이 얼마나 평화로운 풍경인가. 이곳의 풍경은 마치 이 나라의 평화를 상징하고 있는 듯하다. 예전에 이곳에 아시아 최대의 병기공장이 자리 잡고 있었다는 사실을 아는 이는 거의 없다. 8월 14일에 B29의 폭격을 받아 파괴되고, 그 뒤에 재일동포가 그 잔해를 파내어 근근이 생활했다는 사실을 아는 이들도 거의 없다. 모든 게 땅속 깊숙이 파묻힌 채, 그 자리는 아름다운 공원으로 바뀌었다.

1964년 도쿄올림픽을 앞두고 일본은 전국적으로 주요 지역을 정비했는데, 1958년의 '아파치 사건'이 일어난 오사카성 일대도 새로운 분위기로 탈바꿈하면서 이 일대에서 생활한 재일코리안의 삶이 잊혀 간 것을 그리고 있다.

한국전쟁을 계기로 일본은 고도경제성장기에 접어들었고, 패전의 기억은 급속히 잊혀 갔다. '아파치 사건'은 일본이 식민지배를 통한 약탈과 노동력 착취에 대한 전후 처리 없이 지나 오면서 생긴 문제이다. 작중 화자는 이러한 사실을 1990년대의 현재 시점에서 환기시키고 있는 것이다.

전술했듯이, 『밤을 걸고』는 1990년대에 접어들어 전후 50년을 지나오는 동안에 정리하지 못한 식민과 전쟁에 대한 논의가 나오고 있는 시기에 발표되었다. 전후 일본을 비판하는 듯이 보이지만 결국은 일본이라는 공동체의 결속을 주장한 가토 노리히로(加藤典洋)의 『패전후론(敗戰後論)』(1997)이 나온 것도 이 때이다.

양석일의 『밤을 걸고』는 '아파치 사건'을 통해 전후 일본에서 생존을 위해 사투를 벌인 재일코리안의 기억을 환기시킴으로써 책임의식 없이 전후 50년을 지내온 일본에 대하여 비판하고 있는 작품이라고 할 수 있다.

III.
변화하는 재일문학

제6장

조국을 찾아온 재일코리안 문학

1. 한국에 유학 온 이양지의 문학

재일코리안 2세로 태어난 이양지(李良枝, 본명 다나카 요시에田中淑枝, 1955~1992)는 부모가 일본으로 귀화했기 때문에 9세 때 자동적으로 일본국적을 취득했다. 야마나시(山梨) 현에서 태어난 이양지는 어렸을 적에 동포가 많이 살고 있는 오사카의 친척집에 가보면, 이질적인 환경이나 분위기가 재미있게 느껴지고 부정적이거나 부끄럽게 생각되지는 않았다고 한다. 그러나 일본사회에 잘 적응하기 위해서는 일본사람 이상으로 일본사람답게 살아야한다는 부모의 교육을 받고, 일본무용과 고토(琴), 꽃꽂이 등의 일본 전통문화 교육도 받았다.

이양지는 고등학교 3학년 때 부모의 불화로 이혼 소송이 진행되는 가운데 학교를 중퇴하고 가출한 뒤에, 교토의 관광여관에서 일하며 학업을 이어갔다. 이때의 체험을 바탕으로 쓴 데뷔작

『나비타령(ナビ·タリョン)』(1982)을 보면, 자신이 '조선인'이라는 사실을 주위에 들킬까봐 두려워하고 초조해하는 모습이 그려져 있다.

1975년에 도쿄의 와세다대학 사회과학부에 입학한 이양지는 재일코리안 학생들로 구성된 동아리 '한국문화연구회'에 들어갔는데, "너무나 관념적이며 너무나 정치적인 경향이 짙은 토론의 연속에 우선 의문을 가질 수밖에 없었고, 동시에 제가 일본 국적을 갖고 있다는 사실에 대한 동포 사회의 냉정한 반응은 말할 수 없을 정도로 커다란 쇼크였다", "한국어도 모르고 본국에 사는 한국인들의 생활 실태도 모르면서 도대체 어디에 입각해서 '연대'를 말하고 '반체제'를 호소할 수 있는가?" 이러한 의문을 품고 곧 대학을 중퇴하였다.

이양지는 1980년 5월 광주민주항쟁이 한창인 무렵에 한국으로 유학을 와서 가야금과 판소리, 그리고 무속무용을 배웠다. 1982년에 서울대 국어국문과에 입학하지만, 오빠의 죽음과 부모의 이혼 문제 등으로 입학과 동시에 휴학하고 일본으로 돌아가 『나비타령』과 단편 2편을 발표했다.

이양지는 1984년에 서울대에 복학하면서 한국과 일본을 왕복하며 장편 『각(刻)』(『群像』1984.8)과 단편 4편을 발표하였다. 1988

년에 서울대를 졸업하고 이화여대 무용학과에 입학, 『유희(由熙)』(『群像』1988.11)를 발표하여 이듬해에 아쿠타가와상을 수상하였다. 그 후, 10장 구성의 장편으로 예정한 『돌의 소리(石の聲)』를 집필하던 중에, 1992년 급성심근염으로 사망하였다.

이양지의 창작에는 일본에서 자신이 살아온 생활과 한국체험이 주요 모티브로 작용하고 있고, 일부는 한국에 체재하고 있는 동안 작품 구상이나 집필이 이루어졌다. 그래서인지 한국어를 배우는 과정에서 느끼는 갈등과 불안감, 그리고 굴절된 자의식을 표현한 내용이 많다.

▶ **이양지, 「나비타령」**(1982)

> '일본'에도 겁내고 '우리나라'에도 겁내서 당혹해 있는 나는 도대체 어디로 가면 마음 편하게 가야금을 타고 노래를 부를 수 있을까. 한편으로는 우리나라에 다가가고 싶다, 우리말을 훌륭하게 사용하고 싶다는 생각이 드는가 하면, 재일동포라는 기묘한 자존심이 머리를 들어, 흉내 낸다, 가까워진다, 잘한다는 것이 억지로 막다른 골목으로 밀려들어온 것 같아서 이쪽은 언제나 불리해서 안 된다. 처음부터 아무것도 없다는 입장이

> 화난다. 딱히 좋아서 이런 이상한 발음이 된 것은 아니다. 25년 동안 일본에서 태어나 자랐다는 사실 때문에 어쩔 수 없는 결과라고 씩씩거려 본다. 그러나 역시 나는 계단에 앉아 있다. 이상한 발음이 얼굴에서 화끈거릴 정도로 부끄러워 계단에 앉은 채 문 여는 것을 망설이고 있다.

이양지는 모어(母語), 즉 어렸을 때부터 어머니한테 듣고 배운 말이 인간의 사고를 지배하고 존재를 좌우한다는 사실을 모국인 한국에 와서, 또 국문과에 들어가 공부하면서 실감하게 되었다고 말했다. 이양지처럼 일본에서 나고 자란 사람에게는 한국어가 모국어이지만, 어디까지나 외국어이고 이국(異國)의 언어일 수밖에 없다. 즉, 모국어(母國語)와 모어(母語)가 일치하지 않는 것이다. 따라서 아무리 자연스럽게 한국어 발음을 해보려고 노력해도 잘 되지 않고, 머릿속에서 그린 모국의 모습과 현실의 감정 사이에서 갈등을 느끼게 된다.

이양지는 한국어를 배우면 배울수록 일본어가 자신의 사고를 지배하는 언어임을 깨닫고, 이것을 모어가 갖는 '폭력'성이라고 말했다. 이양지는 언어를 둘러싸고 자신이 느꼈던 심리적 갈등을 소설 『유희』 속에서 표현하였다.

『유희』는 재일코리안 '유희'가 한국으로 유학을 와서 '나'가 살고 있는 집에 하숙생으로 들어와서 생활하다 일본으로 돌아가는 6개월 간의 이야기이다. 작중인물 '유희'의 이야기는 작자 이양지의 한국유학 체험을 보여주는 측면이 많다. 그런데 재미있는 것은 이 소설의 화자 '나'는 재일코리안 '유희'가 아니라, 유희가 언니라고 부르는 '나'라는 점이다. 즉, 한국인의 시각에서 유희의 한국생활을 그리고 있는 것이다.

작자가 자신이 체험한 것을 '나'라는 인물을 통하여 편하게 이야기하면 될 텐데, 이양지는 왜 자신의 체험을 이야기하면서 굳이 한국인의 시각에서 재일코리안을 바라보는 설정으로 이야기를 하고 있는 것일까? 이 점에 대하여 생각해 보기 위해서 작품의 줄거리를 살펴보자.

'나'는 유희에게 일본으로 돌아가는 비행기를 곧 탄다는 전화를 받는다. 유희는 일본의 W대학을 중퇴하고 한국을 알기 위하여 S대학으로 유학을 와서 숙모의 집에 하숙생으로 들어와 있었는데, 한국생활에 적응하지 못하고 일본으로 돌아가게 된 것이다. 나는 그동안 유희가 잘 적응할 수 있도록 도와주었는데, 결국 돌아간다는 말을 듣고 쓸쓸함을 느끼며 유희가 처음에 하숙하러

왔을 때부터 현재까지 있었던 일들을 떠올린다.

유희는 S대학 국문과라는 타이틀에 어울리지 않게 한국어를 잘 구사하지 못한다. 시험 볼 때나 보고서를 쓸 때를 제외하면 한국어를 잘 쓰지도 않고 일본어책을 주로 읽는 모습을 보며, 나는 유희에게 한국어를 읽고 쓰지 않는 점이나 띄어쓰기를 하지 않는 점을 타이르며 한국생활에 빨리 적응하라고 나무란다.

그런데 유희가 책상을 사러 간 날에 길거리와 시끄러운 버스 안에서 불안해하며 패닉에 빠진 모습을 본 나는 유희가 본 한국의 모습을 자신의 책임인 것처럼 느낀다. 결국 책상 사는 일은 포기하고, 방바닥에 앉아서 쓸 수 있는 책상을 주문했는데, 나는 유희가 떠난 방을 둘러보며 책상에 앉아 있던 유희를 떠올린다.

유희가 유학 왔을 때의 1980년대 한국의 모습은 당시의 일본과 대비되어 유희가 적응하기 힘들었을 수도 있다. 일본은 1960년대가 학생운동이 가장 격렬했던 정치의 계절이었고, 1980년대는 이미 거대 담론은 사라지고 거품경기의 시기였다. 그런데 유희가 한국에 왔을 때는 한국에서 학생운동이나 시민 항쟁이 가장 강했던 시기였기 때문에 유희가 적응하기 힘든 점도 있었을 것이다. 유희는 학교나 거리에서 들리는 한국어가 최루탄처럼 들려서 괴롭다고 토로한다.

유희는 일본으로 돌아가기 전에 한국에서 보고 듣고 느낀 것을 나에게 400장이 넘는 일본어 노트로 남긴다. 그러나 일본어를 읽을 수 없는 나는 노트의 내용을 이해하기 어려우면서도 뭔가 유희의 마음이 전해지는 느낌을 받는다.

▶ **이양지, 『유희』(1988) ①**

글자가 숨을 쉬고 있다.

소리를 내며 나를 쳐다보고 있는 것 같았다.

가만히 보고만 있어도 유희의 목소리가 들려오고, 소리가 머릿속에 쌓이고 소리의 부피가 핏속으로 스며들어 가는 듯한 심정이 되었다. (중략) 유희가 쓰는 일본어와 한국어 두 종류의 글씨는 양쪽 모두 익숙하게 쓴다는 인상을 주었고, 또 어딘지 모르게 어른스러웠는데, 역시 유희 자신처럼 불안정하고 불안한 숨결을 감추지 못하고 있는 것 같았다. (중략) 어떤 부분과 글자는 울면서 썼다는 생각이 들고 어떤 부분과 어떤 글자는 초조해하고 노하기도 하며 때로는 유희가 때때로 드러내 보이던 아이 같은 표정과 응석어린 목소리를 느끼게 하는 것도 있었다. 유희는 이러한 일본어를 쓰면서 일본어 글자 속에 자신을, 자신의 내면에서 남에게 보이고 싶지 않은 부분을 아무런 눈치도 거리낌도 없이 몽땅 드러내 놓고 있다는 생각이 자꾸만 들었다.

나는 유희를 떠올리며 숙모와 대화하는 중에 유희가 느꼈을 감정을 생각해 보고, 서로 다른 사람을 이해하며 관계를 형성해 가는 것의 중요성을 깨닫는다. 그리고 공허함과 쓸쓸한 기분으로 유희가 남긴 노트의 글자를 다시 바라보며 유희와 나눈 대화를 떠올린다.

▶ **이양지, 『유희』**(1988) ②

"말의 지팡이."

"……."

"말의 지팡이를 눈을 뜨는 순간부터 잡을 수 있는지 어떤지 시험받고 있는 기분이 들어요."

"……."

"아인지 아니면 あ인지. 아라면 아·야·어·여 하고 계속되는 지팡이를 잡아요. 하지만 あ하면 あ·い·う·え·お로 계속되는 지팡이에요. 그런데 아인지 あ인지 분명

하게 깨달은 일이 없어요. 언제나 늘 점점 알 수가 없어져요. 지팡이를 잡을 수가 없어요."

유희는 말의 지팡이라고도 말했고, 말로 된 지팡이라고 바꿔 말하기도 했다.

그 목소리가 지금도 생생히 눈꺼풀에 떠오르는 유희의 표정과 더불어 되살아났다. (중략)

두텁고 무거운 숨이 쏟아져 나왔다.

이 나라에는 이제 없다. 아무 데도 없어……. 가슴 속으로 중얼거림이 스며 퍼져 나갔다. 작은 응어리가 희미하게 떨렸다.

묘하게 저릿저릿한 느낌이 발 끝에, 손에, 가슴에, 온몸에 느껴지기 시작했다. 토해낸 숨이 그 저림으로 인하여 일그러지고, 숨이 흐트러졌다.

뒤로 돌아 계단 앞에 섰다. 발밑이 맥이 빠져 중심이 잡히지 않았다.

작은 응어리가 움찔하고 튕겨 나오며 유희의 얼굴이 떠올랐다.

'아'

나는 천천히 눈을 끔벅이며 중얼거렸다.

유희의 글씨가 나타났다. 유희의 일본어 글씨에 겹치며 유희가 쓴 한글 글씨도 떠올랐다.

지팡이를 빼앗긴 듯 나는 걷지 못하고 계단 아래에서 뻣뻣이 섰다. 유희의 두 종류의 글자가 가느다란 바늘이 되어 눈을 찌르고, 안구 깊은 곳까지 날카로운 바늘 끝이 파고드는 것 같았다.

다음이 이어지지 않는다.

'아'의 어운만이 목구멍에 뒤엉킨 채 '아'에 이어지는 소리가 나오지 않았다.

소리를 찾으며, 그 소리를 목소리로 내놓으려는 내 목구멍이 꿈틀거리는 바늘다발에 찔려 불타오르고 있었다.

유희는 아침에 눈을 떴을 때, 일본어의 '아(あ)'를 잡으면 '아이우에오(あいうえお)'의 일본어 세계가 펼쳐지고, '아'로 잡으면 '아야어여'의 한국어 세계가 새롭게 펼쳐진다고 하면서, '말의 지팡이(ことばの杖)'라는 비유 표현으로 모어와 모국어의 차이에서 오는 문제를 이야기했다. 그런데 정작 유희는 자신이 어느 지팡이를 잡는지 분명하게 깨달은 날이 없고, 점점 알 수 없어졌다고 하면서 괴로운 심경을 나에게 토로했다.

유희는 한국생활 속에서 느낀 것을 일본어로 적은 노트를 나에게 남겼는데, 일본어를 모르는 나는 원고를 읽을 수 없다. 나는

'아'의 여운만이 목구멍에 뒤엉킨 채 '아'에 이어지는 소리가 나오지 않는다. 결국 나는 말을 잇지 못하고 소설은 끝이 난다.

작중의 유희가 우리에게 보여주는 것은 말이 갖는 폭력의 이미지이다. 작자 이양지에 앞서 재일문학을 해온 사람들이 공통으로 이야기하고 있는 부분과 상통하는 점도 있고, 차이점도 있다. 자신을 옭죄는 언어로 글을 써서 자신을 해방시켜갈 수밖에 없다고 하면서 사람을 옴짝달싹 못하게 하는 '주박(呪縛)'으로서의 일본어를 이야기한 김석범이나, 내면화된 일본어로부터 자신을 끊어내기 위하여 숙달된 일본어를 의식적으로 뒤틀어 어눌하게 표현함으로써 '일본어에 대한 보복'을 표명한 김시종의 문제제기를 떠올려 보자.

세 사람의 이야기는 모두 재일문학에서 근원적으로 제기되는 언어의 문제와 정체성에 대한 내용을 담고 있다. 그런데 김석범이나 김시종이 일본어로 표현하는 속에서 어떻게 우리의 것을 이야기하고 또 보편적인 세계로 나아갈 것인지를 고민했다고 한다면, 이양지가 표현한 '언어의 지팡이'는 재일코리안이 갖고 있는 모어와 모국어 사이의 차이에서 오는 갈등을 이야기하고 있는 점이 다르다.

한국에서 태어나 한국어를 쓰는 한국인이나 일본에서 태어나 일본어를 쓰는 일본인은 모어와 모국어가 일치한다. 그런데 이양지와 같이 재일코리안의 경우는 일본에서 살며 일본어를 쓰지만 한국 국적의 사람들이 많이 있기 때문에, 태어나서 사용해 온 모어와 조국의 말인 모국어가 일치하지 않는 문제가 생긴다. 작중의 유희가 조국에 대하여 더 알고 이해하고 싶어서 한국으로 유학을 왔지만, 모국의 말이 자연스럽게 발현되지 않는 것은 어떻게 보면 당연한 문제일지도 모른다.

재일코리안 유희에게 발음이 이상하다고 나무라고, 띄어쓰기를 못한다고 타이르고 재촉하는 한국인의 시각을 오히려 생각해 볼 필요가 있다. 소설의 화자가 유희가 아니라, 한국인 '나'로 설정되어 있는 이유도 여기에서 찾을 수 있다. 이양지가 자신의 체험을 바탕으로 유희의 이야기를 쓰면서도, 유희의 시각이 아니라 한국인의 관점에서 이야기를 진행시킨 방식을 통해 한국인이 재일코리안을 바라보는 시각을 생각해보는 것도 좋을 것 같다.

마지막으로 『유희』에서 생각해볼 내용을 한 가지 더 소개하겠다. 이상(李箱) 문학으로 논문을 썼다는 나의 이야기를 듣고 유희는 이상보다 이광수(李光洙)의 문학이 매우 신경이 쓰인다고 이야기한다. 무엇이 신경이 쓰이는지, 왜 신경이 쓰이는지 구체적인 이야기는 나오지 않는데, 생각하며 읽다 보면 유희가 왜 이광수가 신경이 쓰이는지 궁금해진다. 작자 이양지가 실제로 무슨 의도로 이렇게 썼는지 알 수는 없다. 또 '유희'는 작중인물이고, 이광수는 실존 인물이기 때문에 비교하는 것이 적절하지 않을 수도 있지만, '유희'와 이광수의 접점은 가볍게 넘길 수 없는 흥미로운 문제를 보여주고 있다. 즉, 언어를 단일 민족이나 국가 안에서 바라보는 관점으로는 포괄할 수 없는 특수성이 둘에게 있는 것이다.

유희는 일본에서 태어나 일본어를 쓰다 한국으로 유학 와서 한국어를 공부하면서 갈등을 느끼고, 이광수는 일본어로 창작을 시작하여 조선어와 일본어로 동시에 작품 활동을 한 이중어 작가이다. 물론, 이광수와 '유희'가 살았던 시대적 배경은 다르지만, 두 사람 모두 우리말과 일본어를 넘나들며 살고 있는 상황은 공통된다. 이광수는 일제강점기에 활동했기 때문에 우리말과 일본어를 같이 사용하여 창작을 해야 하는 상황이었고, 반면에 '유희'는 1980년대의 현대 속 인물이지만 재일코리안으로 모어와 모국어 사이에 갈등을 느낀다. 일제강점기와 이후의 얽혀 있는 한일 관계사 속에서 단일한 언어 속에 정체성이 수렴되지 않기 때문에 두 사람 모두 갈등과 고통이 수반되는 언어 표현 문제가 내면에 자리하고 있을 것이다.

제국은 해체되었고, 식민지배는 끝났지만 일본 내에서 마이너리티로 살아가야 하는 재일코리안에게 일본어로 표현하는 것도 간단한 문제는 아니지만, 유희처럼 혹은 작자 이양지처럼 모국을 찾아와 한국어로 표현하는 것도 역시 쉬운 일은 아니다. 어느 쪽이든 유희에게 일본어와 한국어는 대등하지 않다. 그렇기 때문에 '말의 지팡이'의 선택이 자유롭지 못한 것이다.

『유희』의 작자 이양지는 모국어와 모어 사이에서 오는 갈등을 넘어 한국에 더 가까이 다가가기 위하여 한국무용과 전통음악을 배우는 데 힘썼다. 이양지가 서울대 국문과의 졸업논문으로 제출한 것도 태어나자마자 버려진 바리공주 이야기를 중심으로 하는 한국 무속신화에 대한 것이었다. 아쿠타가와상을 수상한 이후에 『유희』 속 한국문화에 대한 일본인의 관심이 높아진 점도 있어서 이양지는 무대에서 한국의 무속 살풀이춤을 직접 추어 호평을 받았다.

이양지와 같이 모국의 문화에 대하여 관심을 갖고 우리말과 문화를 배우러 한국에 오는 재일코리안 젊은 세대에 대하여 한국인 우리가 이들을 어떻게 바라보고 있는지 생각해볼 때이다. 이는 다문화 공생을 지향하는 한국사회를 위해서도 필요한 일이다.

2. 유미리의 문학과 '조국'

일본에서 재일(在日)의 삶을 살고 있는 사람들에게 '조국'은 어디를 가리키며, 또 무엇을 의미하는 것일까? 재일코리안은 세대가 거듭될수록 일본사회에 동질화가 가속화되고 기원으로서의 '조국'이라는 말이 갖는 강도(强度)도 점차 약해지고 있는 것이 사실이다. 이러한 최근의 현실을 생각하면 '조국'이라는 화두를 꺼내는 자체가 현실감이 없는 느낌도 든다.

이러한 가운데 젊은 재일 세대 속에서 '조국'을 찾는 사람들이 눈에 띈다. 최근 변화하고 있는 유미리(柳美里, 1968~)의 문학이 바로 그러하다. 개인적인 체험이나 자신의 가족 문제를 과잉되게 드러내는 이른바 '사소설(私小說)'을 써온 작풍은 여전히 유지되고 있는데, 동시에 일본사회에 화제를 불러일으키며 마치 도발하는 듯한 내용의 평론이나 소설이 최근에 더욱 많아졌다. 이러한 도발적인 작풍은 작가 유미리의 개인적인 성격 때문일 수도 있지만, 한편으로는 재일코리안을 둘러싼 현실이 그만큼 일본사회의 요구에 맞춰 대응해갈 수밖에 없는 이유가 크다.

유미리의 작품이 일본사회에서 화제가 되고 논쟁이 일어난 것은 그녀의 데뷔작 『돌에서 헤엄치는 물고기(石に泳ぐ魚)』(『新潮』, 1994.9)부터 시작되었다. 작품의 모델이 된 여성의 얼굴 흉터를 묘사한 표현이 프라이버시를 침해했다는 이유로 기소되어, 손해배상과 함께 소설 출판 및 어떠한 방법에 의한 공표도 금지한다는 판결을 받았다. 이 사건은 문학적인 표현의 자유와 프라이버시 보호를 둘러싸고 논쟁을 불러일으켰다. 이후, 유미리가 재일코리안의 불우함을 소설의 소재로 이용하고 있다는 비난이 나오기도 하였다.

일본에서 유미리가 가장 화제가 된 것은 1997년 1월에 『가족시네마(家族シネマ)』로 아쿠타가와상을 수상했을 때였다. 수상으로부터 한 달 후에 도쿄와 요코하마(横浜)의 네 서점에서 사인회가 행해질 예정이었는데, 각 서점에 '독립의용군', '신우익'을 자처하는 남성으로부터 사인회를 중지하지 않으면 위해를 가하겠다, 폭탄을 장치하겠다는 등의 협박전화가 걸려와 사인회가 급히 중지되었다. 관련 출판사가 상의하여 사인회는 6월로 연기되는 소동이 벌어졌다. 그런데 사인회가 중지된 사건을 보도한 『아사히신문(朝日新聞)』 측에서 이 사건을 '위안부' 문제와 관련시켜 보도한 일이 일어나, 유미리가 영웅이라도 된 듯이 행동하고 있다고 풍자만화가인 고바야시 요시노리(小林よしのり)가 잡지 『SAPIO』에 유미리를 규탄하는 어조의 문장을 실어 논쟁에 불을 붙였다. 이에 유미리는 현재 일본의 언론계가 놓여 있는 상황에 대하여 겉에 '가면'을 쓰고 배후에 기만을 숨기고 있다고 비판하고, 표현의 자유를 탄압하는 문제에 파고드는 글을 써 가겠다고 의견을 표명하였다.

이러한 가운데 유미리는 일본사회에 대한 비판의 강도를 높여갔다. 사실 유미리는 가장 '재일코리안'답지 않은 글쓰기 작가로 알려져 있을 정도로, 조국이나 민족적인 테마로 글을 써온 작가가 아니다. 오히려 가족이나 조국 문제를 당위적인 개념으로 접근하기보다는 해체하는 글쓰기를 행해왔다. 이러한 경향은 분열된 가족을 다시 결합시키기 위하여 영화를 촬영한다는 설정하에 가족이 오랜만에 모여서 가족 화해를 연기하지만, 결국 해체되어가는 가족의 모습을 그린 『가족 시네마』를 통해서도 알 수 있다.

▶ **유미리, 『가족 시네마』(1997)**

무슨 일이 생긴다 해도 우리 형제에게는 대수로운 일이 아니다. 아버지의 폭력에도, 어머니의 성적 방종이 초래한 치욕에도, 우리는 그럭저럭 견뎌 왔다. 비굴할 정도로 순순히 받아들였다고 해도 좋다.

나나 요코나 가즈키 또한 단단히 뿌리내린 아버지와 어머니에 대한 증오심을 바깥으로 향하게 할 수 없었다. 그저 타인과 타협하지 못해서 미워했을 뿐이다. 부모를 증오하는 죄에 비하면, 값싼 대가라고 해야 할 것이다. 그러나 아버지가 실직했다면 경제적인 문제보다 파친코 점의 총지배인, 팔십만 엔이라는 고액의 월급으로 간신히 지탱해 온 자존심에 상처를 입게 되어 모든 것에 제대로 적응할 수 없게 될 것이다. (중략)

"그렇게 해요, 엄마. 응? 우리 가족 모두 함께 살아요."

애원하듯 목소리까지 떨렸다.

남동생은 콜라를 다 마시고는 갖고 온 테니스 라켓을 허공에 휘두르기 시작했다.

"모토미 누나가 좋다면 상관없어, 나는. 굉장한 스윙이지?"

이번에는 가즈키만 카메라를 의식하고 있다. 그러나

카메라는 나를 주목하고 있었다.

"나는 같이 못 살아."

그렇게 말하고 침묵했다. 가족이 함께 살면 잃어버린 것을 되찾을 수 있다고 믿고 있는 아버지를 이해할 수 없었다.

위의 인용에 나오는 아버지의 폭력이나 가족 간의 불화는 유미리 자신이 겪은 가족문제이다. 그런데 가정폭력이나 가족 간의 불화는 재일코리안 이야기에서 많이 볼 수 있는 소재로, 이는 일본사회에서 재일코리안이 받는 차별이나 폭력이 가정 내의 폭력으로 연쇄되어 일어나는 원인도 있다. 그렇기 때문에 유미리 개인의 이야기이면서 동시에 재일코리안 서사의 특징이 나타나 있다고 할 수 있다. 그런데 유미리의 작품에 대한 논의보다 재일코리안인 그녀가 아쿠타가와상을 수상했다는 점이 우선 부풀려져 정당한 평가를 받지 못한 측면이 있다.

유미리가 아쿠타가와상을 수상한 이듬해인 1998년에 북한의 중거리 탄도미사일(대포동 미사일) 발사 사건이 일어났고, 북핵 문제로 매스컴이 떠들썩해지며 2000년대에 들어서 일본의 우경화가 본격화되었다. 이러한 폐색(閉塞)된 분위기 속에서 '혐한(嫌

韓)' 문제가 심각해졌는데, 이러한 때에 가장 위험에 노출되는 사람들이 바로 일본사회에 소수성으로 존재하는 재일코리안이다. 이러한 가운데 유미리의 작풍이 조금씩 변화했다.

유미리는 2000년대 이후에 이전까지의 창작에서 강조하지 않았던 민족적 색채를 드러내기 시작했다. 2002년 한일월드컵을 계기로 한류 분위기를 탄 측면도 있다. 먼저, 2004년에 장편소설 『8월의 저편(8月の果て)』(상, 하) 2권을 출간했는데, 이 소설은 일본의 『아사히신문』과 『동아일보』가 동시에 연재해 2002년 4월 연재 당초부터 화제를 모았고, 한국과 일본 양국에서 동시에 출판되었다. 일제강점기부터 현재에 이르기까지 이어진 한국과 일본의 근현대사 갈등을 마라톤 주자였던 조부의 생애를 통해 추적하는 내용이다. 개인적인 이야기를 주로 써 온 유미리가 '조선인'이라는 피의 루트를 찾아가는 방향으로 변화한 첫 작품이다.

유미리의 외조부는 전쟁으로 인하여 올림픽 개최는 무산되었지만, 마라톤의 유력한 후보였다. 『8월의 저편』은 손기정(1912~2002)과 함께 마라톤선수로 뛴 외할아버지 양임득(1912~1980)을 소재로 한 소설이다. 외조부를 중심으로 전후 일본에 건너가 살고 있는 네 세대에 걸친 가족 이야기를 그리고 있다.

『8월의 저편』은 돌아가신 조부의 영혼을 불러내어 마라톤을 뛸 때의 숨소리가 길게 이어지는 묘사로 이야기가 시작되어 8월의 강가에서 달리는 장면으로 소설이 끝나는데, 청각적인 리듬감이 특징적인 소설이다. 조부의 동생을 그리워하는 김영희라는 여성이 위안부가 되어 체험하는 이야기는 매우 리얼하고 생생한 묘사가 많다. 고향으로 돌아가는 배안에서 자신의 고유한 이름을 부르며 바다에 몸을 던지는 장면 묘사는 역사적인 고통의 기억을 문학이 얼마나 담아내고 증언할 수 있는지에 대하여 생각해보게 한다.

『8월의 저편』 이후, 유미리는 세 차례에 걸쳐 북한을 방문한 뒤에 에세이집 『내가 본 북조선-평양의 여름휴가』(2011)를 펴냈다. 2008년 10월을 시작으로 2010년 4월, 그리고 같은 해 8월에 걸쳐 평양을 세 차례 방문해 10여 일씩 머물며 보고 느낀 감상을 현지에서 찍은 사진과 함께 실어 조국과 현대 일본사회에 대한 새로운 생각을 글로 남긴 것이다. 유미리는 출판기념회에서 북한 방문의 이유를 "조선민주주의인민공화국에 가보고 싶었다. 내가 왜 일본에서 태어나 일본어를 사용하는지에 대한 뿌리의 문제로 수렴되기 때문이다"고 밝혔다.

사실 유미리는 대한민국 국적을 갖고 있고, 그녀의 조상의 고향도 한국이다. 유미리의 외조부는 경남 밀양 사람인데, 공산주의 혐의로 고향인 밀양의 감옥에 갇혀 있다 일본으로 도망쳤을 때 가족들이 모두 따라가 정착한 것이다. 당시에 만약 일본으로 가지 않았다면 북한으로 건너갔을 가능성도 있기 때문에 북한에 대한 그리움이 있어서 평양에 가고 싶었다고 그녀는 출판기념회에서 밝혔다.

유미리가 북한에 대한 그리움을 갖고 있고 자신의 뿌리를 북한에서 찾고 싶었다는 논리는 쉽게 이해되지 않는 측면이 있다. 따지고 보면 그녀의 뿌리는 경상남도 밀양이고, 북한에 체재한 경험도 없이 전후 1960년대에 일본에서 태어난 재일코리안이기 때문이다. 그렇다면 그녀는 왜 자신의 뿌리와 그리움의 대상을 북한에서 찾고 있는 것일까?

첫 방문기는 "일본과 국교에 없는 나라에 갔다"는 문장으로 시작한다. 만경봉호를 타고 북한으로 들어가고 싶었지만 일본인 납치문제와 북핵문제 등으로 재일코리안 재입국 정지 등의 일본 정부의 제재가 있었기 때문에, 하네다 공항에서 간사이공항으로 이동해, 다롄(大連), 선양(瀋陽)을 경유하는 루트로 평양에 들어갔다. 평양국제공항에 도착한 유미리는 도항목적을 '조국방문'이라고 적었다. 그 이유에 대해 유미리는 자신의 조부가 일본으로 건너갔을 때 한반도는 남북으로 분단되어 있지 않았고, 해방 후에 조부가 공산주의 혐의를 뒤집어쓰고 투옥당한 일과 조부의 남동생이 남한 군인에게 사살당한 사건을 들며, 조부 형제가 모두 북으로 갔을 가능성도 있다는 생각이 들었다고 말했다. 그리고 "조선민주주의인민공화국, 좋은 느낌으로 와 닿는 아름다운 국명, 내게는 환상의 조국이다"고 적고 있다.

첫 번째 평양 방문을 끝내면서 유미리는 북한을 '출국'해서 일본에 '입국'하는 자신과 같은 존재를 이국에 살면서 조국을 방문하는 데라시네(déraciné, 뿌리 없는 풀)라고 표현하면서, '조국방문'이라는 말이 재일코리안의 입장을 잘 표현한 말이라며 글을 끝맺는다.

▶ 유미리, 『내가 본 북조선–평양의 여름휴가』(2012)

조국, 우리나라 서울에 프로모션으로 가거나, 『8월의 저편』의 취재 차 어머니가 태어난 고향인 경상남도 밀양을 걷고 있을 때는 느끼지 않았으나, 조선민주주의인민공화국을 방문하니 심한 노스탤지어에 휩싸였다.

나 자신은 태어나면서부터 데라시네였다고 기회 있을 때마다 이야기하곤 했다.

뿌리내릴 장소를 자진해서 포기하고, 앞날에 다가올 예측할 수 없는 어려움에 직면하더라도 긍정적인 자세만은 잃지 않으리라고 생각했는데, 조선에서 돌아오니 마음을 조국에 남겨두고 몸만 일본에 돌아온 듯한 공허함에서 한동안 벗어날 수가 없었다.

마음이 조국에 뿌리를 내리고 있다.

민족의식에 기인하는 감정은 아니다.

해질 무렵 대동강 강변을 걷고 있으면, 자전거 짐칸에 젊은 아내를 비스듬히 태우고 때때로 뒤를 돌아다보고 말을 하면서 자전거 페달을 밟고 있는 젊은 남자, 오른손에는 분홍색 아이스캔디 막대기를 들고 왼손에는 자홍빛 도는 진달래 가지를 소중한 듯이 거머쥐고 걸어가는 대여섯 살 정도의 여자아이, 교과서를 읽으면서 걷는 학생들, 아장아장 걷는 손자와 손을 잡고 손자가 발길을 멈추고 바라보는 걸 쉰 목소리로 자상하게 가르쳐주는 중절모를 쓴 노인, 이렇게 한 사람 한 사람의 모습이 오즈 야스지로의 초기 무성영화와 같은 아름다움으로 가슴에 사무쳐왔다.

그리고 이 60년 동안 조선반도에서 태어난 북쪽 사람들은 남쪽 땅을, 남쪽 사람들은 북쪽 땅을 갈 수조차 없는 역사의 긴장 그 한가운데를 걷고 있는 것처럼 느껴졌다. 조선민주주의인민공화국의 역사를 산다는 것은 그 나라 내부에서 각자 개인사를 지니고 살아가는 것이지만, 그 나라를 외부에서는 볼 수 없는 조선 사람들이고, 일본에서 태어나고 자란 나는 나그네 입장에서 그 역사를 엿볼 수는 있겠지만 그 역사로부터 격리되어 있다.

내 안에는 조국의 역사로부터 격리되어 있는 이방인으로서의 의식과, 조국에 뿌리를 내리고 있는 동포로서의 의식이 늘 서로 대립하며 다투고 있다.

2년 후의 유미리의 두 번째 방북은 북한과 재일의 연결고리를 찾는 여행으로, 제3장 「태양절과 국제마라톤대회」에서 이를 다루고 있다. 그리고 유미리의 세 번째 방북은 같은 해 8월에 아들과 동거인을 대동한 여행이었다. 이때의 내용은 제4장 「가족과 고향」에 수록되어 있는데, 다른 장에 비해 내용이 압도적으로 많다. 특히, 아들 장양과 판문점, 백두산을 비롯해 북한 곳곳을 다니며 느낀 점을 적고 있다. 유미리는 어머니가 태어난 고향인 경상남도 밀양을 걷고 있을 때도 느끼지 못한 강한 노스탤지어를 조선민주주의인민공화국을 방문해 느꼈다고 적고 있다.

'노스탤지어(nostalgia)'는 고향으로 돌아가고 싶어 한다는 의미의 'nostos'와 열망이라는 의미의 'algia'가 합쳐진 말이다. 즉, 고향으로 돌아가고 싶어 하는 열망을 의미한다. 그렇다면 유미리는 평양의 대동강변을 걸으며 북한을 '조국'으로 생각하고, 북한으로 돌아가고 싶다고 말한 것인가 하면, 반드시 그렇지는 않다. 오즈 야스지로(小津安次郎)의 무성영화를 볼 때 막연히 느껴지는 향수는 느끼지만, 이것이 반드시 북한으로 회귀하는 것을 의미하지는 않는다.

유미리가 말하는 '고향'은 북한이나 남한의 밀양 같은 특정 장소를 가리키는 개념이 아니기 때문이다. 유미리가 평양, 혹은 북한을 '고향'으로 느끼고 노스탤지어를 느낀다는 것은 북한으로 회귀하고자 하는 열망이라기보다, 이산(離散) 상태에서 느끼는 감상적 그리움을 나타낸 것이라고 할 수 있다.

유미리의 시각이 감상적으로 흐르고 있는 이유 중의 하나는 '재일' 의식이 앞에 놓여있기 때문이다. 일본국적을 가진 아들 장양을 데리고 북한을 방문한 유미리는 아들의 국적 선택권을 자신이 빼앗은 것은 아닌지 생각하면서, 아들과 여행하는 사이에 친밀감이 높아지고 가족애를 강하게 느꼈다. 덧붙여, 유미리는 아들과 '조국'을 방문해 얻은 것은 자신과 아들의 개인사를 조국에 대면시켜 재일로서 살아가는 자신들과 '조선' 사람들이 서로 다른 입장에 놓여있다는 사실을 스스로 확인하는 계기가 되었다고 말했다.

유미리는 에세이에서 조국의 역사로부터 떨어져 있는 이방인으로서의 의식과, 한편으로는 조국에 뿌리를 내리고 있다는 동포로서의 동질감이 자신 속에서 갈등하고 있다는 자의식을 그대로 보여주고 있다. 이러한 생각은 곧 '재일'로 살아가는 자신의 입장을 확인시켜준 계기가 된다. 유미리의 북한 방문은 재일코리안으로서 살아가는 자신의 실존적인 삶을 인식하는 과정이라고 볼 수 있다.

이후, 유미리는 일본사회에 대한 비판의 목소리를 더욱 높여갔다. 『우에노역 공원 출구(JR上野公園口)』(2014)는 천황과 같은 해에 태어났지만 노숙자의 삶으로 생애를 마치고 우에노 공원을 방황하는 사자(死者)의 목소리로 그려낸 소설이다. 아시아·태평양전쟁 말기부터 2011년 동일본대지진에 이르는 시기의 일본사회의 변천이 압축적으로 그려져 있다.

이야기는 한 남성의 영혼의 목소리로 시작된다. 이 남자는 쇼와(昭和) 천황과 같은 해에 태어났고, 아들은 황태자와 같은 날에 태어났는데, 삶은 천황가와는 너무나 다르게 힘든 생활에 쫓겨 돈벌이하러 도쿄에 상경하는 사람이다. 그런데 아들이 돌연 죽고, 이어서 아내도 죽고, 남자는 우에노의 노숙자로 전락한다. 고향에 피붙이가 모두 2011년 동일본대지진의 쓰나미에 휩쓸려 죽고 결국 자신도 스스로 목숨을 끊는다.

이와 같이 이 소설에는 죽은 자가 많이 그려져 있다. 죽은 남자는 과거의 기억을 돌아보며 이야기하는데, 주인공 남자 목소리뿐만 아니라 다른 노숙자의 목소리도 함께 그려져 있어 청각적인 분위기가 강하다.

유미리는 동일본대지진이 일어난 직후부터 후쿠시마(福島)를 돌아다니며 쓰나미나 원전사고로 피난을 떠나 집이 없는 사람들의 목소리를 인터뷰하여 소설에 실었다. 이 소설에는 남자의 사령(死靈)의 목소리가 소설 전체적으로 모놀로그로 흐르고 있지만, 다른 노숙자의 목소리나 전철 소리, 전철역에서 흘러나오는 안내방송 등 다성(多聲)의 공간이 펼쳐진다. 1964년 도쿄올림픽 개회를 선언하는 쇼와천황의 목소리가 라디오에서 흘러나오는 것을 듣고 남자는 북받치는 눈물을 참으려고 양손으로 얼굴을 감싼다. 천황처럼 고귀한 혈통으로 태어난 소수의 인생과 자신의 비천한 삶을 대비시켜, 사회의 저변으로 침륜하는 인간 군상의 목소리를 복원시킨 작품이다. 천황제라는 일본사회의 정점의 권력과 도시의 저변에서 살아가는 소외된 계층을 대비시킴으로

써 일본사회의 불평등과 차별 문제를 제기한 작품이라고 볼 수 있다.

앞서 살펴본 『8월의 저편』이나 방북 에세이가 한반도의 남북한과 일본 양쪽을 동시에 부감하면서 일제강점기부터 전후, 그리고 현재에 이르는 재일의 삶을 응시하는 이야기라고 한다면, 『우에노역 공원 출구』는 일본의 과거와 현재를 잇는 동시에 과거의 영화(榮華)를 구가한 시대의 렌즈를 통해서는 볼 수 없는 현재 일본의 실상을 비판적으로 그리고 있다. 이는 유미리가 종적으로 과거와 연결 짓고 횡적으로도 폭을 넓혀 일본사회와 관련한 속에서 '재일'로서 살아가는 자신의 삶을 표현해 낸 것이라고 할 수 있다.

최근에 나온 에세이집 『가난의 신-아쿠타가와상 작가 곤궁 생활기(貧乏の神 芥川賞作家困窮生活記)』(2015)에서는 한때 1억 엔(円) 이상의 연 수입을 올리며 부유한 생활을 영위한 아쿠타가와상 수상자인 자신이 『쓰쿠루(創)』라는 잡지를 출판하고 있는 동명의 출판사와 인세 지불 문제를 놓고 갈등을 겪은 일의 전말을 비롯해, 공공요금도 내지 못할 정도로 가난한 생활을 하고 있는 현실을 적나라하게 보여주었다. 문학상 수상 작가의 수입이 감소하는 현상은 오늘날 전반적으로 문학이 퇴조하고 있는 현실을 새삼 느끼게 하는데, 유미리의 어조는 문학 일반의 문제보다 재일코리안인 자신이 마이너리티로서 곤경에 처해 있는 상황에 초점을 맞춰 문제점을 토로하고 있는 것이 특징이다.

이상에서 살펴본 바와 같이, 사소설 작가로 알려져 있을 정도로 유미리는 데뷔작부터 자신의 삶을 그대로 적나라하게 드러낸 개인 이야기가 많은데, 점차 '재일'로서의 삶을 돌아보고 한국과 북한을 방문하며 '조국'에 대하여 생각하고, 현대일본사회의 문제점을 천황제라는 일본사회의 근원적인 지점에서 비판하였다. 유미리는 작품을 내놓을 때마다 일본사회에 화제를 불러일으켰고, 한국에서도 재일문학을 대중적으로 알린 공적이 크다. 유미리의 격렬하고 치열한 삶의 이야기는 현재도 진행 중이다.

3. 재일하는 존재의 근원을 찾아서

자기 존재에 대한 물음은 재일코리안이라면 누구나 맞닥뜨리는 문제일 것이다. 그런데 자기 존재의 기원을 언어와 문화를 통해 천착하고 현재 재일(在日)하는 삶 속에서 그 의미를 찾아가는 문학이 특히 현대 여성작가에게 나타나고 있는 점은 흥미롭다. 앞에서 살펴본 이양지처럼 조국의 말을 배우기 위하여 한국에 유학을 오는 사람도 있고, 부모와 조상의 루트를 찾아 올라가는 사람도 있다. 재일하는 자기 존재의 근원과 역사성을 탐색하는 이야기가 특히 현대 여성문학에 많이 보이는 이유는 무엇일까?

재일의 근원에 대한 탐색은 반드시 회귀할 곳을 찾아가는 조국 지향의 이야기로 수렴되지 않는다. 오히려 현재의 재일의 삶을 긍정하고 의미를 발견해가는 과정일 것이다. 현대 재일여성문학에서 보이는 언어와 문화에 대한 관심은 근원적이면서 현재적이며, 일본 사회와 한반도를 잇는 소통의 길을 찾고 있다. 언어와 문화야말로 자기 존재의 근원적인 물음에 맞닿아 있는 인식의 원천이기 때문이다.

재일 여성의 주체적인 자기 서사는 재일의 존재와 의미를 새롭게 조명하고 있다. 종래 재일코리안 문학에서 여성이 중심적으로 그려진 작품이 일본과 한국에서 공감을 만들어내며 재일여성의 모성, 전통성, 생활력 등이 재일의 일상성과 공동체성으로 연결되어 논의되었다. 이회성의 『다듬이질하는 여인』(1971)이나 원수일의 『이카이노 이야기』(1987) 등이 그 대표적인 예일 것이다.

남성작가뿐만 아니라 이양지나 사기사와 메구무 같은 여성의 작품에 특히 재일의 개별성 문제나 일상성이 내면으로 침잠해 들어가지 않고 언어와 문화의 심급으로 이어지며 재일 문학의 깊이를 더하는 것을 볼 수 있다.

사기사와 메구무(鷺沢萠, 1968~2004)는 재일코리안 3세로, 18세 때 「강가의 길(川べりの道)」로 문학계 신인상을 수상하면서 문단에 알려졌다. 23세 때 쓴 「달리는 소년(駆ける少年)」의 자료를 수집하던 중에 자신의 할머니가 한국인이며 자신의 몸에 한국인의 피가 흐르고 있음을 안 사기사와 메구무는 「진짜 여름(ほんとうの夏)」(1992) 속에서 도시유키라는 일본식 통명(通名)의 남자 대

학생을 주인공으로 등장시켜 아이덴티티에 대한 물음을 제기하였다.

평소의 생활 속에서는 별 차이 없이 살아가는데, 어느 순간 자신이 재일코리안이라는 사실을 지금껏 몰랐던 일본인에게 밝혀야 하는 경우가 생기면 맥박이 빨라지면서 긴장하는 작중인물의 모습을 통해 자이니치라는 정체성의 문제를 젊은 세대의 감각으로 그리고 있는 작품이다.

▶ 사기사와 메구무, 「진짜 여름」(1992)

몇 년 전에 외국인등록증 모양이 바뀌었다. 그때까지는 중학교 학생수첩을 조금 얇게 만든 듯한 꼴사나운 모양이었지만, 그것이 비닐로 코팅된 신분증 같은 것으로 바뀐 것이다.

그 무렵에 이미 친척한테서 외국인등록증을 휴대하지 않았을 경우에 관하여 불쾌한 이야기를 여러 번 들었던 도시유키는 "이제는 갖고 다니기 쉬워졌다"고 꽤나 기뻐했던 것을 기억하고 있다. 물론 일단 휴대가 의무화되어 있었던 수첩 같은 등록증을 항상 몸에 지니고 다닌 것은 아니다. 그냥 길을 걷고 있다가 느닷없이 등록증 제시를 요구받는 일은 없다. 그런데 도시유키가 등록증을 항상 지니고 다니게 된 것은 운전면허를 딴 뒤였다.

면허를 따기 위해 자동차학원에 다닐 때에도 도시유키는 일부러 학교 친구들이 아무도 다니지 않는 요코하마의 학원을 선택했다. 누나들이 그 학원을 다녔기 때문이기도 하지만, 역시 마음속 어딘가에서 아무하고도 '우연히 만나고' 싶지 않다는 생각이 숨어 있었는지 모른다. (중략)

같은 반 아이들은 끼리끼리 모여 같은 학원에 다니기도 했지만, 도시유키는 그와는 정반대로 한 셈이다. 학원 신청 서류에 호적상의 이름이 필요하기 때문이다.

재일코리안은 1947년에 제정된 '외국인등록령'에 따라 외국인등록증을 상시 휴대·제시해야 하는 의무가 있었고, 이에 불응할 경우에는 체포되기도 하였다. 여기에 1955년부터는 지문날인제도까지 더해져 외국인 차별 논란이 일어, 1992년에 법이 개정되어 특별영주자에 한하여 처벌이 완화되기는 했지만 형태를 바꾸어 유지되었는데, 재일코리안이 계속 거부운동을 벌여 2000년에 지문날인제도가 전면 폐지되었다. 그리고 2012년 7월부터 외국인등록증도 폐지되었고, 현재 일본에 거주하는 외국인은 '재류카드'(특별영주자는 '특별영주자 증명서')를 발급받고, 그 내용이 주민기본대장에 기재되는 형태로 바뀌었다. 위의 「진짜 여름」에 나오는 '외국인등록증'은 아직 폐지되기 전의 상황을 보여주고 있다.

앞의 인용에 나오는 '호적상의 이름', 즉 본명은 이른바 '통명(通名)'과 대비되는 것으로, 일본에 살고 있지만 자신의 뿌리가 한반도에 있다는 것을 드러내는 의미를 갖는다. 그래서 '민족명'이라고 부르기도 한다. 이에 비해 '통명'은 재일코리안이 본명 외에 갖고 있는 일본식 이름을 가리킨다. 일제강점기에 조선총독부가 조선식 성(姓)을 없애기 위하여 실시한 창씨개명(創氏改名)은 해방 후에 무효가 되었는데, 재일코리안 중에 일본식 이름을 계속 쓰거나 해방 이후에 오히려 새로 만들어 쓰는 경우가 생겼다. 일본인에게 받는 차별에서 벗어나려고 학교나 직장에서 통명을 쓰고 있기 때문이다. 그러나 운전면허증 같은 공적인 서류는 기본적으로 본명을 써야 하기 때문에, 특히 일제강점기 이래 일본에 거주하고 있는 특별영주자(old comer)는 본명(민족명)과 통명(일본명)의 두 개의 이름을 같이 쓰는 경우가 많다. 재일코리안 2세 강상중(姜尙中) 도쿄대학 명예교수는 나가노 데쓰오(永野鉄

男)라는 통명을 쓰다가 와세다(早稲田)대학 재학 중에 자신의 정체성을 고민하면서 일본명을 버리고 현재의 본명을 쓰기 시작했는데, 이러한 경우도 많이 있다. 물론, 특별영주자와 다르게 최근에 일본으로 건너가 살고 있는 뉴커머(new comer)에게 이러한 이름을 둘러싼 문제는 거의 없다. '통명'은 일제 식민지배에서 이어진 배제와 차별의 역사가 만들어낸 제도라고 할 수 있다.

「진짜 여름」 외에도 사기사와 메구무는 연세대학교 어학당에서 단기유학을 마치고 쓴 『개나리도 꽃, 벚꽃도 꽃(ケナリも花、サクラも花)』(1994)을 발표하고, 자신을 쿼터라고 자칭하며 재일하는 존재의 근원에 대하여 생각하였다. 이어서 『그대는 이 나라를 좋아하는가(君はこの国を好きか)』(1997)를 통해 재일코리안으로서의 자신의 정체성을 되묻고 고뇌하던 사기사와 메구무는 2004년에 자택에서 자살하는 것으로 생을 마감하였다. 사기사와가 쓴 작품에는 매우 경쾌하고 유머러스한 에세이 풍의 젊은 감각을 그린 짧은 단편도 다수 있다.

▶ 사기사와 메구무, 「제주의 추억」(1991)

작년 한국여행에서 내가 가장 기대했던 것은 치마저고리를 구입하는 것이었다. 그래서 나는 서귀포 시내에 있는 백화점을 찾아가 보았지만 그곳에는 원하던 것이 없었다. 일본에서 말하는 '포목점' 같은 곳에 가지 않으면 살 수 없는 건가 생각하며 시장 통을 걷던 내 눈에 바로 그 치마저고리를 입은 마네킹 인형 모습이 뛰어 들어온 것이었다.

그곳은 이불가게와 포목점을 합친 것 같은 조그마한 가게였다. 나는 곧바로 그 가게에 들어가 "치마저고리 주세요."라고 말했다. 그 당시의 내 한국어 실력으로도 그 정도 말은 할 수 있었다.

그러자 가게 아주머니는 생글생글 웃으며 옷감을 잔뜩 꺼내 와서 "치마는 무슨 색, 저고리는 무슨 색으로 할래요?" 라는 듯한 말을 물어 왔다. 나는 그 시점에서 이미 좀 당황하기 시작했다. 맞춤 제작이 제일 좋겠지만 나는 그 다음 날 오전 비행기로 서울로 떠나기로 되어 있어 맞춤 치마저고리가 완성되는 것을 기다리고 있을 시간은 도저히 없었다.

"저어, 그러니까……"

우물우물 말하다가 번뜩 떠올랐다. 그래, 이럴 때야말로 필담이야.

그래서 나는 메모용지와 볼펜을 빌려 '旣製服'이라는 세 글자를 썼다. 이걸로 통할 거라고 확신하고 있었는데 아닌 게 아니라 아주머니는 메모용지를 뚫어지게 쳐다보면서 고개를 갸웃거리는 것이었다.

자, 그 다음부터가 대소동이었다. 나는 모든 수단을 강구해서 의사소통을 꾀했다. 마네킹이 입고 있는 치마저고리를 손가락으로 가리키며 "저런 거, 저런 것" 하며 혓소리마냥 중얼거리자 아주머니는 안색이 확 밝아지면서 "알았다, 알았어."라고 고개를 끄덕이며 이번에는 녹색 옷감을 산처럼 꺼내오는 것이었다. 마네킹이 녹색 치마저고리를 입고 있었기 때문이었다.

"아니에요, 아니에요. '아뇨'입니다. 색상이 아니라……"

의사소통은 좀처럼 이루어지지 않았다. 나는 머리를 쥐어 싸고 그 맞은편에서 아주머니도 머리를 싸쥐고 고민했다. 당사자들은 진지해서 몰랐지만 그 모습을 옆에서 쳐다보면 아주 재미있었던 모양이었다.

"뭔 일이 일어났어!" 하며 이웃 사람들이 구경하러 모이기 시작했다.

아주머니가 참을 수 없다는 듯이 웃기 시작했다. 나도 따라서 큰소리로 웃고 말았다.

후카자와 우시오(深澤潮, 1966~)의 장편소설 『소중한 아버지에게(ひとかどの父へ)』(朝日新聞出版, 2015) 역시 한국인 아버지와 일본인 어머니를 부모로 둔 가정환경에서 자란 도모미(朋美)가 어느 날 자신의 출생에 대한 사실을 알게 되면서 부모가 걸어온 인생을 조부모 대로 거슬러 올라가 찾아보는 이야기이다.

후카자와 우시오는 앞서 살펴본 유미리의 작품처럼 조부모 세대부터 손자 세대까지 이어지면서 일제강점기와 전후 일본을 살아온 재일의 삶을 그렸다. 『소중한 아버지에게』는 기억의 회로를 세 시기로 나누어 왕복운동을 하는 가운데 현재의 손자와 과거의 조부모가 연결되는 구조이다.

소설 목차에 각 장의 중심인물과 시대를 명시하고 있다. 즉, 프롤로그(朋美 2014년), 제1장(朋美 1990년), 제2장(幸子 1977년), 제3장(朋美 1990년), 제4장(清子 1964년), 제5장(朋美 1992년), 에필로그(朋美 2014년)와 같은 구성이다. 목차 구성에는 나오지 않지만, 도모미의 딸인 유메나(夢菜)가 이 소설에서 하는 역할은 중요하다. 1960~70년대는 도모미의 조부모와 부모 세대의 이야기이고, 1990년대는 도모미와 부모 세대의 이야기, 그리고 2014년 현재는 조부모에서 손자로 이어지는 세 세대가 대화를 나누는 시간이다. 유메나의 시점에서 보면, 4세대에 걸친 장대한 서사인 셈이다.

이야기는 도모미가 어머니 기요코와 딸 유메나와 함께 경복궁 관광을 온 장면에서 시작된다. 도모미는 기고가로 일하면서 취재차 1992년에 한국을 처음 방문한 이후 한류 붐을 타면서 한국을 빈번히 다녀갔다. 기요코는 일흔을 넘긴 나이로, 실업가로 성공했다. 유메나는 K-POP에 빠져 있고, 독학으로 공부한 한국어를 써보고 싶어 하는 중학생이다. 도모미의 아버지는 도모미가 8세 때 행방불명이 된 채 소식을 알 수 없는데, 기요코가 정계 활동을 시작한 것이 계기가 되어 '하마다 기요코가 미혼모로 외동딸의 아버지는 북한 공작원이 아닐까 하는 사실이 폭로되었다'는 기사가 잡지에 실렸다. 이 기사를 본 도모미는 다음과 같이 생각한다.

▶ **후카자와 우시오, 『소중한 아버지에게』(2015)**

도모미는 갑자기 상세히 알려진 자신의 출생을 어떻게 이해해야 좋을지 몰랐다.

도대체 어떻게 된 것일까.

도모미가 8살 때 행방불명이 된 아버지는 훌륭한 인물이 아니었던가.

눈앞이 흐릿하게 보였다. 생각하는 것이 냉정하게 되지 않았다.

거짓말이겠지.

소리로 내서 의식을 무리하게 되돌렸다.

이런 중요한 일을 얄팍한 종잇장을 통해 알게 되다니.

어머니는 어째서 직접 말해주지 않은 것일까. 분명 기사는 사전에 들었을 텐데.

혹시 자신이 조선인의 아이일까 하는 생각이 들자, 불안한 기분과 어머니에 대한 분노의 감정이 동시에 일어났다.

아니, 그렇지 않아. 불안이 아니라, 거절. 분노라기보다, 낙담. 낙담보다도, 혐오. 두셋의 단어로는 표현할 수 없는 뒤틀리고 복잡한 감정이 소용돌이쳤다.

앞의 인용에서 보듯이, 자신이 조선인의 혈통을 이어받았다는 생각이 들자 기분이 안정되지 않고 뒤틀리며 복잡한 심경이 되는 도모미의 내면이 잘 표현되어 있다. 이러한 감정을 느낀 도모미는 곧 자신의 몸에 흐르는 피에 대한 원망스러움으로 금방이라도 폭발할 것 같은 감정을 느끼며 어찌할 바를 모른다. 도모미는 알맹이는 없고 텅 빈 자신의 마음을 메우고 싶다는 생각을 한다. 그러던 중에 딸을 걱정하면서 어머니에게 남긴 아버지의 편지와 한국 전통의상을 입은 어머니와 아버지의 결혼식 사진을 보고 자신이 모르는 이야기가 담겨있을지도 모른다는 생각에 행방불명된 아버지 찾기에 나선다.

아버지의 행적을 추적하는 과정에서 도모미는 자신의 아버지가 경상남도 출신으로 해방 이후에 미군정을 비판하며 활동하다 일본으로 밀항해서 어머니인 기요코를 만나게 된 사실을 알게 된다. 기요코는 부모의 반대를 무릅쓰고 가출해 도모미를 낳은 것이다. 한국 정부의 혼란과 숨어 살아야 하는 밀항자였기 때문에 자신의 존재를 딸인 도모미에게 드러내는 것조차 조심한 아버지는 다른 사람의 이름으로 오사카(大阪)의 재일코리안 집단 주거지에 살고 있었다. 도모미는 아버지를 본 순간 부녀지간을 느끼지만, 이내 자신을 드러내지 않고 헤어진다. 에필로그에서 도모미는 기요코에게 아버지를 만난 사실을 이야기하며 그동안 어머니와의 사이에서 느낀 갈등을 풀며 소설은 끝난다.

사기사와 메구무나 후카자와 우시오의 작품에서 보듯이, 왜 재일의 뿌리찾기가 비교적 젊은 세대에서 나오고 있는 것일까? 식민과 분단의 유물이자 진행형으로 재일코리안 문학이 지나온 역사의 시간은 현재 새로운 세대를 맞이하고 있다. 식민과 분단을 당사자로 체험하지 않은 작중인물 유메나와 같은 젊은 세대의 출현이 바로 그것이다. 유메나가 어머니 도모미와 할머니 기요코를 통해 듣는 이야기, 나아가 기요코를 통해 듣는 증조부모의 이야기는 역사를 '기억'하는 시간이라고 할 수 있다. 유메나가 K-POP에 열중하며 할머니와 어머니가 전혀 한국 연예계의 최근 정보를 모르는 것을 보고 놀라는 장면이 나오는데, 이렇게 세대차이가 나는 가족이 조상에 대하여 이야기하고 현재 자신들의 루트를 이야기해가는 장면이 매우 인상적이다.

도모미 가족이 겪어 온 식민과 분단의 시대는 기요코와 도모미에게는 체험 당사자로서의 '역사'의 시간이지만, 유메나에게는 같은 형태로는 공유될 수 없다. 그렇기 때문에 소설의 앞과 뒤에 2014년 현재 시점의 프롤로그와 에필로그를 넣어 유메나를 작중에 등장시키고 있는 것은 매우 시사적이다. '기억'의 형

태로 재일코리안의 역사를 이야기해야 하는 시점에 와 있는 것을 보여주는 구성이다. 후카자와 우시오는 이러한 재일코리안의 '기억'의 장소를 『소중한 아버지에게』에 이어 『바다를 안고 달에 잠들다(海を抱いて月に眠る)』(2018)를 통해 현해탄을 건너 일본으로 간 아버지 이야기를 풀어내고 있다.

재일코리안 문학에서 '뿌리'에 대한 희구는 보통 1, 2세대의 테마였다. 이때의 '뿌리'는 '조국'을 의미하거나 정체성 갈등에서 비롯된 연원에 대한 탐색이 주를 이룬다. 후카자와 우시오의 소설에서 '뿌리'는 '기억'을 통해 거슬러 올라가 조우하는 공간이다. 조국을 떠나온 사람들의 조국 지향, 혹은 이들을 부모 세대로 두고 일본사회에서 나고 자라 생활하면서 개인적인 차원과 대(對) 사회적인 차원의 간극으로 겪는 정체성 갈등과는 다른 '뿌리' 찾기인 것이다. 재일을 기원을 이루는 당사자들의 체험이 3세대 이상을 지나온 시점에서 기억의 왕복을 통해 재현되는 공간을 후카자와 우시오의 작품세계에서 만나볼 수 있다.

제7장

재일문학의 경계를 사는 이야기

1. 국적을 무화시키는 가네시로 가즈키의 문학

가네시로 가즈키(金城一紀, 1968~)의 『GO』(2000)는 재일코리안과 일본인 사이의 연애를 그린 장편소설인데, '재일'을 둘러싼 재미있는 소재가 많이 들어 있다. 하와이에 가기 위해서 '조선 국적'을 한국 국적으로 바꾸는 화제로 이야기가 시작된다. 북한, 즉 조선민주주의인민공화국은 일본에서 정식 국가로 인정받지 못했기 때문에 '조선 국적'이라는 말은 사실상 성립하지 않고 무국적자로 취급받는데, 소설에서는 한국 국적의 '재일한국인'과 대비되는 개념으로 '조선 국적'과 '재일조선인'이라는 명칭을 사용하고 있다.

가네시로 가즈키는 마르크스주의자인 아버지의 영향으로 조총련계 초·중학교를 다니다, 고등학생 때 한국 국적을 취득하고 일본학교로 전학을 갔다. 인권변호사가 되려고 게이오(慶應)대학

법학부에 들어갔으나, 친구의 죽음을 계기로 작가가 되기로 결심하였다. 장편 『GO』는 대중문학에 주는 나오키상(直木賞)을 최연소로 수상하며 큰 화제를 모았고 영화로도 제작되었다. 젊은 세대의 경쾌한 감각으로 주로 무겁고 어두운 이미지가 많았던 재일문학의 분위기를 바꾸었다는 평가를 받고 있다.

소설 첫머리에 세익스피어의 『로미오와 줄리엣』에서 인용한 '이름이 뭐지? 장미라 부르는 꽃을 다른 이름으로 불러도 아름다운 그 향기는 변함이 없는 것을'이라는 구절이 작품의 메시지를 암시해준다. '재일조선인'이나 '재일한국인' 혹은 '일본인' 같은 인간을 규정하는 어떠한 틀에 얽매이지 않고 인간 본연의 삶을 추구해가려는 의지가 엿보인다.

주인공 스기하라(杉原)의 아버지는 일제강점기에 '일본인'으로 살다가 전후에 '재일조선인'으로, 그리고 다시 '재일한국인'으로 국적이 세 번 바뀌었다. 아버지는 '나'에게 "국적은 돈으로도 살 수 있는 거야"라고 농담처럼 말을 한다. 국적을 개인의 선택으로 바꿀 수 있다는 말은 사실 현실적으로는 그렇게 간단하지는 않지만, 국적문제를 가볍게 간주하는 모습을 보여줌으로써 단일한 국민국가 프레임에 균열을 일으키는 효과를 보여준다. 국적이라는 국가 간의 경계를 무화시킴으로써 새로운 정체성을 모색해가는 내용은 '한국문학'이나 '일본문학'과 다른 재일문학의 특징적인 모습이라고 할 수 있다.

한편, 일견 국적을 의미 없는 허상으로 생각하는 듯한 아버지에게 오히려 간단히 무화시켜버릴 수 없는 현실의 얽힌 문제가 있음을 스기하라는 눈치 챈다. 아버지가 솜씨 좋게 세 번째 국적을 취득했으면서도 전혀 기쁜 표정을 짓지 않는 모습을 본 스기하라는 다음과 같이 생각한다.

▶ 가네시로 가즈키, 『GO』(2000) ①

자, 이렇게 하여 꿈의 하와이로 날아가는 일만 남은 아버지였지만 마지막으로 처리해야 할 일이 하나 있었다. 북조선에 있는 친동생에게 트럭을 보내는 일이었다.

이쯤에서 다시 또 별볼일없는 설명을 해야겠다. 설명은 이제 마지막이다. 이 얘기도 어떻게든 재미있게 하고 싶은데 그럴 방법이 없다.

아버지에게는 어렸을 적 같이 일본으로 건너온 두 살 아래의 남동생이 있다. 그러니까 나의 삼촌이 되는 셈인데, 그 삼촌은 1950년대 말에 시작된 '귀국 운동'에 동참해 일본에서 북조선으로 건너갔다. 그 귀국 운동이란

> "북조선이 '지상의 낙원'이며 아주 멋진 곳이니, 일본에서 학대받는 '재일 조선인'들이여, 모두 함께 북조선에서 열심히 살아보자, 어서 오라."는 운동이었다. 애당초 '운동'이란 단어가 붙는 운동에 제대로 된 운동이 없었으니, 당시 재일 조선인들도 어슴푸레 그렇다는 것을 알고는 있었지만, 일본에서 차별받으며 가난하게 사느니 그나마 나을지도 모르겠다면서 너도나도 북조선으로 건너갔다. 그 사람들 중에 나의 삼촌도 끼어 있었던 것이다.

1959년부터 1984년까지 이어진 재일코리안 북한 '귀국사업'으로 스기하라의 삼촌이 북한으로 건너간 상황이 그려져 있다. '귀국사업'으로 북한으로 들어간 사람은 특히 조총련계 사람들이 많은데, 스기하라의 삼촌도 이러한 경우에 해당한다. 그런데 스기하라 가족은 이후에 국적을 한국으로 바꾸었기 때문에 결과적으로 조총련을 배신한 셈이 되었고, 이에 아버지는 북한에 있는 동생이 마음에 걸리는 데다 앞으로도 북한에 갈 가능성이 거의 없어져 만나기도 어려울 것이라는 생각에 트럭이라도 사 보내주려고 하는 모습이 그려져 있다.

스기하라는 "이것은 나의 연애에 관한 이야기"라고 전제하고 있지만, 북한으로 '귀국'한 삼촌이 있는 '나'의 가족 이야기로 읽으면, 재일조선인에서 재일한국인으로 국적을 변경하는 아버지의 이야기나, 조총련계 민족학교에서 일본인 학교로 옮긴 이후에 벌어지는 스기하라의 학교생활, 친구 정일이 일본 학생의 칼에 찔려 죽은 사건, 재일한국인 스기하라가 일본인 사쿠라이와 연애하는 과정에서 겪는 민족 차별 등의 갈등이 서로 얽히면서 재일을 살아가는 다양한 이야기를 들을 수 있다.

▶ 가네시로 가즈키, 『GO』(2000) ②

나?

이제야 겨우 내 얘기를 할 수 있게 되었다. 이 소설은 아버지도 아니고 어머니도 아닌, 나의 이야기이다.

나는 하와이에 가지 않았다.

왜냐고?

조선 국적을 지닌 부모 사이에서 태어난 나는, 알고 보니 조선 국적을 지닌 재일조선인이었고, 철이 들 무렵부터 하와이를 타락한 자본주의의 상징이라고 배웠고, 표지에 마르크스 레닌이니 트로츠키니 체 게바라니 하는 이름들이 적혀 있는 책에 에워싸여 자랐고, 또 알고

> 보니 학교는 조총련에서 운영하는 민족학교, 즉 '조선학교'에 다니고 있었고, 거기에서 미국이란 나라는 절대적인 적국이란 가르침을 받았다.
>
> 그렇다고 내가 뭐 공산주의 사상에 푹 젖어 있었던 것은 아니다. 북조선도 마르크스주의도 조총련도 조선학교도 미국도 내 알 바가 아니었다. 나는 선택의 여지가 없는 환경에 순응하며 그저 살아왔을 뿐이다. 그렇지만 뭐가 뭔지 정체를 알 수 없는 환경이었으니 당연히 속이 뒤틀린 불량소년으로 자라날 수밖에 없었다. 오히려 그렇게 되지 않는 편이 이상하다고 생각되지 않는가?
>
> 비뚤어진 성격에 삼삼한 불량소년으로 자란 나는 한국으로 국적을 바꿀 때도 반항했다. 딱히 뭐 국적을 바꾸는 데 거부감이 있었던 것은 아니지만 그만한 일을 가지고 나를 굽힐 마음은 추호도 없었다.

'나'로 나오는 스기하라의 내레이션은 전체적으로 경쾌한 리듬감을 주면서 일본이나 북한, 한국의 경계를 무화(無化)시키고 있다. 억압되고 배제된 재일코리안의 시원스러운 향연을 보는 듯하다. 『GO』가 대중문학에 수여되는 나오키상을 받을 수 있었던 것도 기존의 재일문학의 화법을 벗어난 표현에서 찾을 수 있다.

스기하라의 연애 이야기는 어떻게 되었을까? 스기하라는 일본인 여자친구 사쿠라이와 함께 '제국호텔'에 들어가 사랑을 나누려다 멈추고 자신이 일본인이 아니라는 사실을 털어놓는다.

▶ 가네시로 가즈키, 『GO』(2000) ③

나는 사쿠라이가 눈치 챌 정도로 깊은 숨을 쉬고 말했다

"난……, 나는 일본사람이 아니야."

"……무슨 뜻이야?"

사쿠라이가 물었다.

"말한 그대로야. 나의 국적은 일본이 아니야."

"……그럼, 어딘데?"

"한국"

사쿠라이는 내게로 뻗고 있던 두 다리를 윗몸으로 끌어당겨 접고는 무릎 앞으로 두 손을 깍지 끼고 앉았다. 사쿠라이의 몸이 아주 작게 느껴졌다. 나는 계속해서 말했다.

"하지만 중학교 2학년 때까지는 조선 국적이었어. 앞

으로 석 달 후에는 일본으로 되어 있을지도 모르고. 1년 후에는 미국으로 되어 있을지도 몰라. 죽을 때는 노르웨이일지도."

"무슨 말을 하는 거야?"

사쿠라이가 억양 없는 밋밋한 목소리로 물었다.

심장이 빠르게 고동치기 시작했다. 나는 다시 말을 이었다.

"그러니까 국적 따위 아무 의미도 없다는 소리지."

(중략)

"아빠가……, 어렸을 때부터 줄곧 아빠가 한국이나 중국 남자와 사귀면 절대로 안 된다고 그랬어……."

나는 그 말을 간신히 몸속으로 거둬들인 후 물었다.

"그렇게 말하는 데 무슨 이유라도 있는 거야?"

사쿠라이가 입을 다물어 버려서 내가 말을 이었다.

"옛날에 아버지가 한국이나 중국 사람한테 몹쓸 짓을 당했다든가, 그런 이유로? 하지만 만약 그렇다 해도, 몹쓸 짓을 한 건 내가 아냐. 독일 사람 모두가 유대인을 학살하지 않은 것처럼 말이야."

"그런 게 아니야."

사쿠라이는 기어들어가는 목소리로 말했다.

"그럼?"

"……아빠는 한국이나 중국 사람들은 피가 더럽다고 했어."

이러한 대화를 나눈 두 사람은 결국 결합되지 못하고 호텔을 나온다. 스기하라의 여자 친구는 이름이 '사쿠라이 쓰바키(櫻井椿)'인데, 벚꽃(櫻)과 동백꽃(椿)은 일본적인 분위기를 보여주는 소재이다. 즉, 전형적인 '일본인'을 나타내는 인물이다. 이러한 여자 친구와 재일코리안 스기하라의 사랑이 이루어지지 못하는데, 두 사람의 사랑이 거부되는 공간으로 '제국호텔'이 설정되어 있는 점이 매우 상징적이다. 여기에 사쿠라이가 "한국이나 중국 사람들은 피가 더럽다"고 한 아버지의 이야기를 들려준다. 일본 순혈주의를 주장하는 제국주의 이데올로기에 의해 재일코리안의 존재가 부정되고 멸시당하는 일본사회의 뿌리 깊은 차별문제를 지적한 대목이라고 할 수 있다. 소설의 후반에 스기하라와 사쿠라이의 연애가 수습되며 끝나지만, 경쾌한 감각과 가벼운 문체의 이면에 깊은 여운을 남기는 작품이다.

2. 민단과 조총련을 넘나드는 후카자와 우시오의 문학

최근에 재일문학은 세대가 거듭되면서 일제강점기에 일본으로 건너가 처음에 '조선적'으로 살다가, 이후 남북 분단의 갈등 속에서 '한국적'으로 바꾸어 살고 있는 재일(在日)의 의미를 현재를 살아가는 젊은 세대의 감각으로 그리는 문학이 나오고 있다.

후카자와 우시오(深沢潮)의 장편 『녹색과 적색(緑と赤)』(実業之日本社, 2015)은 한국 국적을 가진 재일코리안 4세 '지영(知英)'을 통해 재일코리안의 통시적인 흐름을 보여주고 있다. 제목의 '녹색'과 '적색'은 한국과 일본의 패스포트 색을 나타내는 것으로, 국적을 둘러싼 이야기가 펼쳐진다.

특정 집단에 대한 공개적 차별 및 혐오 발언을 뜻하는 헤이트 스피치(hate speech) 문제를 중심으로, 재일코리안이 일본 내에서 곤란을 겪고 있는 상황을 초점화하면서 일본인과 재일코리안, 그리고 재일코리안과 한국인 사이의 심리적 갈등을 작중인물들의 한일 간의 이동을 통해 그리고 있는 시공간이 매우 넓은 소설이다.

특히 흥미로운 것은, 6개의 장에 배치된 5명의 주요인물이 장의 제목에 각각 배치되어 이들의 시점을 따라 이야기가 연쇄되고 있는 점이다. 이들 5명은 전원이 서로 알고 지내는 사이가 아니라, 일부가 서로 연결되며 이야기가 전개되는 방식이다. 이야기의 전개는 주로 작중인물의 공간 이동을 따라 이루어진다. 작중인물의 동선을 따라 시점과 공간이 연쇄되고 한일 간에 왕복 이동이 이어지면서, 두셋이 한국에서 만나기도 하고 또 일본에서 만나기도 한다.

이중에서 주인공인 지영(知英)은 1장과 6장에 나오는데, 1장에서는 지영의 일본어 발음인 'Chie'로, 6장에서는 한국어 발음으로 'Jiyoung'으로 등장한다. 일본식 발음에서 한국식 발음으로 옮겨가는 모양새가 일견 재일코리안의 아이덴티티 찾기로 읽힐 수도 있는데, 꼭 그렇지는 않다.

지영 외에 일본인 친구 아즈사(梓), 원래 한국 국적이었는데 일본으로 귀화한 뒤 한국에 유학 간 류헤이(龍平, 나중에 지영의 남자친구가 됨), 그리고 한국 유학생 중민도 등장하여 한일 간의 문제나 재일코리안 문제를 다양한 각도에서 보여주고 있다.

보기에 따라서는 작중인물의 설정 및 관계나 소설의 공간 구성이 작위적이고 복잡해서 산만한 느낌마저 주는 것이 사실이다. 그런데 이들 인물들이 계속 이동하면서 연쇄되고, 처음과 끝이 'Chie'와 'Jiyoung'으로 이어져 있기 때문에 순환되는 구조이다.

지영을 둘러싼 주변 인물들의 관계 속에서 한국이나 일본 같은 국경을 뛰어넘는 이야기가 한일 간의 대중문화 화제를 통해 나오는 장면도 흥미롭다. 소설 속 등장인물들은 대부분 젊은 층으로, K-POP이나 J-POP 가수, 연예인 이야기가 많이 나온다. 일본으로 유학 온 중민의 경우, 부모는 미국 유학을 권했지만, 부모의 반대를 무릅쓰고 일본을 택한 이유에 대하여, 애니메이션이나 음식, 추리소설 같은 일본문화가 좋아서라고 말한다. 중민의 증조부모와 조부는 일제강점기에 일본에 살면서 심한 차별과 가난을 견뎌야 했기 때문에, 중민은 일본에 대한 좋지 않은 과거 이야기를 많이 듣고 자랐다. 그러나 서브컬처로 하나가 된 세계에서 중민이 일본을 바라보는 눈은 윗세대와 같을 수 없다. "실제의 인간이 아니라, 일본인의 이미지, 한국인의 이미지를 만들어서 무의미하게 싸우고 있다"고 앞 세대를 비판하며 중민은 일본 유학을 결정한다.

지영이 재일코리안으로서의 정체성 갈등을 심각하게 생각하지 않으려고 하는 데에는 이와 같은 주변의 분위기도 영향을 끼친다. 친구인 아즈사를 봐도 한류를 즐기고, 한국에 대하여 편견을 갖지 않는 모습을 보인다. 그러나 지영은 중민처럼 국적의 문제를 대수롭지 않게 받아들일 수만은 없다. 지영은 재일코리안이라는 이유로 예능계에서 좌절하고 자살하고 만 아버지 이야기를 어머니에게 듣고, 재일의 삶을 사는 자신이 한국인과 다른 입장에 놓여 있음을 깨닫는다.

▶ **후카자와 우시오, 『녹색과 적색』**(2015)

K-POP이나 한류가 널리 받아들여지고 있는 현재도 예능인이 재일코리안이라는 사실을 감추고 있는 경우가 많고, 인터넷 상에서 재일이라는 의혹이 불거지는 것만으로도 심한 비방과 중상을 받기 때문에 아버지가 데뷔하려던 시절에 (사무소에서 출신을-인용자 주)숨기라고 한 것도 지극히 당연한 일일 것이다. 한국 본국에서 오는 엔터테인먼트는 받아들여도, 일본에서 재일이 당당히 활약하는 것은 상당히 어렵다. K-POP이나 한류와 재

일은 전혀 별개의 문제이다.

일본인이 한국문화를 이웃나라의 문화로 즐기는 차원과, 동일한 일상의 공간에서 같이 살고 있는 재일코리안을 대하는 것을 전혀 다르다고 지영은 생각한다. 아무리 한류가 유행해도 그것이 곧 일본 사회에서 재일코리안을 받아들인다는 것을 의미하는 것은 아니기 때문이다. 지영은 그 이유를 재일코리안이라는 존재가 갖는 역사성에서 찾는다.

지영을 포함하여 대부분의 작중인물이 젊은 세대이고, 대중문화 이야기가 무성히 나오는 가운데 한국과 일본을 왕래하면서 다양한 시선의 교차를 보여주기 때문에, 이 소설은 국가 단위별 경계를 넘는 이야기로 읽을 수 있는 측면이 있다. 그러나 이러한 이동이 경계를 초월하는 이동만은 아니며, 특히 한일 간의 역사적인 문제가 해결되지 않는 한 재일코리안의 역사성은 소거될 수 없음을 지영의 생각을 통해 읽을 수 있다.

『녹색과 적색』이 주로 일본과 한국을 이동하는 '재일한국인'의 이야기라고 한다면, 일본과 북한과의 관계를 소설로 한 작품이 『한사랑 사랑하는 사람들』이다. 이 소설은 제11회 '여자에 의한 여자를 위한 R-18문학상(女による女のためのR-18文学賞)'을 수상한 「가나에 아줌마(金江のおばさん)」(2012)라는 단편에 5편의 단편을 덧붙여 장편으로 구성하여 펴낸 작품이다. 문고판으로 나왔을 때, 제목이 『인연을 맺는 사람(縁を結うひと)』(2016)으로 바뀌었다.

『한사랑 사랑하는 사람들』은 6개의 단편으로 구성되어 있는데, 각각의 단편이 한 사람을 매개로 어딘가에서 연결되어 있다. 이 소설의 출발점에 있는 '가나에 아줌마'가 바로 그 사람이다. 가나에 아줌마는 재일 2세 중매쟁이이다. 본명은 이복선(李福先)인데, 보통 후쿠(福)라고 불린다. 결혼 후에 남편의 성인 김(金)을 따르게 되어, 통명이 '가나에 후쿠(金江福)'가 되었다. 그녀는 자신의 통명이 '복을 이루어준다(福を叶える)'는 의미로 느껴져 중매쟁이 일을 천직으로 생각하며 살고 있다. 남편은 돈벌이가 거의 없이 조총련 조직에서 활동하고 있고, 딸은 일본인과 결혼해서 늙은 노부부 둘이 살고 있다. 중매쟁이 일은 30년 전에 조총련 부인회의 인맥을 살려 인연을 맺어준 일을 계기로 시작하게 되었는데, 중매 알선료와 성사 사례금, 인연을 맺어준 사람들의 가족행사에 의상이나 공간 대여에 관여하면서 받는 수익금 등으로 생활하고 있다.

후쿠에게는 고이치(光一)라는 아들이 한 명 있었는데, 조총련계의 학교를 나와 1972년에 이른바 '귀국사업'으로 북한으로 들어갔다. 이미 북한으로 간 사람들로부터 지상낙원으로 선전한 것과 다르게 힘든 이야기들이 조금씩 나오고 있었지만, 조총련 조직에서 활동하고 있는 남편의 사정으로 보내고 만 것을 후회하고 있다.

그로부터 40년이 지난 현재까지 후쿠는 고이치에게 송금을 계속 하고 있는데, 3년 전부터 고이치로부터 보내온 편지에 조금 이상한 느낌을 받는다. 답장이 늦어지는 경우도 있고, 가끔 보내주는 사진도 들어있지 않은 데다 필체도 달라진 것 같아서 후쿠는 더욱 불안해진다.

▶ **후카자와 우시오, 「가나에 아줌마」**(2012) ①

이전에는 사람들한테 받은 것을 포함해 많은 물품을 니가타(新潟) 경유로 만경봉호에 실어 보냈다. 그러나 제반 사정으로 그것도 어려워졌다.

지금은 현금만이 살 길이다.

고이치가 살아있기만 하면 된다.

작게 심호흡을 하고 눈을 감았다.

눈꺼풀 안쪽에 고이치가 손을 흔들던 모습이 비친다.

고이치를 태운 만경봉호가 언덕에서 멀어져 보이지 않았다.

위의 인용을 보면, 북한에 있는 아들을 그리워하는 후쿠의 심경이 잘 나타나 있다. 그런데 이 소설은 작중인물의 내면이나 근경을 그리고 있으면서도 서사가 내면으로 침잠해 들어가지 않고, 오히려 연쇄되며 확장되는 형태로 나타나고 있다는 점이 매우 흥미롭다. 이는 후쿠가 하는 '중매쟁이' 일과 관련이 있다.

후쿠는 조총련계의 재일조선인과 민단계의 재일한국인, 그리고 일본인의 경계를 두지 않고 사람들의 인연을 찾아 맺어주는 일을 하고 있기 때문에, 그녀로부터 사람들의 관계가 서로 얽히고 연쇄되고 확장되는 모습이 그려진다. 소설을 구성하는 6개의 단편 모두 '가나에 아줌마' 본인 이야기를 포함하여 민단계와 조총련계의 사람들이 관련되고, 또 재일사회와 일본, 한국, 그리고 북한을 연결 짓는 서사방식이다.

그리고 『한사랑 사랑하는 사람들』에는 후쿠의 경우 외에도 북한으로 귀국한 가족을 갖고 있는 이른바 '귀포'(귀국동포) 가족 이야기가 들어 있다. 바로 곁에 있던 친구가 알고 보니 재일코리안이라는 사실을 알게 되기도 하고, 국적을 바꾸어 귀화하는 문제부터 가족 구성원의 국적이 서로 달라서 겪는 갈등에 이르기까지 재일을 둘러싼 이야기가 매우 다양한 점이 특징이다.

재일코리안 중에 민단계인지 조총련계인지 따지며 혼인 상대를 물색하는 사람들에게 후쿠는 "우리는 일본에 있기 때문에 같은 나라 사람들이야. 조총련도 민단도 정말로 상관없다"고 조언하고, 모두 같은 나라 사람들이라고 타이르는 장면은 감동적이다. 아들이 북한에 있기 때문에 분단이 드리운 갈등을 어떻게든 극복해 보려는 후쿠의 눈물겨운 생활이 잘 그려져 있다. 아래의 장면은 후쿠가 조총련계의 결혼식 피로연에 초대받아 참석한 자리에서 느낀 복잡한 심경을 보여주고 있다.

▶ 후카자와 우시오, 「가나에 아줌마」(2012) ②

후쿠는 춤을 추며 생각했다.

민단도 조총련도 무엇도 상관없다. 한국이든 북한이든 뭐든 좋다. 목숨이 붙어 있는 한 동포의 인연을 계속 맺어갈 수밖에 없다. 그렇게 해서 고이치와의 인연을 어떻게든 이어가는 거다.

음악은 세 곡으로 끝났다.

"우리나라 만세!(우리조국, 만세!)"

누군가가 큰 소리로 외쳤다. 그러자 "만세!"의 대합창이 일었다.

부인들도 모두 양손을 들고 만세를 불렀다.

부인들과 손을 마주잡고 있던 후쿠도 그 손에 이끌려 자연스럽게 양손을 올리고 만세 자세가 되었다.

데쓰오(후쿠의 남편-인용자 주)를 보니 같은 테이블에 앉은 모두가 만세를 하고 있는데도, 데쓰오 혼자서 바닥을 보며 음식을 먹고 있었다. 후쿠는 데쓰오가 어떤 표정을 하고 있는지 알 수 없었다. 한복을 입은 여자들 사이에서 울컥 치밀어 오르는 감정을 억눌렀다.

"만세! 만세! 만세!"

다시 합창하는 만세 소리에 맞춰 부인들과 잡고 있던 양손이 또 한 번 위로 끌려 올라갔지만, 후쿠는 입을 다물고 소리를 내지 않았다.

후쿠는 양옆의 여자들 손에 이끌려 의미 없이 양팔을 위아래로 올렸다 내리고 있을 뿐이었다.

재일을 살고 있는 사람들에게 '조국'이란 과연 무엇인지 생각해보게 하는 장면이다. 동북아의 무책임한 국제정세에 내몰리고 국가와 민족으로부터 기만당한 채 이어져 온 북한 '귀국사업'의 희생양은 바로 이산(離散)의 삶을 살고 있는 '귀포' 가족이다. 후쿠의 심경이 착잡할 수밖에 없다.

한일 간의 역사문제나 북핵문제 등 동북아의 관계가 불안하고 유동적일수록 여기에 연동되어 살아가는 재일코리안의 삶은 복잡하고 힘겹다. 양영희 감독의 영화 제목처럼 '가족의 나라'로 관계가 서로 얽혀 있기 때문이다. 후쿠를 접점으로 같은 '재일'을 살지만 각자 다른 내력과 입장을 가진 다양한 사람들이 경계를 넘어 연결되고 확장되는 모습이 애틋하게 잘 그려져 있다.

후카자와 우시오의 작품세계가 사람들 사이의 관계 묘사가 특징적이라는 점은 「가나에 아줌마」로 '여자에 의한 여자를 위한 R-18문학상'을 수상했을 때 나온 평가이기도 하다. 선고위원인 쓰지무라 미즈키(辻村深月)는 "재일한국인 커뮤니티의 모습이 그려져 있는데 여기에 작자의 필치의 깊이가 느껴지는 것은 물론이고 '가나에 아줌마'의 눈을 통해 보는 사람과 사람의 관계, 생활감이나 돈에 대한 묘사 등, 일상의 리얼리티에 이끌렸다"고 평했고, 미우라 시온(三浦しをん)은 "절제된 필치 속에 소소한 유머와 사회에서 살아가는 인간의 고통이 느껴져 다 읽은 후에 한동안 여운이 남았다"고 하면서 '중매쟁이'라는 제재가 갖는 재미와 여기에 사회성이 얽혀 있는 모습을 평가했다. 이러한

평가는 「가나에 아줌마」에 대한 선평이면서, 후카자와 우시오의 작품세계 전반에 대하여 이야기할 수 있는 내용이다.

후카자와 우시오의 작품에는 재일 사회의 일상이 사람들 사이의 관계 속에서 담담하고 유머러스하게 그려져 있다. 그런데 후쿠, 즉 '가나에 아줌마'의 가족 이야기를 비롯하여 헤이트스피치나 행방불명된 아버지를 찾아가는 이야기에는 식민과 냉전으로 이어진 한일 간의 근현대사가 얽혀 있기 때문에 유머조차도 밝고 쾌활할 수 없는 음울한 냉소가 깃들어 있는 측면이 있다.

그러나 분명한 것은 삶의 희로애락을 통과해 상당한 수준의 문화와 여유가 있어야 나올 수 있는 것이 유머라는 사실이다. 민족이나 정체성 문제와 같은 전형적인 기존의 재일 서사와 비교해보면, 재일코리안 문학의 분위기와 문체에 다양한 변화가 일어나고 있음을 알 수 있다.

3. 최실과 양영희의 조선학교 이야기

2015년을 지나면서 '해방 70년'은 동시에 '분단 70년'과 '재일 70년'의 굴곡진 그림자를 드리우며 한반도와 일본을 둘러싸고 여전히 해결되지 않은 문제들을 노정했다. '전후 70년'을 맞이한 2015년에 일본에서는 러일전쟁이 식민 지배하에 있던 아시아에 용기를 주었다는 등의 일본의 근대에 대한 상찬과 평화에 대한 염원을 내각총리대신 담화(아베담화)로 발표했고, 12월에는 한일 외교장관 회담에서 '위안부 문제에 관한 최종 합의'를 발표하여 '위안부' 문제가 "최종적이고 불가역적으로" 해결되었다는 식의 논리를 펴는 등, 일본인 스스로 식민지배와 전쟁책임 문제를 정면으로 마주하는 논의를 찾아보기 힘들다. 일본은 70년이라는 시간이 무색할 정도로 전후에 전혀 변하지 않았을 뿐만 아니라, 오히려 역행하는 행보를 보이고 있다.

이러한 일본의 한가운데에서 재일문학은 차별과 생존의 위협을 느끼며 마이너리티로 살고 있는 사람들의 삶과 현안을 담아내 왔다. 일제강점기부터 이어져 온 한국인의 일본어문학이 해방 후에 재일문학으로 이어져 세대를 거듭하며 변화해 왔는데, 일본사회나 한일관계 속에서, 또 북일 관계에 연동되어 야기되는 갈등과 긴장감을 재일문학은 동시대적으로 표출해 왔다. 최실(崔實, 1985~)의 『지니의 퍼즐(ジニのパズル)』(『群像』, 2016.6)은 재일 70년의 현재적 문제를 총체적으로 드러낸 작품이라고 할 수 있다.

『지니의 퍼즐』은 제59회 '군조신인문학상'을 수상하며 일본문단에 화제를 불러일으켰다. 한국 국적의 '박지니(朴ジニ)'가 일본의 조선학교에 다니면서 겪는 일을 통해 성장해가는 모습을 그린 소설인데, 북한과 일본사회에 대한 비판적인 시선이 젊은 세대의 거침없는 표현과 감성으로 표출되어 있다.

일본사회가 표면적으로는 다문화사회를 표방하고 있지만 뿌리 깊은 차별과 폭력이 상존하는 현실은 사실 새삼스러운 문제가 아니다. 특히, 최근의 헤이트 스피치를 비롯하여 노골적인 극우주의와 '혐한(嫌韓)' 현상은 재일 사회의 생존을 위협할 정도로 극에 달해 있다.

그렇다면 왜 이 소설은 일본사회의 주목을 받은 것일까? 여기에는 고도경제성장기와 1990년대, 그리고 현재에 이르기까지 일본이 전후 70년을 지나는 동안 부침을 겪으며 첨예화된 북한 이슈가 관련되어 있다. 그리고 이러한 북일 간의 문제에 남북관계나 한일 간의 문제가 얽혀 있음은 말할 것도 없다. 『지니의 퍼즐』에서 북한 이슈가 드러내는 일본사회와 재일의 문제에 대하여 살펴보자.

『지니의 퍼즐』의 작중세계는 북한 문제를 바라보는 시좌(視座)를 상징적으로 보여준다. 재일코리안 '박지니'의 시선을 따라 2003년 미국 오리건주에서 이야기가 시작되어, 1998년 도쿄로 거슬러 올라가 5년 전의 중학생 때 있었던 일을 회상하고, 다시 현재의 미국으로 돌아와 이야기를 끝맺는 구조이다. 즉, 2003년의 미국에서 1998년의 일본 속 북한을 회상하는 형식이다.

소설의 현재 시점인 2003년과 지니가 겪은 일이 전개되는 1998년은 북한 핵문제를 둘러싼 논의에서 주목해야 할 중요한 해이다. 2003년 1월에 북한이 NPT(Nuclear Non-Proliferation Treaty, 핵확산금지조약)를 탈퇴하면서 북핵 문제를 둘러싸고 국제적인 위기가 고조되었다. 이는 바로 전해인 2002년에 조지 부시 미국 대통령이 북한을 '악의 축'으로 규정했고, 대북제재가 심해지던 직후에 나온 탈퇴 선언이었다.

일본에서는 2001년에 고이즈미 준이치로(小泉純一郎) 총리가 방북하여 '북일 평양 선언'을 발표한 이후, 특히 일본인 납치문제가 매스컴에 연일 오르내리면서 북한에 대한 비판적 여론이 들끓고, 이른바 '북한 때리기(北朝鮮バッシング)'가 맹렬해진 시기이다. 이러한 북한에 대한 일본의 부정적인 여론의 화살은 일본 내의 조총련과 조선학교로 돌려져, 조선학교 학생에 대한 폭언과 폭행사건이 연이어 일어났고, 문부과학성의 학교 정책에서도 조선학교는 지원을 받지 못하는 불리한 취급을 받아야 했다.

그렇다면 지니의 회상으로 전개되는 5년 전의 1998년 일본은 어떠한가? 주지하듯이, 1998년은 북한이 중거리 탄도미사일(대포동 미사일)을 발사한 해이다. 지니는 1998녀 4월에 이전에 다니던 일본학교에서 조선학교로 옮겨 중학교 생활을 시작한다. 지니가 입학한 학교는 도쿄의 주조(十条)에 있는 도쿄조선중고급학교(東京朝鮮中高級學校)로, 일본의 중학교·고등학교에 해당하는 교육을 행하고 있는 조총련계의 민족학교이다.

지니는 입학한 날부터 민족의상인 치마저고리를 입고 체육관에 김일성과 김정일의 초상화가 나란히 걸린 낯선 광경에 위화감을 느낀다. 교실에 걸린 김씨 일가의 초상화를 대할 때에도 마찬가지로 불쾌한 기분을 느끼며 더러운 걸레를 집어던지는 등의 가볍고 장난스러운 도발을 시도한다. 또, 학교에서 사용하는 '조선말'이 익숙하지 않아 소통에 불편을 느끼는데, 처음에는 해프닝으로 이야기되는 정도였다. 그런데 대포동 미사일 발사 사건이 일어나면서 상황은 급변한다.

미사일 발사사건으로 북한은 일본에 안보를 위협하는 존재로 여겨졌고, 이러한 악화된 일본 국내의 시선에 무방비하게 노출되어 있는 존재가 바로 조총련계의 힘없는 조선학교 학생들이다. 북한 이슈에서 조총련으로, 그리고 조선학교로 시선이 이동하는 과정은 일본에서 북한 문제가 연쇄되어 인식되는 모습을 보여준다.

혹시 있을지도 모를 일본인의 폭력을 피하기 위하여 눈에 띄는 치마저고리 대신에 체육복을 입고 등교하라는 비상연락이 돌았는데, 연락을 받지 못한 지니는 평소의 옷차림으로 등교하다 역 플랫폼과 전철 안에서 자신을 바라보는 주위의 곱지 않은 시선과 긴박한 분위기를 느끼며 패닉 상태에 빠진다.

일상의 공간이 위험한 장소가 되는 체험을 하면서, 지니는 학교에 걸린 김일성·김정일 부자(父子)의 초상화로 공격의 화살을 돌린다. 북한 권력자의 초상화는 곧 북한을 의미하는 상징으로,

이를 받드는 것은 자신이 북한에 연결되어 있다는 의식을 불러 일으키기 때문에 지니는 이를 끊어내려고 한다. 그래야 조선학교가 곧 북한이라는 일본사회의 인식이 달라질 것이고, 자신의 정체성도 북한과 분리될 수 있을 것으로 생각한 것이다. 급기야 방과 후에 일본인 남성에게 "조센징은 더러운 생물"이라는 폭언과 함께 성폭력을 당한 지니는 학교에 걸려 있는 김씨 일가의 초상화를 떼어내서 교실 베란다 밖으로 내동댕이치며 '혁명'을 일으킨다.

▶ **최실, 『지니의 퍼즐』**(2016)

나는 그렇게 말하며 단숨에 초상화를 내동댕이쳤다. 비명이 일었다. 초상화는 마침 교탁 모서리에 부딪혔다. 액자 유리가 깨지며 파편이 바닥으로 흩어졌다. 김정일은 드디어 맨살을 드러냈다. 뭐가 문제인지 알아냈다. 사진이 내게 속삭였다. 교실 출입문에는 사람이 잔뜩 모였다. 그들 모두 숨죽이고 있었다.

"무슨 소란이냐?" 로리콘 교사의 목소리가 들렸다. 시간이 없다.

"북조선은—" 내가 목소리를 높였다. "김씨 정권의

소유물이 아니다. 우리는 살인자의 학생들이 아니다. 초상화는 지금 이 순간부로 배제한다. 북조선 국기를 탈환하라!"

정신을 차려보니, 그렇게 외치고 있었다.

"지니, 너—"

로리콘 교사는 교탁 위에 선 나를 보자마자 난생 처음 보는 얼굴로 학생들을 밀치고 내게 달려왔다. 나는 교탁에서 뛰어 내렸다. 베란다로 나가려 했을 때— 충격음이 울려 퍼졌다. 대포동이라도 장착한 건가— 깜짝 놀라 뒤돌아보니, 로리콘 교사 다리가 책상에 매달린 가방에 걸리면서 책상이 쓰러지고 누군가의 교과서와 필통이 우르르 쏟아졌다. 그 뒤로 량 선생님도 쫓아왔다. 초조해진 나는 베란다 문을 힘껏 열어젖혔다. 문 유리가 깨질 정도로 큰 소리가 났다. 하지만 확인할 여유 따위 없었다. 4층에서 내려다보니 학생들은 이미 건물 안으로 이동한 듯했다. 밖에는 사람 그림자도 없다. 지금이 찬스다. 팔을 뒤로 크게 저어 두 개의 초상화를 냅다 밖으로 던졌다. 지면에서 완전히 붕괴하는 모습을 끝까지 지켜보기도 전에, 나는 로리콘 교사와 량 선생님에게 두 팔이 잡혀 질질 끌려 들어갔다.

조선학교에 걸린 김씨 일가의 초상화는 2000년대 초반에 대부분 철거되었고, 최근에는 재학생 수도 계속 감소하는 추세이다. 이제는 북한을 지상낙원으로 생각하는 사람도 없을 뿐만 아니라, 한국이나 일본 국적을 취득하는 재일코리안이 늘어나면서 조총련이나 민족학교에 대한 생각도 변하고 있는 것이 사실이다.

생각해볼 것은 조선학교에서 반(反) 북한 '혁명'을 일으키는 지니의 행동에 초점이 모아지며, 지니가 북한을 향하여 자신의 분노를 표출시키고, 정작 자신에게 성폭력을 행한 일본에 대해서는 두려워하면서도 대립하는 행동을 드러내지 않는다는 점이다. 지니에게 가해진 일본사회의 차별과 폭력 문제가 희석되어버린 데에 문제의 소지가 있다고 할 수 있다.

여기에 북한으로 귀국한 지니의 외할아버지가 보낸 편지가 삽입되는데, 북한의 비참한 현실을 짐작케 하는 내용이 적혀 있어 지니의 북한에 대한 비판적인 심경이 더욱 고조되는 효과를 준다. 일본사회에서 벌어지는 재일을 둘러싼 갈등이 곧바로 북한 문제로 치환되어 버리는 것이다. 그리고 일련의 사건이 끝난 후에 힘든 지니의 마음을 치유해주는 곳이 스테퍼니가 있는 미국으로 설정되어 있는 것도 생각해볼 점이다. 소설의 구조가 의도적인 설정이 아니라 하더라도 북한 문제를 바라보는 일본사회의 인식을 보여주는 측면이 있다.

지니는 일본, 조선학교, 그리고 북한을 모두 비판하고 있는데, 그중에서도 특히 북한에 대하여 비판적인 감정을 노골적으로 드러낸다. 일본사회의 북한에 대한 비판적인 인식이 조선학교를 거치면서 마치 조선학교가 리틀 북한처럼 그려지고 있는 것이다.

조선학교에 김일성 일가의 초상화가 걸려 있기는 하지만, 조선학교는 북한과는 엄연히 다르다. 물론 조선학교는 북한의 주체사상을 지도 이념으로 삼는 조총련 산하의 민족학교이기 때문에, 조선학교와 북한을 분리해서 생각하기 어려운 점이 있다. 그러나 조선학교의 역사적인 성립배경을 거슬러 올라가면 일제의 식민지배와 전후 일본사회의 차별 속에서 정체성을 지키며 민족교육을 해가려는 과정 속에서 생겼으며, 설립 직후부터 '한신교육투쟁(阪神教育闘争, 1948)'을 비롯하여 일본 정부의 차별과 탄압에 맞서 싸우면서 현재에 이르고 있다. 이와 같은 역사적 배경을 고려하지 않고 조선학교를 북한의 조직으로 간주하고 비판하는 것은 주의해야 한다.

최근에 재일코리안 영화감독 양영희가 『조선대학교 이야기(朝鮮大学校物語)』(2018)를 통해 조선학교를 실체적으로 보여주었다. 작중인물 미영이 기숙사에서 보내는 대학 생활을 하루 일과부터 어떤 책을 읽는지, 또 어떤 활동을 하는지에 이르기까지 구체적으로 보여주고 있다. "여기는 일본이 아닙니다! 조선대학교에서 생활하고 있는 여러분은 공화국에서, 즉 조선민주주의인민공화국에서 살고 있다고 자각하세요!"라는 말에 미영은 당황하며 반발한다. '귀국사업'으로 북한으로 떠난 언니네 가족을 찾아 북한을 방문하고 온 후에 미영은 자신의 의지와 생각을 갖고 주체적으로 살기 위해 조선대학교를 떠나 연극 활동을 하면서 소설이 끝을 맺는다.

▶ **양영희, 『조선대학교 이야기』**(2018)

"뜨뜻미지근한 말을 반복하고 있으면 시간이 아까우니까 확실히 해둡시다. 조선대학교는 민족교육의 최고 학부로, 총련 조직을 짊어지는 간부 양성기관입니다. 조직에 모든 것을 바치겠다는 충성심은 위대한 수령님과 친애하는 지도자 동지가 바라고 계시는 일입니다. 일체의 타협은 허락되지 않습니다. 자신이 어떠한 장소에 놓여 있는지를 자각하고 생활 속에서 '왜풍(倭風)', '양풍(洋風)'을 추방하려고 노력하세요. 앞으로 월말 총괄, 학기말 총괄 등에서 여러분의 진전을 검열하겠습니다. 그럼

나는 이것으로 실례하겠습니다."(중략)

"일본에 있으면서 일본문화나 구미의 영향을 받지 않고 사는 것이 가능할까요?"

미영의 목소리가 떨렸다.

"여기는 일본이 아닙니다. 조선대학교에서 생활하고 있는 여러분은 공화국에서, 즉 조선민주주의인민공화국에서 살고 있다고 자각하세요!"

목소리가 거칠어진 환기팬(작중인물의 별명-인용자 주)이 미영을 쏘아 보고, 미영은 혼란스러운 표정으로 그녀를 응시했다. 환기팬이 방에서 나갔다.

북한에서 살고 있다고? 무슨 말을 하고 있는 거야…… 무슨 의미야? 농담이겠지!

머릿속이 어질어질했다. 지금 들은 말이 귀에서 울리듯이 반복되며 전신을 엄습했다.

양영희의 『조선대학교 이야기』는 재일사회와 북한을 왕래하며 북일관계를 생각하고 재일코리안으로서 자신이 무엇을 해야 할 것인지 생각하는 내용으로, 북한에 대한 비판적인 생각이 현실적이고 주체적인 모습으로 그려진 작품이다. 앞에서 살펴본 최실의 『지니의 퍼즐』이 미국에서 재일 사회, 그리고 북한에 대한 비판적인 시각을 강하게 드러내며 재일사회를 조망하고 있는 관점과는 조금 다른데, 조총련계의 조선학교가 북한과 밀접하게 관련되어 있는 점을 비판적으로 바라보고 있는 시각은 공통적으로 보인다.

그러나 『지니의 퍼즐』 한국어 번역판(은행나무, 2018)의 「작품 해설」에서 리쓰메이칸(立命館)대학 문경수 교수가 말한 것처럼, 한국 사회에서 재일코리안의 역사와 현상, 그리고 조선학교의 성립과 교육 내용을 오해하거나 편견을 갖고 바라보는 시선이 적지 않은데, 긴 시간 동안 역경을 견뎌내며 민족혼을 계승하고 지켜온 사실을 기억해야 할 것이다.

제8장

현대 일본사회와 재일문학

1. 한국문학을 일본에 소개한 재일코리안

한국에 일본문학이 대거 몰려온 시기는 정치의 계절이 끝나고 거대 담론이 사라진 1980년대 말이다. 무라카미 하루키(村上春樹)를 비롯하여 개인의 감성에 호소하는 내용과 문체의 현대 일본문학이 밀고 들어와, 2010년에 정점을 찍고 이후 조금씩 감소하고 있는 추세이다. 그러나 한국문학이 일본에 진출하여 성공한 예가 드물기 때문에 한국과 일본 사이의 편향된 번역출판 문제는 여전히 심각하다.

이러한 문제가 어디에서 비롯된 것인지 거슬러 올라가면, 일제강점기를 거치면서 일제의 식민정책으로 식민지의 문학이 열등하게 축소된 데에서 원인을 찾을 수 있다. 그리고 이러한 경향은 해방된 이후나 한류 붐이 일었던 2000년대를 지나면서도 크게 달라지지 않았다. 최근에 페미니즘 열풍을 타고 조남주의 『82

년생 김지영』(민음사, 2016)이 일본에서 번역되어 화제를 모았는데, 매우 이례적인 경우이고 일본어로 출판되는 작품 자체가 소수이고, 발간이 되어도 화제가 되지 못하고 사라지는 경우가 대부분이다. 한국문학은 현재도 일본시장 진출에 어려움을 겪고 있는 실정이라고 할 수 있다.

재일코리안 문학이 일본에 뿌리를 내리는 것과 한국의 문학이 일본에 활발히 소개되는 것은 상보적인 관계에 있다. 현재의 편향된 구조를 개선하여 일본사회에서 한국인의 문학에 대한 인지도를 높이는 길을 어떻게 찾아야 할까? 한국문학을 일본사회에 소개해온 재일문학을 통해 이 문제의 해결점을 생각해보자.

해방 이후에 재일문학을 일선에서 이끌었던 김달수는 박원준과 공동으로 이기영의 『땅』을 번역하여 『소생하는 대지(蘇える大地)』(1951)를 출간하였다. 러시아 관련 서적을 많이 내온 나우카사(ナウカ社)에서 출판되었다. 김달수 외에도, 조기천의 시집 『백두산』을 번역하고(1952) 『조선시선(朝鮮詩選)』(1955)을 내놓은 허남기, 한설야의 『대동강』을 번역한(1955) 이은직 등이 있다. 조총련 조직과의 직접적인 관련은 보이지 않으나 『아리랑 노래(アリランの歌ごえ)』(1966)를 출판한 시인이자 화가인 오임준을 비롯하여, 일제 치하에서 저항적 자세를 견지한 시인들에 관한 평론을

많이 쓴 김학현 등의 활약도 보인다.

1960년대 후반 이후 점차 북한보다 한국의 문학을 번역 소개하고 연구하는 경향이 증가하면서, 한국문학에 관심을 갖는 일본인의 번역이 나오기 시작했다. '조선문학의 모임' 편역의 『현대조선문학선(現代朝鮮文學選) I』(1973)에는 남정현, 조정래, 최인훈, 박순녀, 김동리, 채만식, 황순원, 박태준, 박태원 등의 작품이 수록되었다. 이를 계기로 일본인에 의한 한국문학 번역 출판이 조금씩 나오고 있다.

전후 일본문단을 대표하는 여성 시인 이바라기 노리코(茨木のり子, 1926~2006)가 일본어로 번역하여 출간한 『한국현대시선(韓国現代詩選)』(1990)도 주목할 만하다. 강은교, 김지하, 홍윤숙, 조병화, 신경림 등의 한국현대시인의 작품을 번역하여 수록했는데, 이 시선집은 '요미우리문학상(読売文学賞)'을 수상하였다. 좋은 시는 그 언어를 사용하며 살아가는 민족의 감정과 이성의 결정체라고 「후기」에 적고 있다. 이바라기 노리코는 전후 일본사회의 역사적 무책임과 우경화를 비판하며, 기존의 어떠한 권위에도 기대지 않고 주체적으로 살아가겠다는 시를 발표하였다. 윤동주 시인을 좋아하고 한국의 역사나 문화에 대한 관심도 높아서 오십의 나이에 한글을 배우기 시작하여 번역시집을 낸 것이다.

이러한 가운데 한국문학을 일본사회에 중개하려는 재일코리안의 활동이 눈에 띄는데, 최근에 한국문학을 가장 활발히 번역해 일본에 소개한 사람은 재일코리안 2세 안우식(安宇植, 1932~2010)이다. 안우식은 1932년에 도쿄에서 태어나 조총련 조직에서 활동하면서 조선대학교에서 교편을 잡고 북한문학 번역에 힘썼다. 그러다 1970년대 이후 조직에서 이탈하면서 윤흥길, 이문열, 신경숙의 소설을 중심으로 한국문학의 번역과 연구에 힘썼다. 1982년에 윤흥길의 『에미』 번역으로 일본번역문화상을 수상했고, 잡지 『번역의 세계(翻訳の世界)』 한국어번역 콘테스트 출제 선고위원을 역임하였다. 1998년부터 2002년까지 오비린(桜美林)대학에서 국제학부 교수를 역임했고, 저서에 『천황제와 조선인(天皇制と朝鮮人)』(三一書房, 1977), 『김사량 평전(評伝 金史良)』(草風館, 1983)이 있다.

안우식의 주요 번역 작품으로 1983년부터 1986까지 4년에 걸쳐 번역한 박경리의 연작소설 『토지』(1-8), 장정일의 『아담이 눈뜰 때』(1992), 이문열의 『사람의 아들』(1996), 『황제를 위하여』(1996)가 있고, 하성난, 조경난, 송경아, 공지영, 김인숙, 김현경의 단편을 수록한 『현대한국여성작가 - 6 stories』(2002) 등이 있다.

이 외에도 신경숙의 『외딴방』(2005), 한일작가회의 행사 단편작품들을 번역한 『지금 우리 곁에 누가 있는 걸까요』(2007), 그리고 생애 마지막 번역작 『엄마를 부탁해(母をお願い)』(2011)가 있다. 안우식은 『엄마를 부탁해』의 발간을 보지 못하고, 2010년 12월에 작고하였다.

안우식이 번역한 『엄마를 부탁해』는 판매부수와 인지도 면에서 한국문학의 일본시장 진출에 돌파구가 된 사례로 꼽을 수 있다. 『엄마를 부탁해』는 일본어 번역에 앞서 미국에서 성공한 번역 사례로 화제가 되었다. 재미교포 김지영의 번역으로 미국의 현지 출판사 크노프(Knopf)에서 *Please Look After Mom*을 2011년 4월에 초판 10만부를 인쇄한 이후 6개월간 9쇄의 판매기록을 세우면서, 아마존닷컴이 선정한 문학 픽션 부문 '올해의 책 베스트10'에 선정될 정도로 호평을 받았다. 가독성을 살린 도착어권에 자연스러운 번역으로, 로렌스 베누티(Venuti, Lawrence)의 이른바 자국화(自國化, domestication) 전략에 성공한 사례로 꼽힌다. 문장의 길이를 짧게 하고 단락 나누기도 변화를 줬다. 시제도 현재에서 엄마에 대한 회상으로 스르륵 옮겨가는 장면이 기계적으로 과거시제로 처리됐다. 또 영어로 번역하기 어려운 한국 토착어나 감성적인 표현은 영어권 사람들에게 익숙한 표현으로 모두 변형시켜 영어권 독자가 쉽고 유창하게 읽을 수 있는 번역 방법을 취한 것이다. 이와 같이 『엄마를 부탁해』 영역본은 번역의 흔적이 없도록 자국화 번역을 취했기 때문에 영어권 독자들이 위화감 없이 한국문학을 읽을 수 있었고, 따라서 판매부수를 올리는 데 크게 성공했다고 할 수 있다.

『엄마를 부탁해』가 미국에서 성공한 것에 이어 일본에서도 번역 출판되었다. 2010년도 대산문화재단의 한국문학번역지원을 받아 안우식이 번역하여 슈에이샤(集英社)에서 문고본으로 출간되었다. 그런데 문고본은 어느 정도 판매 부수가 예상되는 작품에 단행본과 별도로 기획되는 것이 보통인데, 처음부터 문고본으로만 제작된 것은 판매액이 높지 않을 것으로 예상하고 출판비용을 아끼려는 공산이 크다. 그런데 출간된 지 2개월 만에 3쇄를 찍었다. 기존에 일본에서 한국문학작품이 판매된 상황을 감안하면 한국문학으로서는 화두에는 오른 셈이다.

안우식의 일본어 번역은 영역본과 다르게 시제의 변형이나 문장, 단락의 변화는 거의 보이지 않는다. 그런데 어휘의 번역이 독특하다. 예를 들어, '청국장'이나 '자치기', '숭늉'처럼 한국문화와 관련된 토착어나,'전쟁'이나 '산사람', '빨갱이'처럼 문맥을 알아야 해석 가능한 어휘는 한국어 발음으로 표기하고 인용자 주로 설명을 덧붙여 번역하였다. 이와 같은 안우식의 번역 스타일은 이른바 이국화(異國化, foreignization) 전략으로, 가독성은 떨어지지만 한국어와 한국문화를 소개하는 데 효과적이다. 이러한 이국화 번역 스타일은 일본이 한국과 인접해 있고 문화적으로 친숙하기 때문에 효과가 좋았을지도 모른다.

일본은 한국과 인접해 있고 그동안 한일국교정상화나 월드컵 공동주최 등 여러 형태로 한국과 교류를 해왔기 때문에 한국문화에 대하여 영어권 사람들보다는 익숙한 편이다. 따라서 일본인의 감성에 맞춘 자연스러운 번역보다는 조금 생경할지라도 이웃나라의 문화를 제대로 알고 접하도록 하는 방식이 더 효과적일 수 있다. 동일한 텍스트이지만 번역되는 지역이나 한국과의 관계, 상황에 맞춰 전략적으로 번역할 필요가 있다.

아직 미미하지만 『엄마를 부탁해』가 일본에서 거둔 성과는 일본에서 지금까지 한국문학이 번역 출간된 역사를 되짚어보면 특기할 만한 성과이다. 안우식의 번역은 일본과 다른 한국문화의 차이를 드러내면서도 일본인에게 공감을 이끌어냈다. 동화되기보다는 차이를 만들어가며 공존의 방식을 찾아온 재일코리안의 안목이 만들어낸 결과라고 할 수 있다.

번역은 자국문화에 이국문화가 들어와 조우하는 과정에서 표현의 전의(轉義)를 일으키고 다양한 층위로 의미를 새롭게 생성시키고 변전시킨다. 일본어로 번역된 한국문학, 문화 또한 변용될 수밖에 없다. 재일코리안에 의한 번역이 재미있는 점은 이러한 변용의 주체가 재일코리안이라는 사실이다.

재일코리안은 일본을 대상화하는 거리가 일본인과 다를 수밖에 없고, 물론 한국인의 입장과도 같을 수 없다. 그렇기 때문에 이들에 의한 한국문학 번역은 한국문학 자체라기보다 한국과 일본의 '사이'에서 나온 형태라고 할 수 있다. 또 다른 형태의 한국문학, 그것이 바로 재일코리안에 의한 한국문학 번역이라고 할 수 있다.

2. 일본의 대지진과 재일문학

대지진과 같은 재난은 기본적으로 자연재해라고 하는 천재(天災)의 성격이 강하지만, 동시에 인재(人災)의 문제점을 드러내 왔다. 인재라 함은 방재(防災)의 위기관리부터 지진이 발생했을 때의 피해에 대한 신속하고 정확한 대처, 소통과 의사결정의 사회적 신뢰, 치유와 부흥이라는 목적 하에 다양한 문제가 억압되고 은폐되는 현상에 이르기까지 여러 요소를 포괄하는 개념이다. 그렇기 때문에 대지진과 같은 재난은 사회적 문제로서 인식하고 대응할 필요가 있다.

근대 일본에서 일어난 대지진은 일본인뿐만 아니라 일제강점기 이래 일본에 거주하고 있는 조선인도 함께 겪어야 했기 때문에 한국과 일본 사이에서 갈등을 빚어 왔다. 더욱이 일제강점기에는 식민지의 조선인으로, 그리고 해방 이후에는 재일조선인으로서 마이너리티의 비대칭적 권력관계 속에 놓여 있는 사람들은 대지진과 같은 재난 상황에서 억압과 차별을 넘어 생명까지 위협받아 왔다. 1923년 간토대지진 때 자행된 조선인 대학살 사건은 이후에 일본에서 재난이 발생할 때마다 재일조선인에게 불안과 공포의 기억을 환기시키고 있다. 과거에 비하면 최근에는 상황이 나아졌다고 하지만, 지금도 일본에 재난이 발생하면 어김없이 나오는 문제가 '혐한(嫌韓)'이고 보면, 재난은 일본사회의 민낯을 드러내 온 것이 사실이며, 그렇기 때문에 한국인과 일본인의 연대가 더욱 요청된다고 할 수 있다.

현대에 들어와 재일코리안 인명피해가 가장 컸던 지진은 1995년 1월 17일에 고베(神戸) 시를 중심으로 간사이(関西) 지역에서 발생한 진도 7.3의 한신·아와지대지진(阪神·淡路大地震)이다. 총 6,434명의 인명 피해가 발생하였고, 30만 명 이상의 피난민이 생겼다. 이중에 외국인 사망자는 174명이 포함되어 있고, 재일코리안 사망자도 140명에 달한다. 고베를 중심으로 하는 효고(兵庫) 현은 재일코리안이 모여 살고 있는 지역이어서 큰 피해를 가져온 대지진이었다.

그런데 무엇보다도 사람들을 걱정시킨 것은 70년 전의 간토대지진 때처럼 조선인학살이 일어나지 않을까 하는 점이었다.

다행히 조선인 학살은 되풀이되지 않았고, 걱정은 기우로 끝났다. 한국이 식민지도 아니고, 일본인의 인권의식도 과거에 비하여 성장한 덕분일 것이다. 그러나 해결해야 할 과제는 남아 있다. 예를 들면, 구호활동에 자국민인 일본인의 생명을 우선시하고 외국인은 뒤로 밀려난 문제나, 재일코리안에 한정하지는 않았지만 '외국인 범죄'를 둘러싼 유언비어가 퍼져 외국인이 두려움과 불안감을 갖고 지내야 했던 일 등은 여전히 발생하였다.

한신·아와지대지진 때 진재(震災) 시집을 3권 펴낸 재일코리안 2세 노진용(盧進容, 1952~)의 작품을 통해 당시의 대지진에 노출된 재일코리안 문제에 대하여 생각해보자.

▶ **노진용, 「붉은 달**(赤い月)**」**(1995)

어찌 해볼 도리도 없이 그저 망연히
눈물 흐르는 대로 하늘을 우러르니
불타오르는 불꽃 앞으로
거기에 붉은 달

울부짖는 아버지와 어머니
딸 마흔을 넘어 처음 낳은 손녀

둘이 불꽃 속에 있다
내 동급생이 거기에 있다

무너져 내린 집 안에서
이제 갓 한 달이 된 목숨
내는 울음소리가 다했을 때
불꽃은 둘을 덮쳤다

아아 붉은 달
눈물이 말라버린 그녀의 눈동자인가
눈물 어린 아이의 눈동자인가
지금 울부짖고 있는 부모의 눈동자인가

이 광경을 보고
이국의 달도 충혈된 것인지
기분 때문이 아니다 결코
거기에 붉은 달

'붉은 달'은 지진으로 화염이 타오르고 있는 공간에서 올려다 본 달을 묘사한 것인데, 지진으로 가족과 주변 사람들을 잃은 슬

픔에 울어서 충혈된 눈으로 바라본 달을 형상화한 표현이다. 대지진으로 가족을 잃은 사람들 속에는 재일코리안도 포함되어 있다는 사실을 일본사회에 호소하고 있는 시이다. 노진용은 「무너진 벽(崩れた壁)」이라는 시에서 재난공동체를 살아가는 재일코리안과 일본인의 모습을 그리고 있다.

▶ **노진용, 「무너진 벽」**(1995)

언제부턴가
그 벽
마음의 벽
서로의 벽

그날에 무너진 벽
그날이 무너뜨린 벽
맥없이 무너진 벽
재일(在日)의 벽 / / (중략)

환영(幻影)이었을까
아지랑이였을까

사람들은 친절했다

아, 사람들은 따뜻했다

이것만은

이 벽만은

붕괴된 채로 좋다

무너진 채로 좋다

대지진을 같이 겪은 입장에서 일본인과의 사이에 놓여 있던 재일(在日)의 벽을 허물고 연대하여 재난을 극복해 가는 상황을 반기고 있다.

그런데 지진이 발생한 지 4년이 경과한 시점에서 펴낸 장편서사시 『소생기(蘇生紀)』(近代文芸社, 1999)에서 노진용은 이러한 풍경이 얼마 지나지 않아 변해버린 사실을 보여준다.

▶ **노진용, 『소생기』**(1999)

죽은 사람은 일본인만이 아니라고

울타리 밖으로 호소한 오십음 글자의 시

그 시로 오히려 용기를 얻으리라고는

그때는 꿈에도 몰랐다, 나도 누구도 // (중략)

이미 그때 내 마음 속의 울타리는
그날이 무너뜨려 주었다, 그 울타리를
멋지게 무너뜨려 주었다, 그 울타리를
아, 그런데 이것이 어찌된 일인가
그날 무너진 울타리를 넘어 왕래하던
그 사람들이 세우고 있다, 다시 그것을
안에서 밖에서 세우고 있다, 그 울타리를

하는 수 없다, 아직도 있는 거구나 차이가
안과 밖의 차이가 뿌리 깊게 남아있구나
언젠가 없어지겠지 그 차이
작용하고 있는 차별이, 반작용하고 있는 반발이

언젠가 오겠지 그날이
우리만이 아니라 재일하는 모든 사람들에게
울타리가 사라지고 당당히 가슴을 펴고 살아갈
집집에 민족의 표찰만이 빛나는 날이

노진용의 세 편의 시는 대지진 직후에 재난공동체를 함께 살아가는 재일코리안의 입장과 서로 고난을 극복해가는 과정을 통해 무너졌다고 믿었던 일본인과의 사이에 가로놓인 재일이라는 경계선이 여전히 남아있음을 안타까워하는 심경의 변화가 잘 나타나 있다. 재일코리안에게 대지진의 참화를 극복한다는 것은 지진으로 인한 직접적인 피해뿐만 아니라, 일본인과의 사이에 가로놓인 경계선을 뛰어 넘어야 하는 이중의 문제가 중첩되어 있음을 생각해보게 하는 시이다.

재난을 문학적으로 형상화한다는 것은 여러 의미가 있다. 기록으로서 가치도 있지만, 역사를 어떻게 기억해갈 것인가의 문제이기도 하다. 또 문학은 재난으로 상처 입은 마음을 치유하고 부흥을 노래하기도 한다. 그리고 안전한 공동체를 만들기 위하여 사회적 공감대를 이끌어 내는 데도 문학이 효과적으로 기능할 수 있다.

한신아와지대지진이 일어났을 때에 재일코리안이 현지에서 느낀 일본인과의 유대감은 비록 일시적인 부분도 있지만, 과거의 역사와 비교해보면 분명 달라졌다고 할 수 있다. 재난으로 목숨을 잃은 가족과 동포를 애도하고, 이웃 일본인과의 연대감을 노래한 노진용의 시는 재일코리안과 일본인에게 공명(共鳴)하는 호소력을 보여주고 있다.

한신아와지대지진에 이어 진도 9.0이라는 일본 관측사상 최대 규모의 대지진이 2011년 3월 11일에 도호쿠(東北)지방을 중심으로 발생하였다. 이와테(岩手) 현에서 이바라키(茨城) 현까지 광범위하게 지진이 발생하였고, 쓰나미에 이어 후쿠시마(福島) 원자력발전소 방사능 유출사태까지 발생하면서 천재와 인재가 섞인 거대복합재해로 기록되었다. 특히, 거대한 쓰나미가 일어 2011년 11월의 경시청 자료에 의하면, 사상자 15,838명, 행방불명자 3,647명, 합계 19,485명의 인명피해를 기록하였다. 미증유의 동일본대지진 피해는 9년이 지난 2020년 현재도 복구가 진행 중이며, 근린 국가에까지 방사능 오염을 비롯하여 여러 가지 문제를 일으키고 있다.

그동안 동일본대지진을 둘러싼 기록과 기억, 치유와 부흥, 그리고 안전한 공동체를 만들기 위하여 사회적인 공감을 끌어낼 수 있는 다양한 기획 및 출판이 이루어졌다. 김시종 시인은 2011년 지진 직후에 쓴 시부터 최근에 새로 쓴 시를 더해 재난시집 『등의 지도(背中の地図)』(河出書房新社, 2018)를 펴냈다. 보통 대지진의 피해나 참상을 기록하거나 상처를 치유하기 위한 출판물이라면 지진 발생 직후가 아니더라도 더 일찍 출판하는 것이 보통인데, 김시종은 7년의 시간이 지난 후에 재난시집을 펴내어 기억이 옅어지는 것을 경계하고 공동체 안전에 대한 경각심을 고취시켰다.

김시종의 재난시집 『등의 지도』에 수록된 시에는 지진 이후 사람들이 사라진 텅 빈 마을이나 주검의 침묵을 통해 지진의 피해를 묘사하는 내용이 많다. 특히, 당시의 원전 폭발사고를 떠올리며 현재 진행 중인 원전 재가동 문제에 대하여 비판적으로 이야기하는 내용이 눈에 띈다. 원폭으로 찾아온 전후 일본 문제까지 거슬러 올라가서 원자력에 대한 일본사회의 각성을 촉구하고 있는 시도 있다.

그중에서도 시집의 많은 부분을 차지하고 있는 것은 지진의 기억이 잊혀 가는 것에 대한 안타까운 심경을 표현한 내용이다. 시 속에 '뒤돌아본다(振り返る)'는 시어가 자주 나오는데, 쓸모없다고 버리고 난 후에 뒤돌아보지 않는 일상의 소소한 것들이 우리 주변에 얼마나 많은지 일깨우면서 대지진으로 잃어버린 것들을 상기시키고 있는 것이다. 서사(序詞)에서 "노아의 홍수를 생각하게 하는 동일본대지진의 땅 도호쿠·산리쿠(三陸) 해안은 일본열도의 형태를 만들고 있는 혼슈(本州)의 등에 해당하는 것처럼 나에게는 생각된다. 돌아봐도 자신에게는 보이지 않는 운명의

기호가 붙어 있는 것 같은 등이다"고 하면서 시집의 제명에 '등(背中)'을 쓴 이유를 설명하고 있다. '등'은 지진이 일어난 지역과 뒤돌아본다는 의미가 중첩된 비유 표현으로 생각할 수 있다.

▶ **김시종, 『등의 지도』(2018)**

결코 잡동사니가 아니다
그것은 흩어진 생활의 파편이다.
비틀어진 창틀에
들러붙은 신문지
거꾸로 파묻혀
비틀려 뜯긴 인형
찢긴 입에 꽂혀 불어온다
이 빠진 병에 부는 바람의 상흔

거짓은 여기에서 엉클어져 있다
마음으로 친밀하게 그리워하며
무엇부터 무엇을 어루만지고 있는 것일까
뼈마저 드러난 가옥의 지붕을 띄어 올리고
긴 밤이 하얘졌다
그래도 천외(天外)의 불은

둘러싸여 가라앉은 물 담 바닥에서

천 년 변함없는 파란 불꽃을 내뿜고 있다

그곳에는 아직 간 적도 없는데

왠지 큰 뭔가를 잊고 온 기분이 든다.

밤이라도 되면 열차는 분명 산리쿠 해안을 거꾸로 올라

무인역에도 벚꽃은 예년대로 흩날려

그곳에서도 또 나는

소박한 누군가를 버려둔 채 있다.

특정의 누군가가 아니라

분명하게는 구별할 수 없는 사람들인데

그래도 눈에 분명히 얼굴이 보인다.

동일본대지진 당시 쓰나미가 일었던 상황을 환기시키는 표현이다. 눈으로 보면서도 믿을 수 없는 현실이기에 '거짓'으로밖에 표현할 수 없고, 죽은 이에게 아무것도 해주지 못한 자책하는 심경을 표현하고 있다.

김시종이 쓰나미에 휩쓸려 죽은 사람에 대하여 애도하고 있는 것은 동일본대지진 피해자뿐만 아니라, 과거에 심해로 유실되어 희생된 우리 민족에 대한 애도의 마음도 포함되어 있다는 점을 주의해야 한다. 해방 직후에 조국으로 돌아가려고 집단으로 올라탄 배가 원인도 모른 채 폭침되어 많은 사람들이 심해로 유실되고 만 우키시마(浮島)호 사건이나, 제주도 4·3 사건 때 희생당한 사람들에 대한 기억이 오버랩되어 있다. 재일코리안이 역사적으로 겪어온 일들을 잊지 않고 기억하고 환기시키려는 노시인의 외침이 현대 일본사회의 재난문학으로 승화되었다고 할 수 있다.

3. 일본문학상과 재일코리안

일본에는 다양한 문학상이 있다. 많은 재일코리안 작가가 일본의 주요 문학상을 여러 차례 수상하여 일본사회에 재일문학의 인지도를 높이고, 한국에도 수상의 의미가 전해지고 있다. 재일코리안이 수상한 주요 문학상과 대표적인 작품에 대하여 살펴보자.

1) 아쿠타가와상

한국인으로서 최초로 일본문학상을 수상한 사람은 이회성이다. 1972년 상반기에 『다듬이질하는 여인』으로 아쿠타가와상을 수상했다. 아쿠타가와상은 일본에서 가장 영예로운 문학상으로, 신문이나 잡지 등의 매체에 발표된 순문학(순수문학)을 대상으로 무명이나 신진작가에게 수여하는 문학상이다. 문예춘추사의 일본문학진흥회에서 작품을 선별하고 심사를 통해 대상작을 선정하는 방식인데, 정식 명칭은 '아쿠타가와류노스케상(芥川竜之介賞)'이다.

아쿠타가와 류노스케는 일본 다이쇼(大正, 1912~1926) 시대를 대표하는 문학자로, 다이쇼 시대는 사회와 문화 등의 각 방면에서 민주적이고 자유로운 분위기가 형성되었고, 예술도 다양하게 발전해 다케히사 유메지(竹久夢二)와 같은 멀티아티스트도 나왔다. 이러한 시대에 순수하고 개성적인 자아를 연마하고 인간의 삶에 대한 사유를 깊게 하며 순문학을 추구한 아쿠타가와 류노스케의 작품성을 평가해, 1935년에 기쿠치 간(菊池寛)이 그의 이름을 따서 이 상을 제정한 것이다. 현대는 순문학과 대중문학의 경계를 명확히 구분 짓는 자체가 어렵지만, 일본문단에서는 여전히 순문학과 대중문학에 주어지는 상의 종류를 구분해 수여하고 있다. 아쿠타가와상 수상작을 따라가다 보면 각 시대의 사회적 이슈에 대한 일본인의 인식이나 가치관을 엿볼 수 있을 뿐만 아니라, 인간에 대한 사유와 예술에 대한 감성을 가늠해볼 수 있다. 수상자에 오에 겐자부로(大江健三郎)나 무라카미 류(村上龍), 가와카미 히로미(川上弘美)와 같이 현대 일본문학을 추동해온 쟁쟁한 작가의 이름이 줄지어 있는 것을 봐도 이 상의 가치를 짐작할 수 있는데, 이 상을 외국인으로서는 처음으로 재일코리안 이회성이 수상한 것이다.

이회성의 아쿠타가와상 수상을 계기로 이후 일본에서 재일코리안 문학의 입지를 확고히 했으며, 다른 국적의 외국인 수상자도 나오게 되었다. 또 오키나와처럼 일본 내 마이너리티로 있는 지역 사람의 수상도 활기를 띠었다.

재일코리안 문학은 이회성 이후에도 아쿠타가와상 수상작을 여러 차례 냈다. 1989년에 이양지가 『유희』로, 1997년에는 유미리가 『가족 시네마』로, 그리고 2000년에는 현월이 『그늘의 집(蔭の棲みか)』으로 각각 아쿠타가와상을 수상했다.

재일코리안 2세 현월(玄月, 1965~)은 재일코리안 최대의 집단 거주지인 오사카 이쿠노(生野) 구 출신이다. 현월은 『그늘의 집』에서 이곳을 배경으로 집단촌의 모습과 여기에 살고 있는 사람들의 삶을 그리고 있는데, 재일조선인뿐만 아니라 뉴커머 한국인과 불법 체류 중국인 노동자들을 등장시켜 일본사회의 암부를 드러냈다. 특히 전쟁 때 일본군으로 참전하여 오른팔을 잃은 75세 주인공 '서방'에 대한 묘사는 작품의 리얼리티를 더하고 있다. 서방의 삶과 집단촌에서의 공동생활, 그리고 그 속에서 일어나는 린치나 강간 등의 무거운 내용이 재일코리안의 삶을 현실적으로 보여주고 있다.

▶ **현월, 『그늘의 집』**(2000)

집단촌이 생긴 이래 그 무렵까지 삼십여 년 동안의 가난을 서방은 결코 잊은 적이 없었다. 서방의 아버지 세대 사람들은 광장 한쪽에 공동변소를 지을 때 바로 옆에다 울타리만 둘러쳐 돼지우리를 만들었다. 그것은 아버지들의 고향 제주도에서는 일반적인 방식이었다. 돼지들은 인분을 먹고 자란다. 물론 똥범벅이 되지만, 비가 씻어내릴 때까지 그대로 놔둔다. 돼지 분뇨는 보릿짚과 섞어 발효시켜 비료를 만들어 이웃 동네 농가에서 약간의 쌀이나 채소와 교환한다. 그러나 똥범벅 사육법이 과장 선전되어 근처 일본인들 중에 그들의 돼지고기를 사는 사람은 없었다. 불경기 탓에 막노동이나 행상도 어렵게 되자, 돼지고기는 있어도 쌀이나 된장은 살 수 없었다.

서방은 지금도 가끔씩 오랜 과거의 일상을 파헤칠 때가 있다. 살이 조금 붙어 있는 손바닥 크기의 돼지 껍질과, 돼지 껍질을 우려낸 국물에 무 이파리를 띄운 멀건 국으로 하루를 지낸 나날들, 무슨 생각을 하고 살았을까

하고. 그러나 허기가 져 현기증이 나도 성격상 단 일 초도 가만히 못 있던 소년 시절, 전쟁이 끝나고 상처가 아물어 집단촌으로 돌아와 천년이 하루같이 아무런 변화가 없는 모습을 보고 울던 그 무렵, 젖이 나오지도 않는 젖꼭지를 열심히 빠는 고이치를 흘낏 보고는 눈길을 돌릴 수밖에 없었던 가장 괴로웠던 시절, 이 모든 기억들이 깊은 초록빛 바다 속에서 눈부시게 흔들리는 파도 사이의 태양을 바라보는 듯한, 희망도 절망도 아닌 왠지 모를 그리움이 되어 뇌리에 떠올랐다.

2) 나오키상

나오키상은 아쿠타가와상과 더불어 일본의 2대 문학상으로 꼽히는 상이다. 나오키상은 대중문학에 수여되는 문학상으로, 정식 명칭은 나오키산쥬고상(直木三十五賞)이다. 아쿠타가와상이 주로 무명작가나 신진작가에게 주는 상인데 반해, 나오키상은 점차 중견작가도 포함해 수상 대상을 한정하지 않고 폭넓게 수여하고 있다. 문예춘추사의 사장인 기쿠치 간(菊池寬)이 친구 나오키 산쥬고를 기념해 아쿠타가와상과 마찬가지로 1935년에 제정한 이래 연 2회 같은 시기에 수상작을 발표하고 있다. 재일코리안 문학으로는 2000년에 가네시로 가즈키가 『GO』라는 작품으로 나오키상을 수상하였다.

3) 군조신인문학상

'군조신인문학상(群像新人文学賞)'은 고단샤(講談社)에서 간행하는 잡지 『군조』에서 신인공모로 순수문학에 주는 문학상이다. 이 상을 1969년에 이회성이 「또 다시 이 길」이라는 작품으로 수상하였고, 1985년에는 이기승(李起昇, 1952~)이 『제로한(ゼロハン)』으로 수상하였다. '제로한'은 배기량이 50cc인 오토바이를 가리키는 말로, 재일의 삶 속에서 받는 차별 때문에 폭주족이 된 젊은이들이 나온다. 한국을 방문한 재일 청년의 갈등과 고뇌를 통해 재일 3세대의 아이덴티티 문제를 그리고 있다. 그리고 2016년에 최실이 『지니의 퍼즐』로 수상했는데, 놀라운 신인의 출현을 알려 일본문단의 주목을 받았다.

▶ 이기승, 『제로한』(1985)

"세상에는 조국 같은 것이 없었다면 얼마나 행복할지 모른다고 생각하는 사람도 있어. 나한테 한국 따위는 아이를 내버려 두고 도망친 엄마 같은 거야. 엄마라고. 네, 그렇습니까? 하면서 해피엔딩이 가능할 거라고 생각해? 농담하지 마. 이 나라 사람들한테 한 대씩 때려달라는 말이 나오게 하고 싶을 정도야. 그렇게 해준다면 용서해주지. 그럼 인정해주겠어. 뭐가 자유고, 뭐가 통일이란 거야. 너희가 바보같이 어쩔 줄 모르고 있으니까 나라가 두 개로 갈라진 것 아냐? 내 알 바 아냐. 이런 조국이라면 없는 편이 나아. 도망간 엄마라면 죽었다고 하는 편이 행복하거든." (중략)

"일본에 있는 우리는 유령 같아. 일본인이 아니야. 그렇다고 한국인도 아니지. 실체가 없어. 입으로는 좋은 말 하지. 조국이 있다. 민족의 긍지를 가져라. 농담하지마. 우리는 일본에 살고 있어. 조국이나 민족이 밥을 먹여주는 것도 아니고."

4) 문예상

문예상(文芸賞)은 1962년에 가와데쇼보신샤(河出書房新社)에서 제정한 상으로, 미발표작을 대상으로 신인의 등용문으로 자리매김하고 있는 문학상이다. 1966년에 김학영(金鶴泳, 1938~1985)이 「얼어붙은 입(凍える口)」(『文藝』, 1966.11)으로 수상하였고, 2014년에는 이용덕(李龍徳, 1976~)이 「죽고 싶어지면 전화해(死にたくなったら電話して)」(『文藝』, 2014년 겨울호)라는 작품으로 문예상을 수상하였다.

김학영은 재일코리안 2세로, 심한 말더듬이로 태어나 콤플렉스와 아버지의 가정폭력, 북한으로 귀국한 누나들 문제 등, 평생을 고통과 불우한 환경 속에서 살다 46세에 자살하였다. 김학영은 자전적 소설 「얼어붙은 입」에서 개인의 내밀한 상처와 타인의 고통을 이해하는 것의 어려움을 토로하며 재일코리안의 실존 문제를 심도 있게 그려냈다 .

▶ 김학영, 「얼어붙은 입」(1966)

나는 무거운 기분으로 책에서 눈을 떼었다. 이것이 자신을 포함한 재일조선인이 놓여있는 현실이라고 새삼 느끼며 깊은 우울감에 빨려 들어갔다.

이것이 일본인의 조선인에 대한 '보상'인 것일까? 일찍이 조선의 농민으로부터 방대한 토지를 빼앗고 조선인 노동자를 일본인의 3분의 1 이하의 저임금으로 혹사시키고, 간토대지진 때는 6천 수백 명의 조선인을 학살하고, 또 태평양전쟁 중에는 조선국 내에서 4백만

명 남짓의 조선인을 징용하고, 7 2만 수천 명을 일본 '내지'로 강제연행하여 6만 명 이상의 사람들을 죽게 만들었다. 게다가 '동화정책'에 의해 조선인의 민족성을 말살하고 조선인을 비조선인화하여 제2의 일본인으로 만들어 일본의 길바닥에 내동댕이친 일본 국가권력이 조선인에 대하여 치르는 '보상'이 이것인가? — 조용하지만 뿌리 깊은 곳에서 솟구치는 분노가 점차 내 안에 가득 차올랐다. 달리는 차창 밖의 풍경도 허무하고, 눈앞에 있는 여자의 살빛이 아름다운 다리나 아주 살짝 들여다보이는 통통한 넓적다리도 단지 살덩이로 변하여, 바로 조금 전까지 내 안에 부풀어 올랐던 욕정도 어느새 차갑게 시들어 버렸다.

5) 이즈미교카문학상

사기사와 메구무는 「진짜 여름」으로 '이즈미교카문학상(泉鏡花文学賞)'을 수상하였다. '이즈미교카문학상'은 이즈미 교카(泉鏡花)라는 문학자 탄생 100년을 기념하여 1973년에 제정된 상이다. 젊은 세대를 중심으로 재일코리안의 아이덴티티를 찾아가는 사기사와 메구무의 작품이 평가를 받아 이 상을 수상한 것이다.

6) 오사라기지로상

'오사라기지로상(大佛次郎賞)'은 아사히신문사(朝日新聞社)가 주최하는 문학상으로, 논픽션이나 역사소설 작가로 유명한 오사라기 지로(大佛次郎)의 폭넓은 공적을 기념하여 1973년에 제정된 문학상이다. 1984년에 김석범의 『화산도』가 이 상을 수상하였고, 2015년에는 김시종의 자전 에세이 『조선과 일본에 살다-제주도에서 이카이노로(朝鮮と日本に生きる-済州島から猪飼野へ)』가 수상하였다.

7) R-18문학상

일본문학상에는 여성에 특화된 상이 몇 가지 있는데, '여자에 의한 여자를 위한 R-18문학상(女による女のためのR-18文学賞)'도 그 중의 하나이다. 'R-18상'은 2002년부터 수상작을 내고 있는데, 신초샤(新潮社)가 주최하는 공모신인문학상이다. 응모자는 여성에 한정되어 있고, 선고위원인 작가나 편집자도 여성으로만 구성되어 있다.

'R-18상'은 처음에는 성에 대해 묘사한 소설을 대상으로 하여 여성을 위한 에로틱한 소설 발굴을 목표로 하였는데, 점차 여성

이 성에 대해 많이 쓰게 되었고 성을 테마로 한 신인상으로서 사회적 역할을 어느 정도 달성했다는 이유로, 응모작품을 관능을 테마로 하는 작품도 받으면서 동시에 여성만이 가질 수 있는 감성을 살린 소설로 변용시켰다. 한국인 수상작으로 2012년도에 후카자와 우시오(深沢潮)의 「가나에 아줌마(金江のおばさん)」가 있다.

8) 신일본문학상

'신일본문학상(新日本文學賞)'은 잡지 『신일본문학』을 거점으로 모인 프롤레타리아문학자들의 중심 조직 '신일본문학회(新日本文學會)'에서 주최한 문학상으로, 1961년에 시작되어 2004년까지 34회에 걸쳐 수상작을 내왔다. 민중의 상상력을 높이고 인간의 존엄과 자유를 관철시키는 문학을 현창하기 위하여 소설, 평론, 희곡, 아동문학 등, 폭넓은 장르에서 작품을 선정하였다. 신일본문학상에 재일코리안의 작품이 가작으로 선정된 경우는 있으나, 수상작을 내지는 못하였다. 그런데 1992년에 제23회 신일본문학상 특별상을 후카사와 가이(深沢夏衣, 1943~2014)가 「밤의 아이(夜の子供)」(『新日本文學』, 1992년 봄호)라는 작품으로 수상하였다. 응모시의 이름은 '가와하라 유(川原佑)'였다.

후카사와 가이는 일본 국적을 취득한 재일코리안 2세로, 본명은 야마구치 후미코(山口文子)이다. 본서에서는 앞에서 밝힌 바와 같이, 국적이 한국이든 일본이든, 혹은 일제강점기 이래 무국적의 상태로 남아 있는 '조선'이든 상관없이, 국가의 경계를 넘어 한국인의 루트를 갖고 있는 사람을 포괄하는 의미로 '재일코리안'이라는 용어를 사용한다. 후카사와 가이의 수상작 「밤의 아이」는 작자의 귀화 체험을 토대로 재일코리안이 놓여 있는 여러 가지 상황을 '귀화(歸化)' 문제를 중심으로 풀어낸 중편소설이다.

▶ 후카사와 가이, 「밤의 아이」(1992)

"왜 우리 자이니치는 이렇게 나뉘어 서로 으르렁거리고, 인간에 등급을 붙여야 하는가! 여러 가지 문제, 공통된 문제를 통일된 장에서 해결하지 못하고 개개인에게 환원되어 개별적으로 결말을 내거나 고민을 끌어안고 살아가야만 하는가. 그런 생각이 들어요.

예를 들면, 우리에게는 4개 등급까지 신분제도가 있어요. 1등은 민족적 주체성을 확실히 갖고 있는 주의자(主義者)로, 물론 조선어도 할 수 있는 사람. 2등은 주체성은 있지만 조선어를 할 수 없는 사람. 3등은 어느 쪽도 결락되어 있는데, 국적을 잘 갖고 있는 사람. 4등은 귀화한 사람. 이런 식으로 말이죠. 나도 수환이도 3등 조선인. 영일이는 조선어를 할 수 있으니까 3등 플러스알파다. 게다가 1등 조선인은 북이니 남이니 하면서 서로 올바른 민족적 주체성에 대하여 논쟁하고 있다. 이것이 우리의 모습이에요. 일본인이 보면 1등도, 4등도, 뭣도 아닌 그저 조선인인데……."

"우철아, 북한과 일본의 혼혈은 몇 등급 인간이야?" 자학하듯이 영일이 물었다.

"혼혈 따위 등급으로 세어주지도 않아. 그들이 어떤 생각을 하고 있는지 아무도 생각해보려고 하지도 않거든. 혼혈은 투명인간이야." 수환이 말했다.

9) 에도가와란포상

'에도가와란포상(江戸川乱歩賞)'은 일본추리작가협회에서 추리소설의 거장 에도가와 란포(江戸川乱歩, 1894~1965)의 기금을 토대로 추리소설을 장려하기 위하여 조성한 문학상이다. 추리소설가의 등용문으로서 가장 권위 있는 상으로, 1955년부터 2019

년 현재에 이르기까지 연 1회 수상작을 내왔다. 수상작에는 천만 엔의 상금이 수여되고, 영화나 드라마로 제작되는 등 화제를 불러일으키는 인지도 높은 상이다. 이와 같이 추리소설계의 권위 있는 상을 2015년에 재일코리안 고 가쓰히로(呉勝浩, 1981~)가 높은 경쟁률을 뚫고 데뷔작 『도덕의 시간(道徳の時間)』(講談社, 2015)으로 수상하는 쾌거를 올렸다. 수상 당시의 필명은 '고 가쓰히로(檎克比朗)'였다. 『도덕의 시간』은 영상 저널리스트인 후시미가 다큐멘터리 영화를 찍으며 일어나는 여러 사건을 통해 현대일본사회의 '도덕' 문제에 대하여 파헤친 사회파 추리소설이다.

고 가쓰히로(한국명, 오승호)는 도호쿠 지방의 아오모리(青森)현에서 태어난 재일 3세이다. 오사카예술대학을 졸업하고, 현재 오사카에 거주하고 있다. 2015년에 에도가와란포상 수상에 이어, 2018년에는 『하얀 충동(白い衝動)』으로 하드보일드 소설에 주로 수여되는 '오야부하루히코상(大藪春彦賞)'을 수상하였다. 그리고 2020년에는 『스완(スワン)』으로 나오키상 후보에 올랐고, 대중소설에 수여되는 '요시카와에이지문학신인상(吉川英治文学新人賞)'을 수상하는 등, 활발한 작품 활동과 다양한 문학상을 휩쓸며 주목을 받고 있다.

▶ 고 가쓰히로, 『도덕의 시간』(2015)

'모두'라는 것은 개인의 존재를 두루뭉술하게 희석시켜 버리니까 '모두'는 권력을 지닐 수도 없어. 무슨 말인지 알겠어? 여기서 말하는 권력이라는 것은 행동의 강제력을 의미해. 마시키 선생님은 '모두'가 어디까지나 '여럿'의 개념에 그치는 이상 일본인은 모럴, 즉 도덕을 지닐 수 없다고까지 하셨어. (중략)

거의 신과 비슷한 기능을 하지. 예를 들어 서양인들이 말하는 죄 문화. 그들은 항상 신의 눈을 의식해. 아무도 보지 않아도 신의 존재를 의식하며 자신을 규제하지. 그런데 일본에는 그때그때 상황에 따라 필요한 신만 존재하고 벌을 주는 신 같은 것은 존재하지 않아. 그리고 종교의 개념으로 들어가면 또 어려워지고 성가신 측면이 있으니까 마사키 선생님은 '모두 씨'를 그 대체재로 활용하려고 하셨어. 즉, '모럴'이라는 이름의 신의 대체재.

이상에서 일본의 주요 문학상과 재일문학 수상작을 살펴보았다. 여기에 다 열거하지는 못했지만 그 밖의 여러 문학상을 재일문학이 꾸준히 수상해 오고 있다. 최근에는 희곡이나 영화 관련

문학상에서도 재일 작가의 수상작이 나오고 있다.

이와 같이 다양한 일본문학상에서 재일코리안 작가들이 잇따라 수상작을 내며 일본사회에 재일코리안 문학에 대한 인식을 높이고, 한국과 일본을 폭넓은 시각으로 아우르며 교류와 소통의 화두를 만들어 왔다. 일제강점기에 한반도에서 부(負)의 역사로 시작된 한국인의 일본어문학이 점차 일본으로 이동하여 뿌리를 내리고, 일본사회와 인류 보편의 문학으로 자리를 잡아가고 있는 모습을 볼 수 있다.

김계자(金季杍)

한신대학교 대학혁신추진단 조교수.
고려대학교 일어일문학과를 졸업하고 동 대학원에서 석사학위를 받은 뒤, 일본 도쿄대학 인문사회계연구과에서 일본문학으로 석·박사학위를 받았다. 일제강점기부터 해방을 거쳐 현재에 이르기까지 한일 문학이 관련된 양상을 통시적으로 살펴보고, 한국인의 일본어문학이 형성된 전체상을 밝히는 연구를 진행하고 있다. 주요 저역서에 『근대 일본문단과 식민지 조선』(역락, 2015), 『일본대중문화의 이해』(공저, 역락, 2015), 「김석범 장편소설 1945년 여름」(보고사, 2017) 등이 있다.

일본에 뿌리내린 한국인의 문학

초판인쇄 2020년 4월 13일
초판발행 2020년 4월 23일

지은이 김계자
펴낸이 이대현
편 집 이태곤 권분옥 문선희 임애정 백초혜
디자인 안혜진 최선주 김주화
마케팅 박태훈 안현진
펴낸곳 도서출판 역락
주 소 서울시 서초구 동광로 46길 6-6 문창빌딩 2층
전 화 02-3409-2060(편집), 2058(마케팅)
팩 스 02-3409-2059
등 록 1999년 4월 19일 제303-2002-000014호
전자우편 youkrack@hanmail.net
홈페이지 www.youkrackbooks.com

ISBN **979-11-6244-519-8 93830**

* 책값은 뒤표지에 있습니다.
* 파본은 구입처에서 교환해 드립니다.

* 이 도서의 국립중앙도서관 출판예정도서목록(CIP)은 서지정보유통지원시스템 홈페이지(http://seoji.nl.go.kr)와 국가자료종합목록 구축시스템(http://kolis-net.nl.go.kr)에서 이용하실 수 있습니다. (CIP제어번호 : CIP2020014778)